KB204148

아버지와 치악산

아버지와 치악산

초판 1쇄 발행 | 2021년 11월 26일

지은이 | 오탁번
펴낸곳 | (주)태학사
등록 | 제406-2020-000008호
주소 | 경기도 파주시 광인사길 217
전화 | 031-955-7580
전송 | 031-955-0910
전자우편 | thspub@daum.net
홈페이지 | www.thaehaksa.com

편집 | 조윤형 여미숙 김선정
디자인 | 한지아 이보아
마케팅 | 김일신
경영지원 | 정충만
인쇄 · 제책 | 영신사

값 13,000원

ISBN 979-11-6810-034-3   03810

오탁번 창작집 ——————————— 아버지와
치악산

태학사

　나처럼 해방 전후에 태어나서 한국전쟁을 겪으면서 어린 시절을 보낸 사람들은 역설적으로 말하면 문학적으로는 아주 행운아일지도 모른다. 물리적인 시간으로야 70 몇 년을 살아왔지만 그들의 정신사적 시계바늘은 족히 몇백년의 아득한 시간대를 가리키고 있기 때문이다.

　목화 따서 물레로 실을 잣고 그걸로 장갑과 양말을 뜨고 무명으로 지은 솜옷을 입고 자란 그들은 조선시대의 어린이와 별반 다를 게 없었다. 보릿고개의 배고픔을 넘기고 간신히 부지해온 목숨들이었다.

　전쟁과 피란살이의 궁핍한 시대를 나물죽을 먹으며 통과한 그들의 생애 속에는 농경문화의 원형질이 그대로 살아있다. 그들의 문화적 상상력 속에는 전쟁과 독재, 산업화와 민주화, 아날로그와 디지털이 공존하고 있다. 그야말로 인류문화사의 원형적인 파노라마가 몽땅 잠재해 있어서 수백 년은 족히 살아온 특이 인류라고 할 수 있다. 화석과도 같은 문명사적 보고를 소장하고 있는 존재하지 않는 도서관이요 박물관인 셈이다.

해방 후 남북은 동족상잔의 비극을 겪었고 그 고통은 지금도 현재진행형이다. 우리가 두고두고 땅을 치는 것은 북쪽은 친일파를 단죄하고 우리말을 보듬고 지켰는데 왜 남쪽은 친일파들이 득세를 하고 우리말을 만신창이가 되도록 방치했느냐는 점이다. 식민사관 교육 탓으로 지금까지도 '조선'을 '이조'라 하고 '명성황후'를 '민비'라고 하면서도 부끄러움을 모르는 일이 허다하다.

지난번 남측에서 제안한 베를린 구상에 대한 북한 노동신문의 논평을 보면, 그들이 토박이 우리말을 효과적으로 구사하고 있다는 사실을 알 수 있다. 당시 그들은 우리의 제안을 맞받아치면서 "그러한 기적이 조선반도에서 일어나기를 바라는 것은 노루잠에 개꿈"에 지나지 않는다고 했다. 또 다른 무슨 논평에서는 "가을 뻐꾸기 같은 소리"라고도 했다.

북한의 논평에 '노루잠'과 '가을 뻐꾸기'라는 말이 나온 것을 보았을 때 우리 민족의 영혼을 보듬고 지켜내는 어떤 위대한 정신이 그들의 헐벗은 강토에는 여전히 살아있다는 생각이 들었다. 「임꺽정」을 쓴 벽초가 북으로 가면서 우리말 사랑의 유전자까지도 몽땅 그쪽으로 가져간 것일까.

2018년 겨울
오탁번

차례

호랑이와 은장도

고갯마루에 올라서자 한눈에 마을이 내려다보였다. 강언덕이나 밭두렁에는 해토를 하느라고 뿌우연 김이 늙은 여자처럼 엎드려 있었지만 마을은 온통 새로운 생명의 빛깔을 띠고 있었다. 딱히 어디라고 꼬집을 수는 없으나 연한 봄빛이 마을 전체에서 듬뿍 묻어나고 있었다.

북새통 속에서도 봄이 온 것이다. 우리들도 봄이 온 고향으로 드디어 돌아온 것이다. 나는 그 순간 몸 전체로 관류하는 어떤 전류 같은 기분을 맛보았다. 터널을 빠져나올 때까지 멍멍하던 귓속이 순식간에 상쾌해지고, 지옥의 소리와도 같은 터널 속의 소음이 멀리멀리 뒷걸음질 쳐 갈 때처럼.

"이 일을 어쩌면 좋으냐."

그때 어머니의 울음소리가 들렸다. 나는 놀라서 고개를 돌렸다. 우리 식구들은 겨울 동안의 피란 생활을 마치고, 장하게도 목숨을 부지하여 고향에 돌아오는 중이었다. 고갯마루만 올라서면 고향 마을이 훤히 보이므로 우리는 모두 경쟁이라도 하듯이 마루턱까지 올라왔던 것이다.

"후."

형들도 한숨을 쉬며 등에서 짐을 벗어 놓았다. 발바닥에서 쇠똥 같은 황토가 떨어지고 있었다. 나는 앉아서 신발에 묻은 흙덩이를 떼었다. 그놈들은 부스럼 딱지처럼 떨어질 때마다 어린 발바닥의 흰 살을 괴롭혔다. 이미 바닥이 모두 닳은 신발이어서 황토가 맨살에 찰싹 붙어 있었으므로.

어머니가 울면서 내 머리를 쓰다듬었다. 하지만 나는 어머니의 슬픔을 나누어 가질 수가 없었다. 그때 나는 겨우 여덟 살이었으므로 어머니나 형들의 슬픔을 이해하지 못해도 아무런 꾸중을 듣지 않았다. 그래서 나는 식구들의 귀여움을 한몸에 받았는지도 모른다. 목숨이 지겨울 정도로, 전쟁이 온갖 망치를 동원하여 사람을 때리고 있을 때였다. 하지만 전쟁의 심술궂은 망치도 나를 건드리지는 않았다. 그놈은 사람의 양심이고 정서고 간에 사정없이 때려 부수다가도, 내 앞에 나타나면 슬슬 비켜서서 누룽지나 깨엿이 되곤 하는 것이었다. 그놈은 내가 고갯마루에 올라서자 푸릇푸릇한 봄빛이 되어 내 앞에 질펀하게 나타났던 것이다. 나는 그 빛깔 속을 내달려서, 이제야 우리 마을에 돌아왔다는 기쁨에 충만하여, 황토가 덕지덕지 묻은 발을 깡총거리고 있었다.

그때 어머니의 울음소리가 들려왔던 것이다. 그놈은 어머니에게 있어서는 한시도 빼놓지 않고 찾아오는 불퇴전의 쇠망치였다.

"엄마."

어머니는 대답 대신 나를 품에 꼭 안았다. 나는 막내였으므로 이럴 때면 되도록 어린애처럼 굴어야 한다는 것을 알고 있었다. 그래서 나는, 엄마가 왜 우느냐는 걸 묻는 대신에,

"배고파."

했다.

갑자기 형이 내 머리를 쥐어박았다. 나는 깜짝 놀랐다.

"후우."

형은 한숨을 쉬더니 풀어 놓았던 짐을 다시 지고 고갯길을 내려가기 시작했다.

"자, 퍼뜩 갑시다요, 어머니."

"빨리들 가자."

어머니가 짐을 머리에 이고 일어서며 작은 형과 누나에게 말했다. 형한테 머리를 쥐어박힌 나는 분해서 울음이 터지려고 했으나 식구들이 모두 본체만체하는 바람에 기가 죽어서, 아무 소리도 못 하고 말았다.

"너는 멍청이야."

세 살 위의 누나가 한참 후에 이렇게 말했다.

"우리 집이 잿더미가 된 것도 안 보이니?"

누나는 나보다 세 살 많은 덕분에 조그만 보퉁이 한 개를 머리에 이고 있었다.

"잿더미?"

집이 잿더미로 변했다는 것이 생에 있어서 어떤 의미를 지니는 것인지 내가 알았던 것은 아니었지만 나는 다급한 목소리로 누나한테 말했다. 조금 전에 내 머리를 쥐어박았던 형이 나를 흘끔 돌아다보았다. 형은 커다란 이불짐을 지고 그 위에 솥이랑 그릇을 주렁주렁 달아맨 채 걷고 있어서, 딸랑딸랑하고 그릇 부딪치는 소리가 경쾌롭게 들렸다.

잠시 후에 후미진 골짜기를 벗어나서 길모퉁이로 우리는 나왔다. 그때야 나는 우리 집을 볼 수 있었다. 집이 아니라 내 눈에 들어온 것은 아무것도 없는 것이었다. 다만 내가 올라가서 매미를 잡고 나팔꽃 덩굴을 올리던 커다란 향나무가 시뻘건 머리칼을 풀고 우뚝 서 있을 뿐이었다. 그 옆에 있어야 할 우리 집은 온데간데없었다. 내가 그 집에서 태어나기 전부터 우뚝 서 있던 푸른 향나무가 불에 타서 뻘건 빛깔을 하고 죽어서 있을 뿐이었다.

그때 문득 나는 피란 가다가 어느 안개가 자욱한 마을 어귀에서 본 불에 타는 암소가 생각났다. 그들은 암소를 통째로 불에 태우면서 낄낄댔다. 암소에 대한 생각을 하려고 했지만 앞에서 어머니와 형들이 화난 듯 너무도 빨리 걸어가고 있어서 나는 황토가 쩍쩍 달라붙는 무거운 신발을 끌며 부지런히 따라가는 일이 더 급했다. 누나가 뒤처진 나를 돌아보고 혀를 낼름거리며 욕을 하고 있었지만 무슨 소리인지는 알아들을 수가 없었다.

　피란길에 나선 지 사흘 만의 일이었다. 해가 저물면서 우리들은 어느 낯선 마을로 접어들고 있었다. 내 고향의 마을보다 열 배는 커 보이는 그런 마을이었다. 피란민들이 어찌나 많이 우글대면서 길을 가는지 도무지 정신을 차릴 수가 없었다. 그런데 갑자기 앞에서 우 하는 함성소리가 들리고, 이어서 앞에 가던 사람들이 되돌아오기 시작했다. 어둑어둑해진 길에는 앞으로 가는 사람들과 되돌아오는 사람들이 서로 어깨를 부딪치며 욕을 해 댔다.

　"앞이 막혔답니다. 인민군이 점령하고 있대요!"

　되돌아오는 사람이 큰소리로 말했다. 우리 식구들도 발걸음을 멈췄다.

　"빌어먹을! 그럼 꼼짝없이 갇혔군."

　"자, 빨리들 돌아가시오."

　아우성은 계속해서 들렸다. 그러나 우리 뒤의 사람들은 꾸역꾸역 앞으로 앞으로 나가는 사람이 많았다.

　"되돌아가면 다시 충주 쪽으로 가는 것 아니냐? 우리도 앞으로 그냥 가 보자."

　어머니의 말에 우리들도 다시 앞으로 나갔다. 피란을 가는데 가다가 말고 다시 북상을 할 수는 없는 일이었다.

　어두워지고 있었다. 나는 어머니와 형들을 쫓아가느라고 숨이 찼다. 한참 후에 갑자기 불빛이 보였다. 아니 그것은 불빛이 아니라 화염이었다.

"아유, 이 노린내 좀 봐라. 양놈들은 꼭 짐승 같다니까."

어머니가 코를 막으며 말했다. 광장처럼 둥그렇게 된 장소까지 다다르자 그곳에는 키가 엄청나게 큰 서양 병정들이 와글거리며 광장 한복판에 장작을 쌓아 놓고 불을 지르고 있었다. 추위에 시달린 피란민들은 발걸음을 멈추고 광장에 서 있었다. 장작더미는 총성같이 요란한 소리를 내며 불에 타고 있었다.

"저것 봐. 암소를 생으로 태워 죽일 모양이군."

누군가가 이렇게 말했다. 헬멧을 쓴 병정들이 암소를 끌고 장작더미로 다가갔다. 황금 빛깔로 찬란하게 번쩍이는 암소는 필사적으로 뻗장대고 있었다. 병정들은 알아들을 수 없는 말을 큰소리로 지껄여 댔다. 잠시 후에 한 병정이 소총을 들고 암소의 앞으로 갔다. 총성은 장작이 불타는 소리보다도 더 작게 들렸다. 암소가 비실비실하더니 장작더미로 푹 꼬꾸라졌다. 순식간에 불길이 암소를 에워쌌다. 불길을 온몸에 뒤집어쓴 암소는 다리를 뒤틀다가 갑자기 벌떡 일어서서 내가 평생동안 잊지 못할 영웅적인 소리로 마지막 울음을 짧게 내질렀다. 그리고 나서 그 크고 아름다운 불더미는 편안하게 장작더미 위에 쓰러져 버리는 것이었다.

"저놈들은 야만인이야. 소를 생으로 죽이다니……."

어른들은 한숨을 쉬며 암소의 죽음을 슬퍼했다. 광장은 열기 때문에 얼었던 땅바닥이 질펀하게 녹아서, 콧구멍으로 쉴 새

없이 들어오는 불티가 노릿한 냄새와 더불어 피란민들의 가슴을 자꾸자꾸 헤집어 놓는 것이었다. 병장들이 그 암소를 통째로 뜯어 먹는 모습을 우리에게 보이지 않으려는 듯 어머니는 끈적끈적한 열기 속에서 입을 열었다.

"빨리 가자, 빨리! 여기 더 있다가는 큰일 나겠다."

우리들은 사람들에 떼밀리는 것처럼 목적의식이라고는 없는 동작으로 앞으로 나갔다. 그날 밤 우리들은 밤새도록 걸어서 고개를 넘었다. 날이 훤해서야 어느 농가 마을에 도착했다. 인민군이 앞길을 점령하고 있다는 것은 헛소문인 모양이었다. 고개를 넘을 때까지 산짐승 말고는 아무것도 만나지 않았다. 아, 나는 그날 밤 고개를 넘어오면서 만난 산짐승을 잊을 수 없다.

마차가 간신히 지나갈 만한 좁은 고갯길이었다. 오른편으로는 캄캄한 어둠에 가린 나무가 빽빽하고, 왼쪽 아래는 길을 만들 때 밀어붙인 흙과 큼직큼직한 돌들이 널려 있고 위쪽과 마찬가지로 나무숲이 솜이불처럼 두껍게 덮여 있었다. 고개가 험하니까 길은 산중턱을 돌아 구불구불하게 나 있었다.

"눈 큰 놈이 따라오시는구먼."

우리 앞쪽에서 가던 어떤 늙은이가 담배를 뻐끔뻐끔 빨며 말했다. 그 말을 듣자 내 손을 잡은 어머니의 손이 갑자기 뜨거워졌다.

"눈 큰 놈이 뭐야?"

내가 묻자 뒤에서 따라오던 형이 등을 쿡 찔러서 하마터면 넘어질 뻔하였다. 산에 쌓인 눈이 사태를 일으키며 뿌뜨뜨 하는 소리를 냈다.

"빨리 가자, 빨리 가자."

어머니는 숨 가쁘게 말했다.

"우리를 보호해 주는 거다."

그제서야 나는 무서운 짐승이 우리를 따라오고 있다는 것을 눈치챘다. 이따금 바람을 가르는 듯한 소리가 캄캄한 나무숲 속에서 들려왔다.

"저 발소리 좀 들어 봐. 굉장히 큰 호랑인가 봐."

누나가 나에게 속삭였다. 나는 어머니의 손을 힘을 다하여 꼭 잡고, 호랑이의 발소리를 들어 보려고 애썼다. 그러나 내 귀에는 추운 바람에 나무가 신음하는 소리와 이따금 눈사태에 돌이 구르는 소리뿐이었다.

차츰 날이 밝아지고 우리가 고개를 다 내려왔을 때 앞에 가던 늙은이가 그제서야 말했다.

"이제 됐다. 자, 좀 쉬어들 갑시다. 담배도 한 대 피우고."

모두들 짐을 내려놓고 길가 바윗돌에 앉았다. 옷이 남루해서 바위에 앉은 사람들도 꼭 푸석푸석한 사암같이 보였다. 나는 어머니를 졸라 봇짐에서 엿을 하나 꺼내어 누나도 주지 않고 혼자서 야금야금 먹었다.

"눈 큰 놈은 원래 착한 백성을 해치지 않는 거요."

"이거 보게나. 등이 함싹 젖었어. 어찌나 정신을 바짝 차렸는지."

"임자는 죄진 게 있군?"

"이 사람, 우리가 죄는 무슨 죄를 져?"

"아마 황소만 한 놈인가 보네."

"캄캄한데 보여야 말이지?"

"왜 안 보여? 바람 째는 소리만 들으면 몰라?"

길을 벗어나서 오줌을 누던 늙은이가 바지춤을 올리며 말했다.

"이것 보게나. 발자국이 꼭 솥뚜껑만 하지."

사람들은 그가 가리킨 곳으로 달려가서 무지무지하게 큰 호랑이의 발자국을 구경했다. 굉장히 컸다. 그것을 보는 사람들은 무서워하는 게 아니라 무엇인지는 모르나 감사해하는 것 같았다. 호랑이가 자기들을 지켜주고 있었다는 생각을 하는 모양이었다. 암소를 불더미에 올려놓고 태워 죽이는 것을 보고는 모두들 몸을 부르르 떨던 사람들이었다. 그런데 고개를 넘을 때까지 우리를 삼키려고 그야말로 호시탐탐하던 짐승에게는 고마움을 느끼다니 이상한 노릇이었다. 어째서 그랬을까? 그걸 더 곰곰이 생각하기에는, 어머니가 봇짐에서 꺼내 준 엿이 너무 빨리 입안에서 녹았다. 나는 엿을 다 먹고 나자 심한 배고픔을 느꼈다. 고개 아래 농가 마을에 내려올 때까지 나는, 어머니에게 나의 배고픔을 해소시켜 줄 먹을 것을 애걸했다. 그러나 나는 형에게 머리를 쥐어박혔다. 눈물이 나고 콧물이 났다. 나는 짭짤한 콧물을 핥아 먹으며 칭얼칭얼 울었다.

우리 집의 불탄 향나무에서는 아주 기분 좋은 냄새가 났다. 제삿날 밤에 피우는 향불 같은 갑작스런 냄새가 아니라, 나무가 통째로 서서 불에 탔기 때문에 두고두고 은은한 향내가 나는 것이었다.

　고향에 돌아왔다는 것만으로 나는 뛸 듯이 기뻤다. 형들은 잿더미가 된 집터에서, 불타다가 남은 서까래와 기둥을 골라내고 재를 가마니에 담아 날랐다. 그런 일을 하기에는 나이가 어린 누나와 나는 들개가 되어 이리 뛰고 저리 뛰며 폐허가 된 마을을 샅샅이 돌아다녔다. 개울가에서는 버들강아지가 뽀얗게 살찌고, 논두렁에서는 민들레와 나생이가 돋아올랐다. 바람이 불 때마다 민들레꽃 씨앗이 무심하게 하늘로 날아올랐다.

　온 마을이 불에 탔지만 마을 공동창고로 쓰이던 창고만은 하나 남아 있었다. 연초 건조실처럼 높다란 그 건물은 밤나무골로 가는 길목에 쓸쓸하게 서 있었다. 우리 집 식구들은 그 창고의 한쪽 구석을 차지하고 짐을 풀어 놓았다. 짐이라야 이불보따리, 솥, 밥그릇과 같은 것들이었다. 누나와 나는 하루 종일 뛰어놀고 어머니와 형들은 폐허가 된 집터를 다시 일구기 위해 손이 부르트도록 일을 하고 있었다.

　하루에도 몇 번씩 마을에서는 통곡 소리가 단조롭게 들려왔다. 피란을 마치고 돌아온 사람들이 자기 집이 잿더미가 된 것을 알고 섧게 우는 소리였다. 그들은 울음을 끝내고 공동창고로 모여 들어 말없이 짐을 풀고 이웃들과 겨울 동안의 지겨운 목숨에 대하여 힘 없이 이야기하고 나면, 텅 빈 집터로 나가서 묵묵히 일을 하는 것이었다.

그러나 아직도 우리 마을은 법적으로는 아무런 보호를 받지 못하고 있었다. 면사무소 직원들과 지서의 경관들은 그때까지도 돌아오지 않았던 것이다. 관리들이 피란을 갔다가 어디서 떼죽음을 한 것이라는 말도 떠돌았고, 전쟁 때문에 민간 행정력이 아직 촌에까지 미치지 않아서라는 말도 들렸다. 어른들은 스스로 민병대를 조직하여 밤이면 야경을 돌고 낮으로는 동구 밖에 보초를 세웠다.

마을이 왜 잿더미가 됐는지에 대하여 이 말 저 말이 떠돌아다녔다. 그런 말들은 민들레 씨앗처럼 근거도 흔적도 없이 떠돌았으므로 누가 그런 말을 했는가를 나중에 찾아보아도 알수가 없었다. 서양 병정들이 비행장을 닦느라고 휘발유를 끼얹고 불을 질렀다는 말도 있고, 중공군들이 후퇴하면서 한 짓이라는 말도 들렸다. 아무튼 마을에서 격전이 벌어졌던 것은 분명했다. 밭두렁이나 논바닥에는 여기저기 죽은 병정들이 곤두박여 있다가 누나와 나를 깜짝 놀라게 했다. 잿더미를 파헤치다가 폭발물이 터져 부상을 입는 일도 생겼다.

이따금 병정들을 태운 군용차들이 빠른 속도로 제천 쪽 고갯길로 가는 모습이 보였다. 사방이 산으로 막힌 마을은 동서로 충주와 제천으로 빠지는 좁은 국도만이 유일한 통로였다. 군용차가 지날 때면 아이들은 손을 흔들며 소리소리 질렀지만 병정들은 석고상처럼 무표정한 얼굴로 아무런 반응도 보이지 않았다. 그럴 때면 아이들은 풀이 죽어서 돌멩이를 발로 걷어찼다. 군용차가 고갯길로 사라진 한참 후에 따따따 하는 총소리가 들려올 때도 있었다. 그럴 때 마을 사람들은 숨을 죽이고 고갯마루를 쳐다보았지만, 구렁으로 들어갔던 차들이 다시 먼지를 일으키며 모습을 나타내는 것을 보고는 다시 허리를 굽혀 하던 일을 계속했다.

"인민군이 천등산 속에 숨어 있다."

국군이 진격하다가 허리가 끊겼다는 말도 떠돌았다. 인민군이 후퇴하다가 꼬리가 끊겼다는 말도 들렸다. 마을 사람들은 처음에는 고향에 돌아왔다는 것만으로 기뻐했지만 하루 이틀이 지날수록 점점 불안한 마음을 감추지 못하고, 여기저기서 쑤군대기 시작했다. 행정력이 비어 있는 마을에 돌아와 있으니 아무도 보호해 주는 게 없었다.

"강 쪽으로는 가지 말아라."

어른들은 아이들에게 이렇게 주의를 시켰다. 그러나 우리들은 그 주의를 듣지 않고, 멋대로 쏘다니며 들개처럼 구석구석을 파헤치고 흥흥거리며 냄새를 맡았다. 강은 충주 쪽으로 가는 길목에 있었다. 강가에 나서면 아직도 바람이 쌀쌀했다. 우리 마을은 면소재지에서 깻엿 한 가락 먹을 참만큼 동쪽으로 떨어져 위치했다. 강은 면소재지와 맞붙어 있어서 강을 경계로 충주와 제천의 군계가 돼 있었다.

아이들은 강가에서 놀다가 싱거워지면 면사무소 건물로 몰려가서 놀았다. 그 건물은 불에 타지는 않았으나, 폭격을 맞아 한쪽 지붕이 무너져 버리고 벽도 거의 허물어져서, 전쟁의 발톱이 얼마나 거센지를 잘 나타내고 있었다.

"깃발을 올리자."

한 아이가 이렇게 말하자 모든 아이들이 게양대를 바라다보았다.

사무실 앞, 돌로 축대를 쌓은 곳에 국기 게양대가 높다랗게 세워져 있었다. 나는 유리창에 얼굴을 맞대고 거기 비치는 내 얼굴을 바라보다가 기분이 나빠져 있던 참이었다. 한쪽이 깨어진 유리창은 나의 조그만 얼굴을 아주 보기 흉하게 되비쳐 주던 것이었다.

"깃발이 있어야지?"

깃발을 올리자고 말한 아이가 난감한 얼굴을 하고 한동안 아무 대꾸도 못 하고 서 있다가, 그제야 생각난 듯이 입을 열었다.

"저걸로 하면 되지 않니?"

그 아이가 가리킨 것은 깨어진 유리창 가에 아무렇게나 널려 있는 흰 천이었다. 흰 광목에는 아이들이 알아볼 수 없는 글자들이 씌어 있었다. 그것을 걷어내자 그 밑에서 쥐들이 찍찍거리며 달아났다.

광목천은 웬만한 깃발보다 훨씬 커서 가느다란 철사줄에 매달아 게양대 꼭대기로 올리자 시원스럽게 펄펄 나부끼기 시작했다.

아이들은 함성을 질렀다. 펄럭이는 흰 깃발을 한동안 쳐다보다가 아이들은 곧 다른 장난을 찾아 돌아다녔다. 그러다가 배가 고파지면 서로서로 위안을 하면서 마을로 돌아왔다. 마을이라야 썰렁한 공동창고였지만.

"어디 가서 놀았니?"

어머니가 나의 머리를 쓰다듬으며 말하였다. 형이 점심을 먹으며 나와 누나를 바라다보았다.

"면사무소에 가서 놀았어."

"그런 데 가면 못 쓴다."

형이 갑자기 나의 머리를 쥐어박았다. 누나 앞에 놓인 커다란 감자를 내가 들자마자였다. 땅속에 묻어 놓고 피란을 갔다 와서 보니 어떤 것은 다 상해서 먹을 수가 없게 되었는데 감자와 옥수수만은 괜찮았다. 하지만 식량은 어림도 없이 모자랐다. 그래서 겨우겨우 허기나 때울 만큼 아껴 가며 먹어야 했다. 늘 양이 차지 않았다. 나는 형에게 머리를 쥐어박히고 나서 얼른 어머니를 쳐다보았다. 그러나 어머니는 내 편을 들어주지 않은 채, 형에게 다른 말을 하는 것이었다. 누나가 그걸 보고 혀를 낼름대며 나를 약올렸다.

"이제 집터는 웬만큼 다듬었으니 내일부터 기둥을 세우도록 하자."

"그러죠. 허지만 나무가 좀 모자랄 텐데."

어머니와 형은 요기를 끝내자 곧 다시 집터로 나갔다. 누나와 나도 그 뒤를 따라 달려갔다. 뛰어가다가 두 번 넘어졌지만 나는 울지 않았다. 길섶에는 여러 가지 봄 풀들이 돋아오르며 신선하고 기분좋은 냄새를 풍겼다.

누나와 나는 나생이를 캐서 뿌리를 물에 씻어 야금야금 먹었다. 우리가 집터에 도착했을 때는 어머니와 형들은 벌써 허리를 구부리고 일을 하느라고 정신이 없었다.

불에 탄 향나무는 시뻘건 머리를 풀어 흐뜨린 채 보기 흉하게 서 있었다. 그러나 며칠 사이에 집터는 말끔하게 치워져 있었다. 지붕과 벽은 모두 타 버렸지만 터만은 그대로 모습을 드러내고 있어서, ㄱ자 모양의 집의 평면도를 보는 기분이 났다. 안방, 건넌방, 마루, 부엌, 외양간, 광의 모습이 선명하게 보였다. 그걸 보자, 나는 이상하게도 눈시울이 뜨거워졌다. 어머니의 젖을 만지며 잠자던 안방과, 부엌에서 어머니가 부침개를 하거나 옥수수를 찔 때 문지방에 걸터앉아서 조르던 일이 갑자기 떠올랐던 것이다.

"너 왜 그러니? 어디 아프니?"

누나가 내 얼굴을 빤히 바라보며 말했다. 나는 얼른 코를 힝 풀었다. 마치 콧물 때문에 눈물도 찔끔 흘렸다는 듯.

향나무 아래로는 화단이 있었다. 화단에는 재가 마구 뒤덮여 있었으나, 그 사이로 풀과 꽃이 돋아나고 처마 밑 낙숫물 떨어지는 곳도 그대로 옛 모습을 나타내고 있었다. 누나와 나는 꼬챙이로 흙을 파며 놀았다.

"이게 뭐야?"

나는 흙을 파다가 나온 물건을 누나 앞으로 내보이며 말했다.

"이건 벼루 아니냐? 옳지, 연적도 있구나."

형이 내 손에 든 물건을 만지며 깜짝 놀라는 얼굴이 되었다. 그러다가 형은 호미로 땅을 파기 시작했다. 누나와 나는 그 모습을 물끄러미 지켜보았다. 땅속에서는 여러 가지 물건이 나왔다. 병, 붓통, 이상하게 생긴 상자, 조그마한 칼, 예쁘게 생긴 접시도 나왔다. 어머니도 신기한 얼굴을 하고 다가왔다.

"이건 아주 뜻밖인데요?"

형은 이렇게 말하며 그 물건들을 전리품처럼 쭈욱 늘어놓았다.

조그만 칼이 햇빛을 받아 반짝반짝 빛났다. 그 위를 흰 나비가 곱게 날아갔다.

"이것은 할머니가 쓰시던 은장도란다."

어머니가 칼을 집어 들며 말했다. 사랑에 있던 물건들이라고 형이 말했지만 나는 사랑에 한 번도 들어가 보지 않았으므로 무슨 이야기인지 알 수가 없었다. 우리 집의 사랑은 늘 텅 비어 있었다. 할아버지와 아버지께서 돌아가신 후, 사랑은 늘 비워 두고 어쩌다가 누나나 내가 들어가려고 하면 어머니가 막 야단을 했다.

"문갑 속에 있던 게 모두 나왔군요."

"잘 보관해 두렴."

사랑에는 할아버지 때부터 쓰던 문갑이 하나 놓여 있었다. 그 속에는 옛날 할아버지가 쓰시던 문방구들이 가득 들어 있었다. 할아버지는 쇠락한 시골 선비였다. 식량이 떨어져도 그분은 흰 버선을 곱게 신고 앉아 한시를 지으며 풍월을 했다고 한다. 아버지도 그분의 본을 받아 평생 손에 흙 한 번 묻히지 않고 살다가 위장병을 앓아 3남 1녀와 빚만을 남기고 일찍 돌아가셨다. 홀로된 어머니가 자식들을 키우며 농사일을 해서 입에 풀칠을 해 온 것이다.

어머니는 은장도를 집어서 치마허리에 넣었다. 나는 그 칼을 가지고 싶어서 어머니에게 떼를 쓰려고 눈치를 보았지만, 어머니의 표정이 너무나 엄숙해 보여서 감히 엄두를 못 내고 콧물만 빨아먹었다. 나머지는 형이 가지고 가서 그릇에 담아 놓았다. 나와 누나는 아무것도 갖지 못한 채 시무룩한 얼굴로 집터를 빙빙 돌았다. 꼬챙이를 가지고 땅을 푹푹 파며 또 다른 신기한 물건을 찾으면서. 그러나 아무것도 보이지 않았다. 형들은 뒤안에 세워 놓은 나무 더미에서 재목으로 쓸 만한 것을 골라내고 있었다. 장독 항아리를 올려놓았던 돌 위에 앉아, 아무 생각도 없이 고개를 푹 숙였다. 그러자 땅이 노랗게 보이고 어질어질해져서 나는 얼른 고개를 들었다. 하늘이 노랗게 보였다. 나는 일어서서 어머니가 일하는 곳으로 갔다.

"아직도 관리들은 안 돌아왔느냐?"

일하던 형은 고개를 들고 침을 한번 내뱉었다.

"그렇답니다. 어디 가서 다 죽어자빠진 모양이에요."

"끔찍한 소리 말아라. 그러나저러나 관리들이 빨리 돌아와야지, 원. 어디 겁이 나서 살겠니? 전쟁이 끝나지도 않은 걸 우리가 너무 빨리 돌아온 게 아닌지 모르겠구나."

어머니는 햇빛을 등에 지고 이렇게 말했다. 넘어가는 햇빛이 어머니의 얼굴을 붉게 물들여서, 예언을 하는 사람처럼 신비하게 보였다.

"야, 저거 봐!"

그때 누나가 소리쳤다. 강 건너 충주 쪽 고개에서 먼지를 일으키며 수많은 병정들이 몰려오고 있었다.

"천등산에서 병정들이 내려오고 있어요."

총소리도 따따따 들렸다. 어머니가 나를 꼭 껴안았다. 나는 어린애처럼 칭얼거리며 어머니의 젖무덤에 얼굴을 파묻었다. 따뜻했다. 깨엿이나 달랠까 하고 궁리를 하고 있는데, 어머니의 한숨 소리가 들렸다.

"국군들이겠지?"

"그럼요, 어머니."

"그런데 어째 꼭 패잔병 같구나……."

나는 어머니의 품에 안겨 작고 예쁜 손으로 품속을 더듬었다. 허리춤에서 은장도가 손끝에 집혔다. 그렇게 예쁜 칼의 촉감이 어찌나 싸늘했던지 얼른 손을 떼었다.

공동창고에서 며칠 동안 살다가 집터 옆에 움막을 치고 곧바로 나가는 집도 있었다. 그날 저녁에도 두 집이 나갔다. 어둡고 좁은 창고에서 여러 가구가 복작대면서 사는 것보다는 움막을 치고라도 자기 집터에 가서 사는 게 더 편한 것이다. 우리 집도 며칠 후면 우선 헛간에다가 임시로 거처할 방을 꾸미고 이사를 가려던 참이었다.

　"큰일났습니다. 인민군이 다시 쳐들어왔대요."

　"이젠 꼼짝없이 죽게 됐답니다."

　우리 집 식구들이 창고로 막 돌아왔을 때, 면소재지에 갔다 돌아온 대추나무집 주인이 창고로 헐레벌떡 뛰어들어오면서 외쳤다.

　"아니, 무어라고?"

　"좀 전에 강 건너에서 온 병정들이 그러면 국군이 아니란 말입니까?"

　창고에 있던 마을 사람들은 우루루 몰려들며 한마디씩 했다.

　"확실한 얘기요? 정말 인민군이요?"

　"내 두 눈으로 봤소. 아랫마을에서 벌써 약탈을 다닙니다."

　"이거 야단났구만. 전쟁이 끝났다고 해서 돌아왔는데 결국 싸움터 한복판으로 다시 기어 들어온 셈이구만."

　어른들이 주고받는 얘기를 나는 잘 알아들을 수는 없었지만 일이 낭패가 된 것만은 알 수 있었다. 다시 인민군이 마을에 들어오다니, 그럼 또 피란을 가야 된단 말인가. 그때 따따따 하는 총소리가 들려왔다. 어른들은 새파랗게 질려서 면소재지 쪽을 바라보았다.

"또 피란을 가야 되겠구만."

"피란을 가다니 어디로 가우?"

"앉아서 죽을 수는 없는 것 아뇨?"

한 노인이 앞으로 나오며 낮은 목소리로 말했다.

"이럴 게 아니라, 누가 아랫마을에 가서 사정을 잘 알아봅시다. 적군이 물러갔다고 해서 돌아왔는데, 도대체 이게 뭐란 말이우? 백성을 기만해도 분수가 있지, 이럴 수가 있냔 말야! 피란을 가랄 때는 언제고, 고향으로 돌아가랄 때는 언제야? 고향이랍시고 와 보니 온통 쑥밭인데, 뭐, 그나마도 또 적군이 삐젓하게 들어왔다구?"

"어쩐지 이상하더라니깐. 우리가 돌아온 게 벌써 며칠이 지났는데 관리 놈들은 아직 코빼기도 안 보였잖아."

마을 주민들은 모두들 혀를 끌끌 찼다. 참으로 어처구니없는 노릇이었다. 돌이 아버지를 아랫마을로 내려보내고 나서 모두들 불안한 마음으로 그가 돌아오기를 기다렸다. 나는 누나와 함께 창고 앞 느티나무에 올라가서 아랫마을을 내려다보았다. 병정들이 보이지는 않았지만, 이따금 먼지가 하얗게 피어올랐다. 아마 병정들이 훈련을 하는 모양이었다. 어른들이 허둥지둥하는 꼴이 나는 우스웠다.

"뭐가 우습니? 너는 아주 밥통이구나. 잘못하다간 우리가 모두 죽을지도 모르는데 말야."

누나가 나를 핀잔했다. 형도 나를 툭탁하면 쥐어박고 어머니도 나에게 쌀쌀하고, 누나까지도 나를 핀잔하다니, 차라리 이럴 바에는 다시 피란을 가는 게 나에게는 더 나을 것 같았다. 피란살이를 할 때는 식구들이 모두 나에게 잘 해 주고, 내가 엿이 먹고 싶어서 떼를 써도, 아이구 우리 막내 착하다, 하지 않았는가 말이다.

"죽긴 왜 죽어?"

"인민군이 또 쳐들어왔다지 않니?"

"그렇다고 다 죽나?"

누나와 말싸움을 끝내고 아랫마을을 내려다보자 돌이 아버지와 병정들이 올라오는 모습이 보였다. 나는 나무에서 내려와 재빠르게 창고 쪽으로 달려갔다.

"와요!"

어른들은 내 말을 듣고 모두들 밖으로 나왔다. 해가 벌써 천등산 너머로 꼴깍 넘어가고 있었다. 푸르스름한 어둠이 내려덮이는 마을 어귀로 돌이 아버지와 낯선 병정들이 올라오고 있는 모습이 보였다. 나는 영문도 모르고 가슴이 두근두근했다. 내 손을 잡은 어머니의 꺼칠꺼칠한 손이 바르르 경련을 일으켰다. 어른들의 한숨 소리도 크게 들렸다. 나는 어른들의 얼굴을 살펴보았다. 막 내려 덮이는 어둠 때문이겠지만, 모두들 멍이 든 것처럼 검고 불쌍해 보였다.

"또다시 저놈들한테 시달릴 생각을 하니 벌써부터 등골이 오싹하구만."

"쉬, 말조심하우."

그들은 잠깐 사이에 창고 앞에까지 왔다. 병정들은 예닐곱 명 돼 보였다.

"동무들, 반갑수다. 제국주의 놈들에게 얼마나 시달렸수? 이젠 우리가 다시 해방했으니 안심하시우."

하나가 이렇게 말하며 히죽히죽 웃었다. 매우 기분이 좋은 모양이었다. 돌이 아버지는 그들을 창고 앞까지 인도하고 나서 얼른 주민들 사이로 섞였다.

"자, 이제 불안해 할 것 없수다."

그들 중에 하나가 손을 쑥 내밀며 악수를 청했다. 그러나 누구도 선뜻 그 손을 잡으려 하지 않았다. 손을 내밀었던 병정의 얼굴이 묘하게 일그러지기 시작했다. 나는 아무 생각 없이 손을 앞으로 쑥 내밀었다. 그러자 병정은 활짝 웃으며 내 손을 꼭 잡고 흔들며 말했다.

"음, 이 꼬마 동무, 아주 영웅적이구만!"

그러자 한 어른이 나서며 말했다. 마치 그 순간에 말을 하지 않으면 큰일이라도 난다는 듯.

"동무들, 수고가 많구려."

"동무, 우리를 환영해 줘서 반갑수다. 그런데 말이우. 우리가 영웅적 투쟁을 하다 보니 식량이 떨어졌수다."

이렇게 말하고 나서 그 병정은 침을 퉤 뱉었다. 위엄을 차리려는 듯. 어른들은 조용한 가운데 모두들 재빠르게 행동했다. 각자 창고에 들어가서 항아리 밑바닥에 남아 있던 식량을 달달 긁어서 가지고 나왔다. 그들이 가져온 큰 자루에 곡식을 좌르르 쏟아붓고 있을 때, 천등산 너머에서 포성이 와르르 들려왔다. 우리들은 늘 듣는 소리여서 놀라지 않았으나, 이상하게도 병정들은 깜짝 놀라서 허둥지둥했다. 하긴 그때 울린 포성이 좀 크긴 컸지만.

"저게 어디서 들리는 소리요?"

병정 하나가 물었다.

"충주 쪽에서 들리는 소리 아니우?"

"쌍간나 새끼들!"

그들은 황급히 아랫마을로 내려갔다. 어둠이 마을을 감쌌다. 나는 어른들의 얼굴을 보려고 고개를 들었으나 하나도 보이지 않았다. 불안한 숨소리만 들렸다.

"저놈들이 뭔가 잘못 알고 있는 것 같구만. 뭘 착각하고 있는 게 분명해!"

"글쎄, 좀 이상하우."

"오늘 아침까지만 해도 국군들이 제천 쪽으로 가지 않았소? 거참, 이상하단 말씀이야."

그날 밤이었다. 나는 밤중에 깊이 잠이 들었다가 떠드는 소리에 잠이 깨었다. 그러나 잠이 너무 쏟아졌으므로 눈을 뜰 수가 없었다. 그래서 나는 다시 잠이 들었다. 잠결에 어른들이 떠드는 말소리를 듣고 나는 그날 낮의 일이 떠올랐다.

"면사무소 국기 게양대에 백기를 올렸다지 뭡니까?"

"아니, 그럼, 그 관리 놈들이 항복을 해 놓고 제놈들끼리 줄행랑을 한 겁니까? 아유, 이 죽일 놈들을 어떻게 원수를 갚는다? 그래서 아까 인민군들의 태도가 이상하였구만."

그날 낮에 아이들이 장난을 하느라고 게양대에 흰 깃발을 올린 것이었다. 그런데 인민군들이 그 깃발을 보고 우리 마을이 항복을 한 줄 알고 우루루 몰려왔단 말인가. 나는 곤한 잠결이었으나 일이 낭패가 된 것은 알 수 있었다. 어른들의 이야기를 하나하나 들을수록 나는 점점 겁이 나서 숨이 막힐 지경이 됐다. 미처 후퇴를 못 한 병정들이 천등산 속에 숨어 있다가 우리 마을을 내려다보고, 백기가 펄럭이니까 얼씨구나 하면서 몰려왔던 것이다. 이게 웬 떡이냐 하고. 떡도 수수떡이 아니라, 맛 좋은 팥떡. 산에 숨어서 내려다보니, 국군 병정을 태운 차들은 왱왱거리며 자꾸 북상해 가겠다, 오도 가도 못 하고 갇혀 있다가 갑자기 마을에 백기가 펄럭거렸으니 얼마나 신바람이 났겠는가 말이다.

"네가 어머니에게 말해. 우리가 장난으로 그랬다고."

누나도 잠이 깼나 보았다.

"싫어. 누나가 말해."

나는 아직도 잠결이어서 눈을 뜰 수도 없었다. 나는 어머니의 품속으로 파고들었다. 어머니의 가슴은 몹시 두근거렸다. 어머니의 젖을 조물락조물락 만지며 나는 다시 깊은 잠 속으로 빠져 들어갔다.

하룻밤을 자고 난 인민군들은 백기를 거짓으로 내걸었다는 사실을 알게 되었다. 항복을 했으면 책임자가 나와서 인민군에게 정식으로 무릎을 꿇어야 할 텐데 도무지 아무 놈도 얼씬대지 않고 사람들도 몰매맞은 개새끼처럼 비실비실 피하기만 했으니 아무래도 이상했던 모양이다.

"쌍간나, 우리가 함정에 빠진 모양이다. 모든 관공서가 다 텅텅 비지 않았느냐 말이다. 동무들! 빨리 철수할 준비하오! 인민들을 모두 광장에 모이게 하시오!"

"개노므 새끼들!"

그들은 아침이 되자마자 마을 주민들을 잡아다가 면사무소 앞 광장에 집합시켰다. 제천 쪽 산 너머에서는 우릉우릉 하며 포성이 자꾸 들려왔다. 마을은 온통 숨이 막혔다. 누구 하나 크게 말하는 사람도 없었다. 아이들만은 즐거웠다. 험상궂게 생긴 인민군이 공동창고로 와서 차돌같이 단단한 목소리로 이렇게 말했다.

"싸그리 광장으로 모여! 쌍, 쥐새끼 한 마리 남기지 말고!"

아이들은 재재거리며 어른들 뒤를 쪼르르 따라서 광장으로 갔다. 나는 우리를 잡으러 온 인민군을 바싹 뒤쫓아 따라가서 그의 얼굴을 빤히 쳐다보았다. 그는 나와 눈이 마주치자 씩 웃었다.

"아저씨, 노래 가르쳐 줄 거지요?"

"야, 이 어린애 동무, 시끄럽다!"

어머니가 달려와서 나를 꼭 잡았다.

"제발 가만있어라."

형이 내 쪽으로 왔다. 나는 또 머리를 쥐어박히는 줄 알고 손으로 얼른 머리를 감쌌다. 그러나 형은 쥐어박지 않고 나를 덥석 업었다.

노래 가르쳐 달라고 한 것이 무슨 잘못이기에 어머니가 그렇게 기겁을 하는지 나는 알 수가 없었다. 지난여름에 우리 마을이 그들에게 점령당했을 때, 그들은 임간학교를 열어서 아이들을 모았다. 장정들은 모두 인민군에 징용당해 가고 남은 것은 부녀자와 아이들뿐이었다. 그때 관리들이 피우던 담배도 다 피우지도 못하고 그냥 재떨이에 내버린 채 후퇴했었다. 총소리 한 번 들어 보지 못했다. 우리들은 마을 뒷산 소나무숲 사이에서 예쁘게 생긴 여군에게 여러 가지 노래를 배웠다. 장백산 줄기가 어떻고, 아무개 장군이 어떻고, 노동자 농민이 어떻고 하는 노래를 아무 뜻도 모르고 부르다가, 소나무 가지 사이로 올려다보이는 하늘에 삐시꾸가 날아갈 때면 손뼉을 치며 구경을 했다. B·29를 우리는 언제나 삐시꾸라고 불렀다. 미군의 GMC를 늘 제무시라고 부른 것과 마찬가지로 그때 나는 임간학교가 끝나고 산에서 내려오다가 넘어져서 발을 다친 일이 있었다. 그때 여군이 나를 업고 내려왔는데, 나는 한순간, 그가 나의 큰누나라면 좋겠다는 생각이 들었다가, 무슨 큰 죄를 지은 것처럼 얼굴이 홍당무가 됐었다.

"너는 가만히 있어야 된다."

형이 내 궁둥이를 툭 때리며 달랬다. 아무튼 나는 즐거웠다. 형한테 업힌 것도 그렇고 버젓하게 어른들하고 함께 광장으로 가게 됐으니까. 나는 일부러 코맹맹이 소리로 응 하고 대답을 했지만 속마음은 아주 즐거웠다.

광장에는 바람이 불고 있었다. 유리창이 모두 깨진 면사무소 건물은 이빨 빠진 할망구처럼 한쪽으로 비껴 서 있었다.

나는 어머니의 손을 꼭 붙잡고 게양대 꼭대기에서 펄럭이는 흰 깃발을 쳐다보며, 슬금슬금 어머니의 눈치를 살폈다. 어머니는 한숨만 푹 내쉴 뿐, 나에게는 눈곱만큼도 주의하지 않았다.

"악질 반동은 인민의 이름으로 처형해야 한다!"

우두머리로 보이는 병정이 두 손을 양 허리에 딱 짚고, 쇠꼬챙이 같은 목소리를 냈다. 그 바람에 어른들은 모두들 어깨를 딱 움츠렸지만 나는 웃음이 킥킥 나왔다. 우두머리 병정은 키만 껑충하니 크고 빼빼 말라서 흡사 허수아비같이 우스꽝스럽게 보였다. 그런데 어른들이 깜짝 놀라다니.

"빨리 해! 놈들이 몰려올 거야!"

우두머리가 이렇게 말하자 병정들이 우루루 몰려와서 마을 사람들을 둘러쌌다. 그들은 따발총으로 어른들의 가슴을 쿡쿡 찌르며 젊은 남자들을 골라 게양대 아래로 데리고 갔다. 우리 집에서는 큰형이 붙잡혀 나갔다. 열일곱 살이었다. 붙잡혀 나간 사람은 모두 열두 명이었다. 잠시 후에 병정들은 젊은이들을 하나씩 총살시켰다. 죽어 가는 사람이나 그것을 지켜보는 마을 사람들이나 모두들 침묵했다.

 ……그로부터 26년이 지난 지금 생각해도 그렇게도 처참했던 그날 아침의 광경이 왜 그토록 침묵뿐이었는지 이해가 안 간다. 병정들이 쏘는 총소리조차도 내 귀에는 전혀 들리지 않았으니 말이다. 마침내 형에게 죽음의 차례가 왔을 때에야 나는 비로소 소리를 들을 수 있었다. 그때 내가 들었던 단 하나의 소리는 어머니가 외치는 소리였다. 병정들이 형에게 총을 겨누자 어머니가 병정한테로 달려들며 외친 비명이었다. 그리고는 다시 모든 소리가 나에게서 차단되었다. 형의 죽음과 어머니의 죽음도 고공촬영사진처럼 흐릿하게 일렁였을 뿐이다. 형에게 총을 겨누었던 병정의 가슴에 꽂힌 흰 은장도만 또렷하게 보였고 나머지는 모두 소리와 함께 나에게서 멀어져 갔던 것이다.

 다만 병정을 죽인 은장도에서 호랑이가 바람을 째는 듯한 소리가 들렸지만, 왜 그런 엉뚱한 소리가 그 순간에 들렸는지는 그로부터 26년이 지난 오늘날까지도 알 수가 없다.

(한국문학, 1977)

절망과 기교

공항에 내렸을 때는 저녁 여섯 시가 가까와서였다. 해는 인천 쪽의 허공에 그대로 걸려 있었지만 부패된 달걀의 노른자위처럼 흉하게 풀어져 있었다. 트랩을 내리면서부터 허리가 다시 아파 오기 시작했고 붉고 기분 나쁜 저녁 어스름을 헤치며 버스에 올라 터미널로 왔을 때는 절망감조차 느껴졌다. 비행기에서 내리는 사람들도 모두들 하나같이 피곤해 보였다. 손톱에 때가 낀, 한복 차림의 노인이 지팡이에 의지한 채 걸어가는 모습은 공연히 역겹기조차 한 것이었다.

국내선 비행기의 풍경은 촌스럽고 우스꽝스럽기조차 했다. 스튜어디스가 기내에서 서비스하는 보리차도 서로 경쟁이나 하듯 자꾸 마시고, 사탕을 접시에 담아 나누어 줄 때는 아주 노골적으로, 우리 손주놈 갖다 주어야제, 하면서 한웅큼씩 집어대는 것이었다. 그런 것에 익숙해진 스튜어디스들은 예쁜 다리를 잽싸게 움직여 부지런히 사탕을 날라왔다.

"최 선생이시죠? 안녕히 다녀오십니까?"

짐을 찾기 위하여 대합실에서 기다리고 있는데 베레모를 쓴 낯선 청년이 인사를 해 왔다. 그는 얼떨결에 목례를 했다. 별로 유명하지도 않은 나를 알아보는 사람이 왜 이래 많아. 그는 약간 짜증이 났지만 아주 싫은 기분만이 아니었다. 비행기를 타고 제주도로 갈 때도 스튜어디스 하나가 아는 체를 했었다. 그가 미국에 유학 가기 전에 잠시 출강을 했던 D여대 졸업생이라면서 친절하게 굴었다. 벌써 6년 전의 일인데 아직도 기억을 하는 걸 보니 나의 얼굴이 하나도 늙지 않은 모양이야. 하긴 마흔 살이라고는 믿지 않을 만큼 나는 동안이지. 머리칼도 약간 희어지고 이마에 주름살이 있어도 좋을 나이인데 외모는 아직도 젊은이 같단 말야. 이런 생각을 하는 동안에 그의 작은 트렁크가 꼬리표를 달고 미끄러져 나왔다. 그는 가방을 집어 들고 밖으로 나왔다.

밖은 황사로 자욱하니 흐려 있었다. 저무는 저녁 햇빛이 끈적끈적하게 얼굴에 달라붙었다. 그는 손으로 얼굴을 닦으며 중얼거렸다. 이번 제주도 세미나는 아주 졸작이었어. 그따위로 건성건성 거죽만 훑고 지나가려면 하필 제주도까지 가서 법석을 부릴 게 뭐람. 황사가 몸의 구석구석을 파고들어 왔다.

그는 택시에게 손짓을 하다가 갑자기 멈추고 주위를 두리번댔다. 공중전화통으로 다가서서 동전을 찾느라고 주머니를 뒤졌다. 세미나 때 가슴에 달고 있었던 이름표가 나왔다. 그는 타인의 이름을 읽듯 그것을 천천히 읽었다. 최인혁 KJ대학교 문

과대학. 한국기독교사상학회 춘계 학술 세미나. 서귀포 산장호텔. 1977. 4. 23~4. 26.

그는 이름표를 찢어서 휴지통에 버리고 계속해서 주머니를 뒤져 동전을 찾았다. 동전이 한 개도 손에 집히지 않았다. 그렇지. 며칠 동안 돈을 사용하지 않았으니 동전이 있을 리 없군. 서울에서 생활하자면 이틀이 멀다 하고 주머니에서 동전을 털어내야 할 정도인데 닷새 동안 제주도에 가서 있는 동안에는 돈을 쓸 일이 없었다.

그는 동전을 바꾸려고 스낵코너로 갔다. 주머니에는 천 원권 몇 장과 만 원권 두 장이 들어 있을 뿐 잔돈이 없었다. 커피나 한잔 마셔야겠군. 그는 카운터 앞에 선 채로 커피를 마셨다. 공항 대합실은 여전히 붐비고 있었다. 그는 커피를 마시며 창 건너편으로 활주로 쪽을 내다보았다. 붉은빛 노을이 뒤덮인 하늘 아래로 멀리 흰빛 비행기가 몇 대 보였다. 구석으로는 작은 군용기가 보였고 그 옆으로 풍향탑이 서 있었지만 비닐 주머니는 아래로 축 늘어져 있었다. 황사는 어디에도 예외 없이 자욱하게 가득 차 있었다.

커피를 다 마시고 출구 쪽을 바라보았을 때도, 광장을 꽉 메우다시피 한 차량들이 온통 황사에 파묻혀 있어서, 마치 누우런 창을 통해 내다보는 눈 오는 풍경과도 같이 보였다. 폭설에 막혀 꼼짝 못 하듯 광장의 차량들은 황사 속에서 죽은 듯이 엎드려 있었다. 그는 공중전화통으로 가서 수화기를 들었다. 다

이얼을 돌리려고 흐려진 숫자를 자세히 들여다보았다. 다이얼 위에 서투르게 쓴 낙서가 먼저 눈에 들어왔다. 뭘 봐! 이 새끼야. 그는 피식 쓴웃음이 나오는 걸 참았다. 다이얼을 돌리면서 그는 버릇대로 혼자 중얼거렸다. 그는 전화를 걸 때마다 늘 그랬다. 이런 소심증은 학생 시절에 가정교사할 때 생긴 것이었다. 저어, 아홉 시가 넘어야 들어가겠어요. 저어, 죄송합니다. 철식이는 학교에서 돌아왔나요? 네. 죄송합니다. 앞으로는 이런 일 다시는 없을 거예요. 철식이한테 전해 주세요. 수학 총정리에서 종합편을 풀고 있으라구요. 정말 죄송합니다.

그 후부터 그는 다이얼을 돌리면서 미리 통화할 말을 주눅 들린 상태에서 중얼거렸다. 돌이냐? 아빠다. 지금 막 비행기에서 내렸어. 엄마 말 잘 듣고? 순이 울리지도 않고? 엄마 바꿔. 나야. 지금 도착했는데 어째 기분이 안 좋구만. 몰라, 왜 그런지. 저놈의 황사 때문일지도 몰라. 당신 오늘 나 좀 만나. 밖에서, 그래. 서린호텔 커피숍으로 나와. 아니야. 거기는 올라가는 계단이 어둡고 냄새가 나더군. 가화다방? 그 다방 아직도 있나? 그래, 알았어.

전화는 통하지가 않았다. 신호가 연거푸 울려도 받지를 않았다. 그는 수화기를 내려놓을 생각도 않고 그대로 서서, 귀로는 전화벨 울리는 소리를 들으며, 눈으로는 창밖에 늘어선 차량들을 아무런 생각도 없이 내다보았다. 시간이 흐를수록 황사는 점점 심해지고 있었다. 뿌우연 황사를 헤치며 택시 한 대가 광장을 빠져나가는 게 보였다. 그는 후다닥 놀란 듯 수화기를 내려놓고 밖으로 나왔다.

"최 선생, 모셔다드릴까요?"

어떤 청년이 그의 앞을 가로막으며 낮은 목소리로 말했다. 그는 흠칫 놀라 청년을 쳐다보았다. 조금 전에 대합실에서 인사를 했던 베레모를 쓴 청년이었다.

"아, 고맙소. 빈 택시가 많으니 나는 나대로 가겠소."

"모셔다드리지요."

청년은 베레모를 벗어 무릎에다 탁탁 털며 좀 고집스럽게 말했다. 그러한 고집스러운 표정을 보자 좀 마음이 안정되었다. 인혁은 청년이 베레모를 다시 머리에 얹는 것을 기다렸다가 말했다.

"KJ대학 졸업생이오?"

그가 KJ대학교에 부임한 것은 3년 전이었다. 미국에서 돌아와 곧바로 자리 잡았다. 그동안 그가 가르친 학생들도 사회에 나가 어엿한 사회인이 됐다. 베레모의 청년도 그중의 하나일 게라는 생각이 들었다. 졸업을 하고 사회에 나오면 대학 때 배웠던 선생을 보고도 못 본 체하는 경우가 많다. 특히 노교수를 빼놓고는 3, 40대 교수하고는 맞놓고 지내려고 하는데 이 청년은 예의가 바른 사람인 모양이었다. 그는 한결 마음이 가벼워져서 청년의 호의에 응하기로 했다. 그러나 청년은 그가 말하기도 전에 벌써 차를 불러세웠다. 잿빛 코티나 승용차였다.

"나는 광화문께서 내려 주면 되겠소."

승용차로 다가가면서 그가 청년에게 말했다. 그의 집은 수유리였다. 수유리까지 태워다 달랄 수도 물론 없는 일이지만 광화문에서 내려 집으로 전화를 다시 해 보리라 마음먹었다. 돌이가 골목에서 또 싸움을 했는지도 모른다. 어떻게 된 녀석이 싸움을 하면 지든 이기든 집으로 들어와야 할 텐데 골목에서 그대로 울음보를 터뜨린다. 제 엄마가 나가서 궁둥이 흙을 털어 줘야 눈물을 닦으며 들어선다. 그럴 때면 집안이 텅텅 비게 되니까 전화 받을 사람이 없다.

"날씨가 왜 이 모양인지……."

인혁은 승용차에 오르면서 청년에게 말했다. 광장에는 잿빛 어둠이 내리덮이고 있었다. 차가 잿빛을 헤치며 광장을 빙 돌아가 도로 나왔다. 차선으로 접어들어 속력을 낼 때까지 청년은 아무 말도 하지 않았다. 차 한번 태워 준다고 있는대로 생색을 내며 떠벌이는 것보다 오히려 그게 더 좋았다. 그는 시트에 몸을 기대고 편한 자세로 앉았다. 또 허리가 쿡쿡 쑤셨다. 다음 주에는 X레이를 찍어 봐야겠어. 아무래도 심상치 않아. 닷새 전에 제주도 갈 때였다. 비행기가 제주공항 상공에서 선회를 하며 고도를 낮추고 있을 때 갑자기 이상 기류를 만났는지 꼭 자갈밭을 달리는 화물 트럭처럼 흔들렸다. 그러다가 순간적으로 비행기가 아래로 뚝 떨어졌다. 승객들이 으아 소리를 지르며 법석을 떨었지만 곧 평형을 되찾고 있었다. 그때 승객들이 놀라서 소리를 지를 때, 그는 허리에 몰아닥친 통증 때문에 소리를 질렀다. 참지 못할 정도로 화끈화끈 쑤셨다. 비행기가 이 상기류 때문에 수직으로 떨어졌다가 다시 비행하는 일은 흔히 있는 일이다. 그런데 평소에는 그냥 지근지근 아프던 허리가 그 순간에 그토록 맹렬하게 아팠던 것이다. 세미나가 계속되는 동안에도 평소보다는 더 자주 더 심하게 통증이 느껴지는 것이었다.

"이 사진 좀 보실까요?"

차가 한강교로 접어들었을 때 베레모가 그의 앞으로 사진을 내밀었다. 인혁은 청년의 얼굴을 먼저 보았다. 차를 스쳐 지나가는 가로등의 수은 불빛 때문에 청년의 얼굴은 푸르스름하게 그늘져 있었다. 그는 천천히 사진을 받아 들고 차창 쪽으로 갖다 대고 불빛에 비춰 보았다. 황사 때문일까, 눈언저리가 쿡쿡 쑤셨다.

"아니?"

사진 속의 얼굴을 알아보고 그는 낮게 소리를 질렀다. 아내의 얼굴이었다. 그 순간 등줄기에 소름이 쭉 끼쳤다. 차가 한강교를 다 빠져나와 붉은 신호등 앞에 멈췄을 때야 그는 소름을 떨쳐 내고 비로소 입을 열었다.

"당신은 누구요? 내 아내 사진을 어떻게?"

"일이 묘하게 됐소. 곧 만나게 될 테니 안심하시오."

베레모의 청년은 싱긋 웃으며 담배를 피워 물었다. 얼굴을 자세히 보려고 그가 목을 돌리자 청년은 손가락으로 그의 턱을 밀었다. 턱이 싸늘해졌다.

"잠자코 있으시오. 마음 푹 놓으라니까."

차가 다시 움직이기 시작했다. 그는 청년 쪽으로 얼굴을 돌리며 소리쳤다.

"도대체. 당신은 누구요? 뭣 때문에 이러는 거요?"

"마음 푹 놓으시라니까!"

청년은 베레모를 벗어서 탁탁 털며 기지개를 켰다. 공항에서 처음 알은체를 할 때부터 모든 게 계획적이었나 보았다. 납치? 그는 입맛을 쓰게 다셨다. 내가 무슨 지하운동을 하는 혁명가라구 납치를 하는 것일까. 그럴 리는 없다. 제주도 세미나에서 한 발언이 말썽이 됐을까. 기독교사상에 나타난 인간의 도덕문제가 주제였는데 말썽이 날 것도 없었다. 놈이 어떻게 아내의 사진을 입수했을까. 그는 머리가 혼란해지는 걸 느끼고 한숨을 푹 내쉬었다. 무슨 일이 벌어지나 기다려 볼 수밖에. 차는 신촌 로터리를 지나 이화여자대학 입구를 통과하고 있었다. 대학 입구는 휘황찬란한 네온사인 불빛이 빛나고 그 아래로 젊은 학생들이 떼를 지어 방황하고 있었다. 일정한 방향으로 걸어가는 게 아니라 우왕좌왕 황사 속에서 길을 잃고 방황하고 있는 것처럼 느껴졌다.

"당신 신분이 뭐요?"

그는 되도록 침착해지려고 노력하면서 베레모에게 다시 말했다.

"역시 최 선생은 상당히 논리적이구만. 아무렴, 내 신분을 밝히고말고."

청년의 입이 묘하게 일그러지더니, 차갑고 예리한 것이 그의 허리에 와 닿았다. 그는 깜짝 놀라 청년의 손을 보았다. 드라이버처럼 생긴 칼이었다. 그는 시트에 몸을 털썩 기대면서 중얼거렸다. 이제 모든 게 끝장이다. 피곤했다. 절망이 온몸을 짓눌러 왔다. 청년한테 반항해 볼 생각은 나지도 않았다. 놈이 아내의 사진을 갖고 있는 걸 보면 뭔가 일이 아주 뒤틀려 버린 모양이었다. 공항에서 집으로 전화를 했을 때 아무도 받는 사람이 없었던 것도 다 놈이 꾸며 놓은 일 때문이었나 보았다. 밖에 나와 집으로 전화를 할 때 신호가 자꾸자꾸 울려도 받지 않을 때, 수화기를 귀에 대고 느끼는 아득한 절망감을 그는 언제나 경험하고 있었다. 따르릉따르릉. 화재가 나서 활활 타는 집. 아우성치는 아내와 돌이. 자동차 바퀴에 깔려 신음하는 돌이. 아내를 강간하는 강도.

그는 늘 불길한 예감을 느끼며 절망했다. 그럴 때면 택시를 집어타고 허겁지겁 집으로 달려가곤 했다. 당신 웬일이에요? 안색도 나쁘고, 어디 아프세요? 아니야. 그냥 일찍 들어왔어. 그런데 왜 아까 한 20분 전에 전화를 안 받았지? 왜요, 사뭇 집에 있었는데요. 거참 이상하군. 네에, 조금 전에 가게에 갔다 왔어요. 당신이 전화했었어요? 무슨 급한 일이에요? 아냐, 아무것도 아니야.

차가 광화문으로 미끄러져 가다가 조선일보 쪽으로 우회전을 했다. 잠시 후 GN빌딩 앞에 멈췄다.

"최 선생이야 넉넉히 알 수 있을 테니까 긴말은 않겠소. 지금부터 절대로 입을 열면 안 되오. 물론 소리를 질러서 경찰을 부를 수도 있겠지. 그러나 그 순간에 당신 아내는 끝장난다는 걸 명심해."

청년이 재빠르게 말했다. 운전을 하던 청년도 얼굴을 돌렸다. 잠바를 입은 그는 껌을 찍찍 씹으면서 히죽히죽 웃었다.

"걱정 마. 이런 분은 수준이 높아서 그런 엉뚱한 짓은 안 할 거야."

청년은 그의 트렁크를 나꿔채듯 들고 먼저 내렸다. 그는 엉거주춤한 자세로 청년들을 따라 건물 안으로 들어섰다. 외국은행 지점이 아래층에 자리 잡고 있는 GN호텔이었다. 언젠가 2층에 있는 커피숍에 와 본 적이 있었다. 20층이라든가 22층이라든가 아주 높은 건물로서 서울에서 굴지의 호텔이었다. 그들은 엘리베이터를 탔다. 승객은 그들 세 사람 말고도 서양인 남자가 한 명 그리고 젊은 여자가 둘이었다. 젊은 여자들은 연극 이야기를 하고 있었다. 엘리베이터 문이 닫혔다. 고속 엘리베이터였으므로 순식간에 10층에 닿아 서양 남자가 훌쩍 내리고 다시 올라가기 시작했다. 제복을 입은 엘리베이터 걸은 인형처럼 서 있었다. 18층에 다시 멎자, 청년들은 그의 등을 살며시

밀었다. 그는 얼떨결에 밖으로 나왔다.

붉은 카페트를 깐 호텔 복도가 그에게는 미로처럼 느껴졌다. 청년들은 아주 단정한 자세로 복도를 쭉 걸어 나가다가 ㄱ으로 꺾인 곳에서 왼편으로 돌았다. 1875. 그들이 멎은 방 도어 위에 있는 룸 넘버를 그는 천천히 바라보았다.

"그렇지. 방 번호를 잘 외어 놓으시오. 그래야만 추억에 생생하게 남게 될 테니까."

트렁크를 든 청년이 히죽거리며 인혁의 등을 탁탁 두드렸다. 이 호텔 방 안에 아내가 붙잡혀 와 있는 것일까. 그는 우선 아내를 빨리 만나 봐야 한다는 생각부터 들었다. 베레모를 쓴 청년이 휘파람을 불면서 도어를 열었다. 찰칵, 스위치를 올리자 전등이 켜졌고 커다란 더블베드와 응접탁자가 단정하게 놓인 방의 전모가 눈부시게 그들 앞에 나타났다.

"앉으시오. 대한민국 최고의 지성인이니까 너무 당황해하지 마시오. 천천히 우호적으로 나가야 된다 이거요."

"내 아내는 어디에 있소? 그리고 당신들이 원하는 게 뭐요?"

"글쎄, 서두르지 말라니까!"

청년은 그의 어깨를 힘 있게 눌렀다. 그 힘은 강력했다. 그는 의자 위로, 털썩 나무토막이 넘어지듯 무너져 내렸다. 아무리 생각해도 까닭을 알 수 없었다. 이 녀석들이 왜 나를 납치해다가 이런 수작을 하는 것일까. 그리고 아내의 사진은? 아내가 무슨 큰 사고라도 당한 게 아닐까. 이런 생각이 들자 그의 허리

절망과 기교 47

에서 다시 통증이 솟아 나왔다. 그는 얼굴을 찡그렸다.

"황사가 아주 대단하구먼. 최 선생도 얼굴이나 닦으쇼."

목욕탕에서 세면을 하고 나온 베레모가 수건을 던져주며 투덜댔다. 녀석들은 상당히 노련했다. 하나도 덤비는 기색이 없고 겉으로는 예의 바르기까지 했다.

그는 수건을 들고 목욕탕으로 갔다. 수도를 틀고 손을 비누로 씻었다. 누런 황사가 피부 구석구석에서 씻겨 나왔다. 그는 세면을 하면서 다시 절망했다. 놈들을 어찌할 수가 없었다. 정말 어떻게 해 볼 엄두는 조금도 내지 못했다. 아내의 사진을 놈들이 쥐고 있다는 사실이 그에게는 치명적인 것으로 느껴졌기 때문이다. 공연히 참을성 없이 소란만 피웠다가 그의 사회적인 지위에 먹칠을 할지도 모르는 일이었다.

그가 목욕탕에서 나오자 그때 전화벨이 울렸다. 그는 정신을 바짝 차렸다. 베레모가 전화를 받으며 말했다.

"그럼, 최 선생은 안전하게 여기로 모셔 왔어. 그쪽은 어때? 그럼 빨리 이쪽으로 와. 최 선생이 사모님을 몹시 보고 싶어하거든."

"내 아내가 어디 있소?"

"곧 이쪽으로 오실 거요. 자, 목이나 좀 축입시다."

청년이 맥주잔을 내어밀었다. 그는 잔을 뿌리치고 외쳤다.

"야, 이 몹쓸 놈들아! 내 아내가 어디에 있느냔 말야! 그리고 네놈들의 목적이 뭐야?"

청년은 놀란 듯 눈을 둥그렇게 떴다. 그러더니 싱그레 웃으며 잔을 탁자 위에 놓았다. 청년은 앉은 채로 인혁의 정강이를 냅다 찼다. 무서운 힘이었다. 그는 카페트 위에 허수아비처럼 푹 나동그라졌다.

"최 선생 같은 분은 상황 판단을 잘 할 줄 알았는데 이게 뭐요? 한 번만 더 그런 야비한 말투를 쓰면 쥐도 새도 모르게 죽여 버리겠소. 대접을 해 주면 알아서 행동하셔야지."

그의 말을 받아 다른 청년이 침대 위에 털썩 앉으며 맞장구를 쳤다.

"대학교수가 왜 이리 졸장부야."

그는 정강이의 아픔이 좀 가라앉자 간신히 일어나서 의자에 앉았다. 그는 절망하면서도 놈들의 말에 긍정의 표시라도 하는 듯 빙긋 웃었다. 할 수 없는 일이다. 이미 놈들의 손아귀에 든 이상 어쩔 것인가. 놈들이 시키는 대로 고분고분하다가 놈들의 목적이 무엇인지를 파악한 다음에 무슨 수를 써야지. 그는 입을 다물고 창밖의 어둠을 응시하였다. 휘황한 네온사인들이 번쩍이고 이따금 자동차 소리가 희미하게 들려왔다. 황사도 어둠에 빨려 들어가서 보이지 않았다. 다만 그의 몸 구석구석에 묻어 있는 황사만이 그를 서서히, 그러면서도 완전하게 절망의 낭떠러지로 밀어내고 있었다.

여보, 어떻게 하면 좋지? 돌이야, 아빠가 어떻게 하면 좋으냐? 그는 혼자서 또 버릇대로 중얼거리기 시작했다. 세미나 참

관기를 써 달라던 학보사 기자의 얼굴이 어른거렸다. 내일부터는 다시 정상 강의를 해야 하는데. 어떻게 하든지 오늘 밤 안으로 놈들의 손아귀에서 벗어나야 할 텐데. 대학 동료 교수들의 얼굴도 하나씩 떠올랐다. 대학교수 망신은 그 녀석이 다 시켰지 뭔가. 미친 놈. 마누라가 죽었다고 따라서 투신자살을 해? 대학교수도 이제 평범한 월급장이에 불과한 거야. 우리가 너무 교수 냄새 풍기고 다닐 것도 없다구. 안 그래, 최 교수? 이제 골목에서 싸움도 하고 대낮에도 소주 퍼마시고 술주정도 해야지. 좀 솔직해져야 돼. 마누라가 보기 싫으면 몽둥이질도 시원시원하게 해서 동네 구경거리도 만들고. 이런 걸 꾹 참고 공연히 교수 냄새나 풍기려고 속을 썩이다 보니, 마누라 따라서 투신자살하는 교수도 다 생긴 것이야. 최 교수, 안 그래?

노크 소리가 났다. 인혁은 벌떡 일어섰다. 허리에서 통증이 고개를 들고 따라 일어섰다. 베레모가 담배를 비벼 끄고 문을 열었다. 노크 소리가 나고부터 베레모가 일어설 때까지의 시간이야 일 분도 안 됐겠지만 그에게는 시간을 헤아릴 수 없는 절망의 심연으로 느껴지는 것이었다.

아내를 앞세우고 청년 한 명이 들어섰다. 안경을 쓴 그 청년은 얼굴이 희고 눈이 커서 미남이었고 순결해 보였다. 그러나 그의 입에서는 외모와는 다르게 거친 말이 튀어나왔다.

"씨팔, 날씨가 왜 이 모양이야! 웬 놈의 황사가 이래 기승을 부리는 거야. 이건 모든 게 모래투성이야. 네미, 오라질 놈의 날씨 같으니라구!"

그러면서 안경은 잠바를 벗어서 툭툭 털었다. 모래 먼지가 풀썩풀썩 눈에 띄도록 일었다.

"수고했어. 아이들은 어디에 놓았지?"

베레모가 안경의 등을 두드리며 말했다.

"응, 애들한테 이 꼴을 보일 수는 없잖아. 외갓집에 데려다 놓았지. 아주 귀엽더구만. 빠이빠이를 하면서 내 볼에다 뽀뽀까지 해 주었거든."

안경이 낄낄 웃었다.

"왜, 그러고들 서 있어요?"

갑자기 베레모가 픽 돌아서면서 소리를 질렀다.

"예? 뭔 말씀이오?"

그는 허리에서 맹렬하게 쑤셔 오는 통증을 참으며 말했다.

"사모님을 그토록 찾으시더니 왜 그렇게 잠자코 서 있기만 하냔 말이오? 대학교수의 체면을 차리는 거요?"

베레모의 말을 듣고 보니, 그와 아내는 서로 눈길이 마주치자 곧바로 시선을 딴 데로 돌리고 멍청하니 서 있었음이 생각났다. 어떤 수모를 당하더라도 혼자서 당하는 편이 더 나을 것 같았다. 아내가 보는 앞에서 어떻게 정강이를 걷어 채일 수 있단 말인가. 아내도 마찬가지였다. 낯모르는 남자에게 이끌려 호텔로 들어서면서부터 그녀는 이미 뼛속 마디마디가 모두 어긋나버린 채, 혹시 이런 꼴을 누가 보면 어쩌나 하는 생각만 먼저 들었다. 아빠 학교의 학생이 보든가 동창생 친구가 보든가 시집 식구가 보면, 있는 말 없는 말을 살을 붙여서 찧고 빻고 할 것이었다.

"여보, 도대체 어찌 된 거요?"

그는 아내를 의자에 앉혔다. 그의 손이 닿자 아내는 지푸라기처럼 힘없이 풀썩 주저앉았다. 그는 탁자 위에 놓인 맥주컵을 들어서 쭉 들이켰다. 좀 살 것 같았다. 아내는 넋 나간 사람처럼 그의 얼굴을 뚫어지게 쳐다보고 있을 뿐이었다.

"당신 무사하셨군요……."

간신히 들릴 정도로 아내가 입을 열었다.

"여보. 도대체 어찌 된 영문인지 말을 좀 해요."

그의 말을 받아서 베레모가 대꾸했다.

"자, 이제 안심하시오. 내가 자세히 설명해 드릴 테니 너무 조바심하지 마쇼."

녀석은 담배를 한 모금 빨아들였다. 그와 아내는 진공상태에 갇혀서 들리지 않는 음향을 들으려고 필사적으로 귀를 모으듯 그의 말을 들었다.

"우리가 예상했던 대로 최 선생이나 부인께서 점잖게 우리의 요구에 응해 주셔서 무엇보다 다행이었소. 특히 부인께서는 우리가 전화 한 통 하니까 부랴부랴 나와 주셨으니 감사한 마음 누를 길 없소."

그 말을 듣자 그의 아내는 얼굴을 푹 숙였다.

"그렇게 민망해 할 것 없소. 최 선생의 신상에 급한 일이 생겼으니 빨리 나오셔야 되겠다는 전화를 받고 늑장을 부린다면 오히려 이상한 일 아니오?"

"아무렴. 최 선생도 부인의 사진을 보여 주니까 찍소리 못하고. 고분고분 따라왔으니까."

"자, 빨리빨리 진행시켜. 피곤하단 말야."

녀석들은 저희들끼리 이렇게 주고받더니, 다시 베레모가 말을 이었다.

"우리의 목적이 돈이라면 좋으시겠지만, 보시다시피 우리는 그런 놈들이 아니오."

"그럼 뭐요? 요구하는 대로 다 줄 테니 제발 이런 식으로 괴롭히지 마시오."

그가 애원했다.

"최 선생, 돈이 많소?"

안경을 쓴 청년이 싸늘하게 웃으며 말했다. 그는 그 말에 재빨리 대답했다.

"예, 변통을 해서라도 요구하는 대로 다 줄 테니 어서 우리를 풀어놓아 주시오. 도대체 우리한테 무슨 원한이 있기에 이러는 거요?"

"분명히 얘기하지만, 우리는 돈을 요구하지 않겠소. 우리를 도둑놈이나 강도로 보지 마시오. 또 우리가 최 선생한테 특별한 원한이 있는 것도 아니오."

"어쩌자는 거요?"

그는 대들 듯이 말했다. 그러고 나서 곧 아차 하는 생각이 났다. 반항하는 기색을 조금이라도 보이면 금방 난폭하게 표변해 버리는 놈들의 근성을 알기 때문이었다.

"도대체 요구사항이 뭡니까? 돈도 아니고, 우리에게 특별한 원한도 없다면, 그럼 뭣 때문에?"

그는 제풀에 기가 죽어서 이렇게 공손하게 다시 말했다. 청년들은 서로 마주 보며 싱긋 웃었다. 안경을 쓴 청년이 베드에 걸터앉으며 말했다.

"최 선생을 상대로 택한 경위를 말씀드리지요. 어제 석간에 최 선생 기사가 났어요. 제주도 학술 세미나 기사였지요. 거기서 최 선생이 인간의 도덕 문제에 관해서 말한 것을 꽤 자세히 보도했더구만."

안경을 쓴 청년은 제법 그럴듯하게 신문기사를 늘어놓았다. D일보 제주 주재 기자가 세미나에서 취재를 하는 것을 본 일은 있지만 자기가 발표한 주제 논문이 어떤 식으로 보도됐는지는 보지 못했다. 인혁은 녀석의 말을 들으며 공연히 얼굴이 붉어졌다. 이런 무법자들이 줄줄 외워서 말할 만큼 그의 발표 내용이 평범하고 알맹이가 없다는 자책에서 오는 부끄러움이었다.

"그 신문기사를 보면서 이번에 우리들의 상대자로 최 선생을 선택한 것이오. 대학으로 전화를 해서 집 전화를 알았죠."

"요컨대 특별한 이유가 없다 이 말씀이오. 그저 한번 만나보고 싶은 생각이 들어서 이렇게 무례하게 모셔온 것뿐이오."

베레모가 말을 덧붙였다.

인혁은 가만히 생각해 보았다. 이 녀석들의 정신상태가 비정상일 것이라는 생각이 들기 시작했다. 도무지 녀석들의 행동은 이상한 구석이 많았다. 아내에게 추행을 하거나 물건을 훔치거나 아이들을 괴롭히지도 않고 도대체 무슨 이유로 제법 격식을 차려서 호텔 방까지 인혁 부부를 데려왔는지 그 이유가 분명하지 않았다. 자가용까지 몰고 다닐 뿐만 아니라 하는 언행도 제법 의젓하기조차 했다. 녀석들은 인혁이 부부를 붙잡아다 놓고 절망에 빠져서 몸부림치는 모습을 낄낄대며 즐기는 정신병자들일지도 몰랐다. 문득 미국에 있을 때 일이 생각났다. 그가 있던 기숙사에서 하룻밤에 여섯 명의 여학생이 나체로 살해된 끔찍한 살인사건이 벌어졌는데 나중에 범인을 잡고 보니 기숙사 수위였다. 나체를 감상하다가 그들의 가슴에 칼을 꽂으면 핀에 꽂힌 나비처럼 파르르 죽어가는 모습을 즐기기 위한 것이라는 자백이었다.

"이제 우리를 어떻게 할 생각이오?"

인혁이 묻자 청년들은 하품을 했다.

"내일 아침까지 이 호텔에서 푹 쉬다가 나가시면 되는 것뿐이오."

그때 전화벨이 울렸다. 아내가 인혁의 옆구리를 쿡 찔렀다. 그러나 그는 이 순간에 전화를 나꿔챌 용기도 힘도 없었다.

"누구? 형님이요? 그래 일이 다 잘 돼 갑니까? 빨리빨리 처리하시오."

안경 쓴 청년이 전화를 받았다. 무슨 소리인지 알 길이 없지만 꼭 밖에서도 무슨 흉계가 벌어지고 있는 듯했다. 그러고 보면 놈들의 조직이 꽤 큰 규모인가 보았다. 자정이 가까와 오고 있었다. 그는 허리 통증 때문에도 괴로웠지만 우선 온몸을 짓누르는 피곤함 때문에 어떤 일을 조리 있게 따져 볼 기운도 나지 않았다. 누구에게나 불행은 갑자기 닥쳐오는 것이지만 그는 정말 지금 자기가 당하고 있는 모습이 꼭 남의 일처럼 실감 나지 않았다.

"자, 그럼 슬슬 시작해 볼까요?"

잠바를 입은 청년이 인혁의 팔을 잡아 일으켜 세우며 말했다. 인혁은 그 순간 깜짝 놀랐다. 하마터면 허리의 통증 때문에 소리를 지를 뻔했다. 아내도 오들오들 떨며 따라 일어섰다.

"겁내지 마시오. 처음 약속한 대로 야비한 짓은 안 할 테니까. 최 선생, 아주 피곤해 보이는데 그만 자도록 하슈. 우리가 방은 지키고 있을 테니."

"아니오. 그냥 이대로 앉아 있겠소."

인혁은 공포의 사슬에 묶인 채 말했다.

"자, 사모님도 옷을 벗으시고 며칠 그리우셨을 텐데 얼른 잠자리에 드시오."

그제야 인혁은 놈들의 속을 알아차렸다. 놈들이 보는 앞에서 성행위를 하라는 것이다. 인혁은 베레모의 따귀를 갈기고 소리쳤다.

"몹쓸 놈 같으니라구! 너희들도 사람이냐?"

베레모는 손바닥으로 얼굴을 닦으며 빈정대듯 웃었다.

"대학교수라서 역시 점잖으시구만. 그렇다면 최 선생은 앉아서 구경하시오. 우리가 대신할 테니까."

그리고는 윗저고리를 벗어 던지고 아내의 어깨를 잡아채어 침대로 밀쳤다. 아내는 힘없이 고꾸라졌다. 녀석이 말했다.

"어떻소? 어떤 것을 택하겠소?"

인혁은 아내가 쓰러진 침대로 다가갔다. 아내를 부둥켜안고 함께 눕자 눈에서 눈물이 쏟아졌다.

"옷부터 벗으시오."

놈들이 의자에 앉아서 술을 마시며 지시했다.

그는 놈들이 지시하는 대로 옷을 하나하나 벗었다. 절망의 늪에서 허우적대듯 그는 마침내 나체가 되었다. 놈들이 어떤 짓을 할지 모른다. 나체로 만들어 놓고 죽일지도 모른다. 어쩌면 좋은가. 인혁은 속으로 부르짖으면서 아내의 옷도 하나하나 벗겼다. 아내도 마침내 나체가 되었다. 놈들은 술잔을 기울이면서 인혁의 행위를 지켜보고 있었다.

"편히 누워서 이제 시작하시오. 우리도 쓴맛 단맛 다 본 사람들이니 너무 상심 마시오. 우리가 구경하고 있으면 더 자극이 될지도 모르오."

"하긴 그래. 불 끄고 단둘이서 그 짓을 하면 별 흥미가 없지. 옆에 갓난애라도 쿨쿨 자고 있어야 제법이거든."

인혁은 잠시 망설였으나 곧 놈들이 시키는 대로 하기로 작정했다. 차라리 빨리 죽여 주었으면 좋겠다는 생각도 들었다. 정말로 내가 그 짓을 하면 놈들이 우릴 죽일지도 몰라. 그래, 이런 수모를 당하느니 차라리 그게 더 좋겠다. 빨리 죽고 싶다.

그는 아내와 더불어 침대 위에서 일을 시작하였다. 어디선가 쿵쿵하는 굉음이 들려오고 있었다. 야간 공사장에서 울리는 소리일까. 아니, 그의 내부에서 울리는 소리인지도 몰랐다. 모든 게 무너져 버리는 소리였다.

"좀 더 적극적으로 하시오. 원 그따위로 힘이 없어서야 어디 사모님이 만족하겠소?"

이렇게 말하면서 그의 벌거숭이 궁둥이를 발길로 냅다 내질렀다. 그는 뚝 떨어졌다가 다시 필사적으로 일을 계속하였고 모든 게 끝장이라는 생각이 다시 났다.

인혁은 놀라서 퍼뜩 잠이 깨었다. 창으로 누런 햇빛이 찬란하게 쏟아져 들어오고 있었다. 옆에 누운 아내도 그때 막 잠에서 깨어나고 있었다. 잠시 동안은 어리둥절해했지만, 곧 지나간 밤의 일이 떠올라 그는 후다닥 자리에서 일어났다. 알몸뚱이였다. 그는 아내의 옷부터 찾아 던져 주었다.

"당신 괜찮아?"

"예, 무사하셨군요."

인혁은 순간적으로 도망갈 기회가 바로 지금이라는 생각이 들었다. 아내가 옷을 입고 침대에서 내려왔다. 놈들이 아내를 건드리지 않은 것만이 인혁에게는 가장 고마웠다. 또한 더 무서운 일을 저지르지 않은 놈들에게 절이라도 하고 싶은 심정이었다. 정신병자들치고는 제법 괜찮은 놈들이야. 이 정도라면 악취미에 해당해. 까짓거 나도 좋은 경험으로 치면 그만이지, 뭐, 잘 있어라, 이놈들아. 미친 놈들, 나야 악몽 한 번 꿨다고 생각하마. 젊은 녀석들이 귀중한 시간과 돈을 낭비하면서 이게 무슨 짓이야. 이게 다 요즘 인간도덕이 타락해서야.

그들이 도어를 살며시 열자 놈들이 기지개를 켜면서 뭐라고 투덜댔지만 잠을 깨지는 않은 모양이었다. 인혁은 아내의 손을 잡고 미로처럼 생긴 복도를 걸어 나와 엘리베이터 앞에 섰다. 마침 엘리베이터가 내려오고 있었다. 그들은 엘리베이터가 멈추자 급해서 손으로 문을 두드렸다. 문이 열리자 그들은 안으로 푹 고꾸라지듯이 들어섰다. 비로소 한숨이 휘이 나왔다.

GN빌딩을 빠져나와 그들은 택시를 잡았다. 뒤에서 따라오는 사람이 있나 하고 눈여겨보았지만 그런 기색은 없었다.

"놈들을 경찰에 신고하세요."

"그만둡시다. 까짓거 그런 녀석들을 신고해서 체포한다 해도 괜히 우리만 귀찮을 거요. 우리가 무사했으니 그만둡시다."

인혁은 잠시 동안 허리의 통증도 잊고 대범하게 말했다. 잘못 신고를 했다가는 놈들이 보는 앞에서 그 짓을 한 것까지 몽땅 소문이 날 거야. 차라리 없었던 일로 치고 그만 잊어버려야지.

택시는 중앙청 앞에서 좌회전을 했다. 인혁은 밖을 내다보았다. 아침 햇살이 황금빛으로 쏟아지고 있었다. 황사 때문에 더욱 누렇게 보였다.

"운전수 양반, 차를 다시 수유리 쪽으로 돌리시오. 그냥 집으로 들어가야겠어. 아이들은 할머니보고 데려오라고 하지 뭐."

인혁의 말이 떨어지자 아내는 그의 어깨에 몸을 찰싹 기대어 왔고 차는 서대문에서 다시 회전을 하여 방향을 바꾸었다. 갑자기 아랫도리에 자극이 왔다. 인혁은 아내의 상체를 안고 볼을 비볐다. 차는 황사가 쏟아지는 햇빛 속을 달려갔다.

그들은 수유리 집 앞에서 차를 내렸다. 하룻밤 동안 비어 있던 집이라서 그런지 좀 어색한 기분이 들었다. 앞집 노인이 골목에서 서성거리다가 그들을 보고 허리를 폈으나 인혁은 인사를 하지 않고 대문을 열고 안으로 들어갔다. 집은 말짱했다. 마루에 놓인 응접 의자도 도자기도 그대로였고 서재도 잘 정돈된 채였다. 안방에 있는 텔레비전도 라디오도 그대로 있었고 모든 게 말짱했다. 창틈을 비집고 들어온 황사 먼지가 보얗게 깔려 있을 뿐, 절망의 늪에 빠졌다가 살아서 돌아온 그들의 집은 무사했다. 대지 60평에 건평 30평의 양옥. 싯가 1천7백만 원짜리 그의 집은 무사했다. 그는 갑자기 웃음이 나왔다.

"당신 왜 그래요?"

그의 웃음소리에 놀란 아내가 눈을 동그랗게 뜨고 쳐다보았다.

"우습지 않느냔 말야. 놈들의 행동이 너무 우습지 않느냔 말이야."

아내도 따라서 배시시 웃었다.

"커피나 한잔 끓여 줘. 빨리 학교에 나가서 강의를 해야지."

"피곤하지 않아요?"

"괜찮아, 이까짓 것쯤 참아낼 수 있어."

또 웃음이 나왔다. 아내는 친정으로 전화를 걸고 있었다. 돌이야. 누구에게나 악몽은 있는 법이란다. 그럼, 누구나 절망하는 것이고. 그 절망을 극복하는 방법이 중요한 거야. 그는 아내의 전화 소리를 들으며 혼자서 돌이를 상대로 중얼거렸다. 놈들에게 납치돼 있을 동안의 무력과 절망은 다 팽개치고 의젓하게 돌이에게 삶의 방법을 가르치고 있었다. 이제 다시는 그러한 절망의 손아귀에 잡히지 않으리라는 굳은 결심을 했다.

"할머니께서 오후에 아이를 데리고 오신대요. 그리고 돌이가 아빠 선물 뭐 사 가지고 오셨느냐고 해요."

"돌이 비행기하구 순이 인형을 사 왔지. 당신 목걸이도."

트렁크에서 아이들 선물을 꺼내었다. 배꼽을 내어놓은 오뚝이 인형이 웃고 있었다. 그는 트렁크에서 진주 목걸이를 꺼내어 아내의 목에 걸어 주었다. 아내는 신혼시절처럼 그의 가슴에 얼굴을 파묻었다. 신선한 감각으로 그는 아내의 몸 구석구석을 애무하였다. 그의 손이 닿자 아내는 곧 온몸이 뜨거워졌다. 손끝에 황사가 묻혀 오고 있었지만 그는 애무를 계속하였

다. 그때 전화벨이 울렸다. 그는 휘파람을 불며 수화기를 집어
들었다.

"최인혁 선생 댁이오?"

"그렇소."

"아, 이제야 통화가 됐소이다. 이거 시일은 급박하고 야단났
었는데 이젠 됐구만. 그래, 언제까지 집을 비울 수 있소?"

"뭐라구요?"

그는 순간적으로 깊은 낭떠러지로 떨어져 내렸다. 열린 창문
으로 황사가 가득하게 몰려들어 와서 그의 몸을 휘감아 왔다.
어찌나 심하게 몰려드는지 숨이 막히고 습진을 앓는 것처럼
온몸이 근질근질했다. 그는 황사를 필사적으로 헤치며 낭떠러
지에서 기어오르려고 안간힘을 썼다.

무슨 뚱딴지같은 소리요. 급히 외국에 간다고 집을 판 사람
은 누군데 이제 와서 무슨 소리를 하는 거요? 토요일까지 집을
비워 주시오. 어쩐지 서두르는 게 좀 이상하다 했지만 대학교
수라기에 믿었더니 골치 아프게 구는구만. 그는 수화기에서 흘
러나온 목소리를 되받아 중얼거리며 입안까지 가득한 황사를
뱉어냈다. 온몸을 거미줄처럼 끈끈하게 조여오는 절망의 끈은
점점 더 예리해지고 있었다.

(문학사상, 1978)

달려라 밤 버스

밤 버스가 정류장을 빠져나와 읍내를 벗어났을 때는 이미 어두워져서, 길가의 나무들도 먼지를 뒤집어쓴 지붕들도 보이지 않았다. 버스의 헤드라이트가 어둠 속에 빨려들어 갔던 나뭇가지와 지붕들을 하나씩 풀어냈다가는 그것들을 다시 어둠 속으로 던지곤 하였다. 버스는 암흑의 세파를 헤치며 성령의 말씀을 전하는 늙은 예언자처럼 온 힘을 다하여 어둠을 빠져나가고 있었다. 진한 휘발유 냄새와 쿠렁쿠렁대는 엔진 소리만 버스 안에 가득할 뿐 승객들의 얼굴은 한결같이 보이지 않았다. 이따금 운전수가 쓴 모자의 금단추만이 반짝이고 있었다. 차내에는 등이 켜지지 않아 어두웠고 담배를 피우는 승객의 얼굴만이 잠깐씩 흐리게 보였다. 모두들 어둠에 짓눌린 것처럼 아무 소리도 내지 않고 있었다.

"이것 봐! 불 좀 켤 수 없어?"

굵은 목소리가 차 안의 고요함을 깼다.

"이거 원 답답해서 견딜 수가 없잖아? 이게 뭐야! 꼭 감옥 살러 가는 꼴이지 뭐야?"

"전등이 다 나갔다고 했지 않습니까?"

차장 노릇도 하는 조수 녀석의 쉰 목소리가 앞쪽에서 들렸다. 외딴 노선을 운행하는 버스는 늘 고물차라는 것을 모두들 알고 있었지만, 녀석의 고압적인 대꾸는 의외로 거칠고 강경했다. 더 이상 불평을 했다가는 멱살이라도 잡힐 것 같았다. 광대뼈가 툭 튀어나오고 눈알이 부리부리하고 턱에 칼 자죽이 난 거무튀튀한 얼굴을 하고 시외버스의 조수 녀석들이 활개를 치는 세상이었다.

"임마! 그걸 말이라고 씹어 뱉어? 전등이 나갔으면 새로 바꿔 달고 출발했어야 될 것 아니냐? 빌어먹을 놈 같으니!"

뒷자리에서 다시 큰 목소리가 터져 나왔다. 아무리 어둠 속에 묻혀 조수 녀석의 우락부락한 얼굴이 보이지 않는다고 해도, 이렇게 당당하게 맞장구를 칠 수 있는 사람은 광부들뿐이었다.

읍에서 사산 탄광촌까지는 80리가 되었고 하루에 아침 낮 밤 세 차례 버스가 오갔다. 한창 석탄이 쏟아져 나올 때는 하루에 여러 차례 버스들이 오갔지만 점점 채탄량이 줄고 이제는 폐광 직전에 있는 상태여서 읍과의 교통이 점점 뜸해져 가는 중이었다. 기운 좋고 발넓은 광부들은 모두 성업 중인 탄광으로 빠져나가고, 이제는 힘없고 주변머리 없는 사람들만 남아 석탄을 캐었고, 또 어떤 사람들은 화전을 일구어 농사를 짓고 있어서 이제는 탄광촌이라기보다는, 한쪽에서만 아직도 그렁 저렁 탄광이 명맥을 이어 가고 한쪽에서는 산비탈에 불을 질러 밭을 일구는 농촌의 모습을 형성해 가는 사양길의 광산촌이었다. 하루 세 차례 버스가 오가기는 했으나 승객이 별로 없었다. 소매점을 하는 상인들이나 음식거리를 사러 나가는 객줏집 주인들뿐이었다. 또 어쩌다가 탄광 사무소 직원들이 읍에 나갔다 오는 정도였다.

탄광 사무소는 한창때는 간판도 커다랗게 걸고 제법 읍과 직통 전화도 가설해 놓고 법석이었지만 이제는 조그맣게 분소 간판을 걸고 앉아서 1주일에 한 번씩 석탄을 실으러 오는 화차를 기다리거나, 읍에 있는 탄광 사무소에서 한 달에 한 번씩 가져오는 광부들의 수당을 기다릴 뿐이었다. 흥청거리던 객줏집도 거의 문을 닫았고, 석탄 빛으로 검게 이글거리는 총각 광부들을 유혹하는 입술이 빨갛고 엉덩판이 딱 벌어진 계집들도 이미 다 떠나 버렸다.

이제 더 이상 매장량이 없어서 탄광이 곧 폐광된다는 소문이 나돈 것은 벌써 지난봄부터였다. 그 후 탄광촌은 하루가 다르게 생기를 잃어가고 곧 숨이 넘어갈 듯한 정적에 휩싸여, 읍과의 유일한 교통수단인 시외버스가 오갈 때조차 그전처럼 왁자지껄하게 부산을 떠는 일이 없었다. 하루에도 몇 차례씩 석탄을 실으러 오던 화차도 점점 뜸해졌고 여름을 넘기면서부터는 사산역도 잡초만 무성하게 자랐다.

창문으로 시원한 강바람이 불어 왔다. 강은 어둠 속에서나마 번들번들하는 커다란 등을 뒤채며 길옆으로 누워 있는 모습을 내보이고 있었다. 조금 전에 조수 녀석에게 당당하게 욕을 해 대던 뒷자리의 광부도 잠이 들었는지 아무 소리도 없었다. 밤 버스는 서두르지 않고 강을 끼고 꾸불꾸불하게 이어진 험한 길을 달려가고 있었다. 읍을 벗어나서 10리쯤 지나면서부터 사산탄광까지는 강을 따라 차도가 이어져 있었다. 차도 옆으로 는 화물차가 다니는 철로가 놓여져 있었다.

"탄광은 이제 아주 문을 닫을 모양이지요?"

피곤한 여자의 목소리가 들렸다. 그 말을 받아서 젊은 여자 가 대꾸했다. 바로 옆자리에 앉은 여자인 모양으로 젖먹이가 칭얼대는 소리도 들려왔다.

"탄광 때문에 신세 조진 년이 한둘이 아니예요. 모두 쫄딱 망했지."

그렇게 말하면서 보채는 젖먹이를 달랬다.

"아유 이 원수야. 누구 잡아먹으려고 태어나서 이 꼴이야."

상스러웠지만 퍽 인상적이었다. 젖먹이를 달래는 태도로 보 아 생활에 찌들릴 대로 찌들린 모양이지만 욕을 마구 해 대는 여자의 목소리에는 끈끈하고 집요한 생명력 같은 것, 모성애 같은 것이 듬뿍 묻어나고 있었다.

"젊은 댁은 탄광촌을 지난봄에 떠났지 않았수? 무슨 일로 또 들어갑니까?"

젖먹이가 젖을 넘기는 소리가 들렸다. 젊은 여자는 젖먹이의 등을 두드리며 말했다.

"광부들한테 외상값 남은 게 몇 푼 있다우. 읍에 가서 술장사를 하니까 여간 돈이 아쉬워야죠."

다시 밤 버스는 정적에 휩싸였다. 이따금 밖에서 강물 소리가 들려왔다. 내리막길인지 버스는 엔진소리도 없이 달려가고 있었다.

"이봐! 라디오 좀 켜! 원 캄캄한데다가 너무 고요하니까 기분이 묘하구만."

좀 늙은 듯한 목소리가 한참 만에 버스 안의 어둠을 헤집었다.

밤 버스 승객들은 대개 거나하게 술이 취해서 떠들고 흥얼흥얼 노랫가락을 하는 게 보통인데 이날따라 승객들은 모두 맥 풀리고 주눅 들린 모양으로 버스 안이 이상하게 조용했다. 더군다나 전등이 다 나가서 캄캄한 버스를 타고 어두운 길을 가자니, 아닌 게 아니라 적적하기도 하고 공연히 기분이 울적해지기도 하는 것이었다.

"배터리가 약해서 못 켜요."

조수 녀석이 퉁명스럽게 말했다.

"빌어먹을 놈! 말끝마다 한다는 소리가 작작 그 소리야?"

쉰 듯한 목소리는 화가 났는지 욕을 했다. 그러자 다른 자리에서도 한마디씩 했다.

"누가 아니래요. 탄광이 저 지경이니까 저놈들도 우리를 깔

보는 것 아뇨?"

"폐광이 가까와졌다고 우리한테 차비 한 푼 덜 받은 적이 있느냔 말야?"

"버스 회사 놈들이 죽일 놈이야. 이런 고물차를 탄광 노선에 배정하고도 큰소리만 땅땅 친다니까!"

모두 죽은 듯이 어둠에 파묻혀 있던 탄광촌 사람들이 한꺼번에 힘이 솟았는지 투덜댔다.

밤 버스가 갑자기 기분 나쁜 소리를 내며 정거했다. 그동안 등만 보이고 묵묵히 운전을 하고 있던 운전수가 천천히 얼굴을 돌렸다. 그의 얼굴은 버스의 헤드라이트 때문에 흐끄무레하게 보여서 윤곽만 간신히 떠올랐을 뿐 분명한 것은 아니었다.

"누구요? 그따위 씨알데기 없는 소리 하는 작자가?"

운전수는 엔진통 위에 길다란 다리를 쿵 하고 올려놓으며 말했다. 조금 전에 한마디씩 불평을 해 대었던 승객들은 자기들의 얼굴이 어둠 속에 묻혀 있다는 데 안심을 하면서 운전수의 다음 말을 기다렸다. 어두운 암실에서 취조관에게 심문을 받는 피의자처럼 모두들 기가 죽어 있음이 분명했다.

"뭐 그래 잔소리들이 많아? 탄광까지 한 번 운행하는데 얼마가 손해나는지 아슈?"

운전수는 기분이 몹시 언짢은 모양이었다. 가래침을 툭 뱉었다. 밖에서는 강물 소리가 질척질척하게 들리고 이따금 나뭇가지가 바람에 흔들리는 소리도 슬프게 들렸다. 운전수가 모욕적인 말을 해도 누구 하나 대꾸할 엄두를 내지 않았다. 다만 젊은 여자가 안고 있는 젖먹이만이 칭얼대다가는 엄마한테 볼기짝을 얻어맞을 뿐이었다.

"우리도 죽을 지경이우. 승객이 아예 한 사람도 없으면야 노선을 폐지하면 되지만 그도 저도 아니니까. 그따위로 불평을 하려면 아예 버스를 타지 마슈. 피차 속이 편할 테니까. 빌어먹을, 탄광촌 때문에 신세 조진다니까."

운전수는 모자를 고쳐 쓰면서 다시 운전석으로 돌아앉았다. 그가 다시 시동을 걸자 조수 녀석이 키득키득 웃었다. 차장 노릇도 겸하고 있는 녀석은 온갖 잡일을 하는 견습 운전수여서 닳고 닳은 놈이었다. 어둠 속에서 녀석이 키득키득 웃는 소리만 들렸다.

"하긴 우리가 큰소리칠 형편도 못 되지."

젊은 여자가 아기의 등을 토닥거리며 말했다. 버스가 웅덩이를 지나가는 모양으로 파도를 탄 보트처럼 공중으로 붕 솟았다가 덜커덩 내려앉았다.

"이번 가을을 넘기기가 어렵다지요?"

"그런가 보우. 탄광 사무소 직원들도 대부분 철수를 했다오."

"하긴 철로도 빨갛게 녹이 슬었으니까 볼장 다 봤지."

"제미랄. 그놈의 탄광이 문 닫게 되면 우리는 무얼 먹고 산다……."

목소리를 낮추어서 말을 주고받는 그들은 사산탄광의 광부들일 것이었다. 늙거나 병들거나 또는 주변머리 없는 그러한 광부들은 다른 탄광을 찾아 나설 용기도 없었다. 장정들이 득실거릴 터이니 이런 작자들이 찾아간다 해도 웃음거리나 되기 쉬운 일일 것이다.

어둠 속에서 하품하는 소리가 들렸다.

"아함……."

어둠 때문에 시각이 차단당해서일까. 청각만이 유난하게 곤두서 있었으므로 하품 소리는 마치 공명관을 통하여 들리는 것처럼 크고 길게 울려퍼졌다. 힘없는 버스의 낡은 엔진소리보다도 더 크게 들리는 것 같이 느껴졌다.

"아함……."

"어흠……."

"아, 아……."

승객들은 하나둘씩 하품을 하기 시작했다. 하품이 전염이 된다는 우스개가 있더니 정말일까. 버스 안은 삽시간에 하품 소리로 가득 찼다.

버스가 삑 소리를 내며 정거했다. 운전수가 얼굴을 돌려 승객을 돌아다보며 투덜거렸다.

"웬 놈의 하품 소리가 그래 요란하슈? 원 참, 더러워서…… 아함……."

운전수도 말끝을 채 맺지 못하고 하품을 했다. 뒤이어 조수 녀석의 하품 소리도 들렸다. 이번에는 승객들이 키득키득 웃기

70

시작했다. 차창 밖에서는 초가을 강물이 출렁이며 무심하게 흘러갔다.

승객들의 웃음소리가 여기저기서 들리자 버스 안은 그동안의 어둠을 벗고 조금씩 밝아지는 것 같았다. 밤 버스의 헤드라이트만이 어쩐 일인지 영문을 모르겠다는 듯 좁고 꾸불꾸불한 길을 흐릿하게 비추고 있었다.

"야, 네가 차 좀 몰아."

운전수는 불빛이 희끄무레한 운전석에서 엉거주춤하니 일어서며 조수를 보고 말했다. 승객들은 키득키득 웃으며 운전수와 조수의 꼴을 바라보았다. 운전수는 엔진통을 밟고 내려서서 어둠속으로 빨려들어 왔다. 깡마른 조수가 운전석으로 개구리처럼 펄쩍 뛰어 올라갔다.

"아저씬 한참 푹 자시소. 제가 기차게 몰아 볼 테요."

조수는 신이 나서 큰소리로 말했다. 녀석의 입장에서 본다면 절호의 기회였다. 주차장에서나 이따금씩 차를 운전해 보던 주제에 떠억하니 정식 노선에서 운전을 한다는 것은 기막힌 기회임이 분명했다. 그것도 밤 버스다. 혹시 길이 넓고 곧바른 데서는 낮 버스인 경우에 운전수를 졸라서 잠깐씩 운전을 해 보게 되는 경우도 있었지만, 탄광행 험한 길에서, 더군다나 밤 버스를 운전하다니 어깨가 으쓱할 정도로 신이 났다.

사산탄광까지 가는 길은 좁고 험했다. 앞에서 차가 오면 풀섶으로 비켜섰다가 가야 될 만큼 좁고, 여름 장마 때 흙이 쓸려

나간 곳에 툭툭 튀어나온 바윗돌이 그대로 돌출되어 있어서 웬만한 운전수도 앞을 똑바로 내다보고 정신을 바짝 차려야 하는 것이다. 이런 길을 캄캄한 밤중에 버스를 몰게 되어서 녀석은 행복했다. 험한 길에서 운전을 배워야 기술이 늘어난다. 20년 무사고 운전사의 말로는 처음 운전을 배울 때 저수지 둑에서 훈련을 쌓았다고 했지 않은가. 나중에 운전석에서 일어나 보니 똥을 찔끔찔끔 싸서 바지 궁둥이에서 고약한 냄새가 났다고 하지 않은가. 조수는 이런 생각을 하며 힘차게 시동을 걸었다.

버스가 좀 더 흔들리기는 했으나 마냥 기운차게 달려갔다. 운전수가 운전할 때보다 좀 더 생기 있고 활발한 기운이 버스가 흔들릴 때마다 승객들에게 퍼져 왔다. 어둠도 조금 벗겨지는 것 같았다. 하품도 더 이상 나오지 않았다.

"몇 시나 됐수?"

뒷자리에서 늙은 목소리가 들렸다.

"글쎄, 꽤 오래된 것 같구료."

"여기가 어디쯤이우? 정자 있는 곳을 지났는가……."

"통 보이질 않으니 알 수가 있나. 옳지, 버스가 요동을 치는 걸 보니 낚시터 있는 곳인가 보군."

버스는 곤두박질을 하다가 휘발유 냄새를 심하게 내쏟으며 올라섰다. 엔진 소리도 숨이 막혔다.

"여느 때보다 시간이 더 늦은 것 같구먼그래. 이맘때쯤이면

72

꼬들바위 정자 있는 곳까지 와야 되는데…….”

“이제 훨씬 빠르지 않수? 조수가 차를 모니까 쌩쌩 달리는구만.”

그들은 말을 중단하고 서로 담뱃불을 붙였다. 어둠 속에서 담뱃불 두 개가 밝아졌다 흐려졌다 하는 모습이, 차가 흔들릴 때마다 일렁거렸다.

“임자는 그래 올 가을에 광산촌을 아주 떠날 셈인가?”

“읍내로 나가서 다른 방도를 찾아봐야겠네. 임자는 한 해 더 눌러앉을 셈인가 보이.”

“어쩌지도 저쩌지도 못하는 거라네. 기운이 없어서 석탄을 캐기는 틀렸네만 그래도 목구멍에 거미줄 치지 않으려니 도리 있는가. 아들 녀석은 자꾸 나오라구 하더구면. 통 용기가 안 나네그려.”

“자네 큰녀석이 지금도 읍에서 차를 끄나?”

“화물 트럭인데 그것도 시원치 않은가 보이. 아직 나이도 어리고.”

“그렇지, 아들놈한테 얹히기에는 아직 나이가 있지. 이러나저러나 임자는 그 녀석을 둔덕 삼아서 비벼대다 보면 무슨 수가 생기겠구만. 나야 그도 저도 아니니 큰일이야.”

그들은 폐물이 다 된 광부인 모양이었다. 원칙대로 한다면 광부는 만 45세가 지나면 부적격이지만 때로는 나이도 속이고 신체검사 때 슬쩍 돈을 집어 주면서도 광산에 매달리는 경우가 있는 딱한 사람들도 있다. 담배를 피우며 신세 한탄을 하는 사람들은 마흔이 훨씬 넘은 늙은 광부임에 틀림이 없었다.

좀 위태로운 생각이 들 정도로 버스는 덜커덩대며 불안하게 달렸다. 운전수는 빈자리에 앉아 잠이 들었는지 조수한테 핸들을 맡기고는 잠자코 있었다. 모두 어둠뿐이었다. 밤 버스는 어둠을 싣고 덜커덩대며 달리고 강물 소리가 가끔씩 무심하게 뛰어들어 왔다. 버스가 갑자기 공중으로 붕 떴다가 앉았다. 돌뿌리를 그대로 뛰어넘은 모양이었다. 승객들은 놀라서 모두들 감았던 눈을 떴다. 아니 놀라서라기보다는 갑자기 눈앞이 훤하게 밝아져 왔기 때문에 눈을 떴다. 버스가 붕하고 쿵하는 통에 전등이 하나 들어온 것이었다. 너무 캄캄했던 버스였으므로 조그맣고 희미한 전등이었지만 상당히 밝게 보였다.

"이제 좀 살 것 같구만."

뒷자리에 앉아 있던 잠바를 입은 텁수룩한 광부가 말했다.

"이놈의 버스는 제법 자동식이구만."

승객들은 한마디씩 하면서 차 안을 둘러보았다. 좌석이 반쯤밖에는 차지 않았다. 승객들이 어둠 밖으로 얼굴을 내밀기 시작했다.

"김 서기는 웬일이우?"

광부 차림의 사내가 궁둥이를 들며 말했다. 김 서기라고 불리운 청년은 서른 살 됐을까 말까 한 하관이 빠른 사람으로 앞쪽에 타고 있었다. 김 서기는 얼굴을 조금 찡그리면서 자세를 고쳤다. 그리고 나서 뒤를 돌아다 보았다. 그들의 성이나 이름은 생각나지 않았지만 한눈에 폐물이 다 된 광부라는 걸 알아볼 수 있었다.

"갑자기 읍내에 볼일이 생겨서 낮차로 나갔지요. 이거 보통 고생이 아닌데요."

"볼일이라니 무슨 일인데?"

마흔이 훨씬 넘어 보이는 늙은 광부는 잔뜩 호기심이 나서 한마디하며 궁둥이를 또 들썩거렸다.

"시답잖은 거예요."

김 서기는 도로 자세를 고쳐 앉으며 그야말로 시답잖게 대꾸했다. 그리고 그는 차창 밖을 내다보았다. 군사혁명 후에 식목을 했다는 침엽수가 가득한 개골산 기슭을 지나고 있었다. 밖은 어두웠지만 산 능선의 윤곽으로 보아 그는 알아낼 수 있었다. 늙은 광부들이 관심을 가진 것은 수당이라는 것도 김 서기는 대뜸 알아낼 수 있었다. 캄캄한 산처럼 그들은 내심을 숨기고 있지만 그는 그들의 어조에서 대뜸 알아낼 수 있었다. 탄광분소 경리 서기인 그였다.

광부들은 마치 땅속 깊이 몇 천 년 동안을 숨어 있다가 채탄되어 검은빛 모습을 드러내는 석탄처럼 속이 깊으면서도 단순했다. 그리고 열광적인 구석이 있었다. 미래의 희망이 없는 광부들이어서 놀기를 좋아하고 광폭하다고 하지만 그들은 천성속에 뜨거운 불덩이를 늘 감추고 있었다. 그것이 한번 불이 붙

으면, 사흘 밤낮을 마시고 노래하고 그러다가는 석탄재처럼 하
얗게 식어 가서 다시 핏기 없는 얼굴을 하고 갱 속으로 숨어 버
린다. 다시 뜨거운 불덩이가 가슴속에 차오를 때를 묵묵히 기
다리면서 그들은 석탄가루를 마신다.

사산탄광에 온 지가 1년도 채 못 되지만 김 서기는 광부들의
불덩이가 언제 불이 붙는지를 알고 있었다. 수당을 조금이라도
타는 날에 불이 붙는다. 객줏집 술이 바닥이 날 때까지 그들은
마시고 노래한다. 아무나 붙잡고 술을 사고 포옹하고 떠든다.
그런 날이면 김 서기는 광부들을 피해서 일찍 하숙집으로 숨
어 버리곤 했다. 지금 저 늙은 광부들도 주머니 사정이 엔간만
해도 필연코 김 서기에게 한잔 하자는 말부터 했으리라. 아니
저렇게 말짱한 정신으로 밤 버스를 타고 오지도 않았으리라.

김 서기는 이런 생각을 하면서 선반 위에 놓은 손가방을 쳐
다보았다. 가방 안에는 광부들의 수당이 들어 있었다. 읍에 있
는 탄광 사무소에서 빨리 나오라고 해서, 체불된 노임을 지불
하나 보다 하고 급히 서둘러서 나가 보았더니 겨우 열흘치만
내어밀며 손바닥을 문지른 것이었다.

"직원들이 협조해서 광부들을 좀 독려해 주오."

사무소장이 하는 말은 고작 이랬다. 광부들이 사기를 잃고
있으니 채탄량이 자꾸 줄어든다는 것이었다. 그렇다고 이미 6
개월 계약으로 운행하는 화물차를 안 보낼 수도 없다. 석탄이
화물차에 반 정도밖에 실려 나오지 않아도 할 수 없이 일주일

에 한 번씩 화물차만 탄광으로 들여보낸다. 사무소장은 본사에 대한 체면도 있으므로 속이 뒤집힐 것 같은 것이다.

"올 한 해를 넘길 수 있습니까?"

김 서기는 수당 200만 원을 가방에 받아 넣고 영수증을 쓰면서 물어보았다.

"그래야 할 텐데, 지금으로서는 장담 못 하겠소. 본사에서도 여러 가지로 검토를 하는 모양이더구만, 워낙 채탄 실적이 좋지 않으니까."

"탄맥이 끊긴 것은 아니지 않습니까? 지질조사반을 동원해서 본격적으로 재탐사를 하도록 건의하면 어떻습니까?"

"글쎄, 김 서기 말처럼 일이 제깍제깍 된다면야 좋지만…… 본사에서는 그런 조그만 탄광 하나 문 닫는 것을 대수롭지 않게 생각들 하니 큰일이오."

"그래도 광부들의 생계를 생각해야지요. 가족들까지 합치면 몇백 명 아닙니까? 그런데다가 임금도 제때에 못 주니 우리 분소 직원들도 영 죽을 노릇입니다."

"알았소. 광부들을 잘 독려해 주시오. 추석 때까지는 노임 지불이 완결될 테니까."

김 서기는 밤 버스를 놓치지 않으려고 서둘러서 밖으로 나왔다. 200만 원밖에 안 되지만 오백 원권과 천 원권이어서 부피가 꽤 됐다. 읍에서 하룻밤 자고 이튿날 아침 버스로 돌아와도 되지만 그는 당일로 돌아가고 싶었다. 막 떠나려는 버스에 겨우 올라탄 김 서기였다. 버스의 어둠 속에 갇혀서 스스로의 꼴을 반성해 보니 공연히 서글퍼졌다. 광부들의 단순하고 열광적인 생활 태도를 그는 평소부터 존중해 주는 입장이었다. 주판알이나 튕기고 볼펜이나 끄적이며 사무원입네 하는 자기보다도 땅속 깊이 들어가 석탄을 캐는 광부들의 생활이 훨씬 활기 있고 또 진실하게 보였다. 그가 맨 처음 분소의 경리 담당으로 부임했을 때 옆자리의 직원은 부러운 듯이 쳐다보았다.

돈을 만지는 자리여서 좀 생기는 게 있다는 것이었다. 광부들의 노임이 시간제로 지불되므로 작업을 하다가 조퇴를 하면 겨우 하루 수당의 삼분지 일이나 반만을 주는데, 그런 것들을 서류상으로 하루치로 계산하여 놓았다가 나머지를 슬쩍할 수도 있고, 또 복지비니 의료비니 하는 것을 공제할 때나 하루 작업 인원을 계산할 때 적당히 해 두면 이럭저럭 생기는 게 꽤 될 수도 있었다. 그러나 김 서기는 천성이 정직해서라기보다는 늙은 광부들과 어느 사이에 의기가 투합해서인지 그들을 조금이라도 위해 주고 싶은 생각이 늘 앞섰다. 그래서 조퇴한 경우에도 하루치를 계산해 놓는 일이 많았다. 물론 그의 이러한 숨은 애정을 광부들이 알 수야 없었다.

"그래, 노임은 언제 준답디까?"

늙은 광부들은 김 서기의 자리로 가까이 와서 앉으며 담배를 권했다.

"오늘 겨우 열흘치 받아오는 길이오. 추석 전까지는 모두 해

결한다니까 잘 될 것이오."

"빌어먹을. 이래저래 야단이군."

그들은 투덜거렸다. 김 서기는 담배를 받아 입에 물었다. 담배를 피우며 생각했다. 걱정할 것 없어. 나는 그냥 방관자일 뿐이야. 받아온 돈을 정확히 세어서 나누어 주면 돼. 수당이 밀렸든 광산이 문을 닫아 하루아침에 광부의 가족들이 길거리에 나앉든 내 책임은 아니야, 나는 방관자야. 김 서기는 혼자 중얼거렸다. 서울 본사에서 입사시험을 치르고 합격이 되자 대뜸 지방으로 발령이 났고, 재벌회사여서 굵직굵직한 지방 출장소나 공장이 많은데 하필 사산탄광 근무였다. 배신당한 기분도 들었지만, 나이도 삼십이 가까와서 투병 생활을 끝내고 처음 출발하는 직장생활이니 경험 삼아 아무 소리 않고 내려온 그였다.

막상 와서 보니 생각했던 것보다 더 엉망이었다. 채탄에서 운반까지의 과정도 비능률적인 데가 한두 군데가 아니었고 광부들의 처우도 말이 아니었다. 무엇보다도 그의 마음을 아프게 한 것은 사양길에 접어든 광산촌의 풍경이었다. 낡은 필름이 돌아가는 영화의 장면처럼 모든 게 맥이 풀려 있었다. 경리 서기로서 임금이나 지불하고 분소의 경상비나 지출하면 되었지만 돈이 제때에 오지 않아서 묘하게도 자책감 같은 기분도 드는 것이었다. 그는 광산이 아주 폐광되기 전에 이곳을 떠나야 한다고 늘 생각하고 있었다. 낡은 영화의 마지막 장면에 의

미 없이 나왔다가 사라지는 단역 배우의 허망한 심정이 되곤
했다.

버스는 어둠을 비집으며 빠른 속도로 달리고 있었다. 30분
안짝이면 광산촌에 도착할 것이었다. 조수가 어찌나 차를 험하
게 모는지 고물차가 금방이라도 허물어져 버릴 것같이 요동을
쳤지만 운전수는 곤하게 잠을 자고 있었다. 아낙네의 품에 안
긴 젖먹이도 잠이 들었는지 기척이 없었다. 이따금 버스 천장
위와 흐린 전등이 깜박깜박했지만 불이 아주 나가지는 않았다.

"열흘치면 임자는 얼마나 되우?"

허름한 잠바를 입은 늙은 광부가 동료에게 손짓을 하며 말
했다.

"몇 푼 안 되겠는데. 발목을 삐어서 작업을 못 한 날이 이틀
이나 되고 또 조퇴한 날도 있거든."

"후. 야단났구만. 누굴 탓할 것도 아니지. 우리가 주변머리
없어서 이 꼴이니까."

"맞았네. 똘똘한 놈들은 벌써 다른 탄광으로 튀었지 않은가?"

그들은 신세 한탄을 했다. 그러다가 문득 김 서기를 쳐다보
며 말했다.

"이봐, 김 서기. 읍에서 만났더라면 우선 술이나 한 병 사 가
지고 차를 탈 걸 그랬소. 주머니가 빈털터리여서 맨손으로 탔
는데 일찌감치 김 서기를 만났더라면 말씀이야."

"하긴 그렇구만."

"읍에 나가서 술 한잔 안 했나 보지요?"

김 서기는 그들의 말이 우스워서 이렇게 대꾸했다. 하긴 이 털털거리는 밤 버스를 타고 가자니 술 생각이 날 만도 했다. 더구나 이래저래 심사가 뒤틀리고 쓰린 그들이었다.

"광산촌에 가서 제가 한잔 사 올리겠습니다. 저도 면목이 없고요."

김 서기는 새 담배에 불을 붙였다.

"아예 그런 말 마슈. 면목이 없기야 우리들이 없지, 그게 어디 김 서기 탓이요?"

"아무렴. 말은 바른 대로 해야지. 우리가 기운이 딸리고 주변이 없어서 채탄을 많이 못 하니까 모든 게 꼬여 나가는 거지, 그게 어디 사무원들 책임이오?"

갑자기 김 서기는 가슴이 후끈 달아올랐다. 이 힘 없는 광부들이야말로 오히려 자기들이 자책감을 느끼고 있는 모양이었다. 임금이 밀리면 사무실에 찾아와서 책상을 뒤엎으며 항의를 해야 마땅한 노릇인데, 오히려 모든 것을 자기들의 무능으로 돌리는 것이다. 밤 버스를 타고 오면서, 뒷자리에서 광부들이 조수와 실랑이를 할 때도 그는 그들을 알은체도 않고, 오히려 선반 위에 얹어 놓은 돈가방에만 신경을 썼다. 전등이 들어와서 그의 모습이 광부들에게 보인 다음부터도 선반에서 주의를 떼지 않고 있던 그였다. 그는 자신이 부끄러운 생각이 차츰 들기 시작했다.

아낙네 쪽에서 젖먹이가 까무라치듯 울기 시작했다. 승객들은 잠자는 듯이 감았던 눈을 뜨고 모두들 그쪽을 보았다.

"좀 조심해서 몰아야지, 애가 기절하겠네. 꼭 미친놈 내달리듯 하니, 원."

아낙네가 운전석을 향해서 소리쳤다. 그러나 버스는 아랑곳하지 않고 마구 속력을 냈다. 어찌나 심하게 흔들리는지 어른들도 가슴이 뭉클 내려앉곤 할 지경이었다. 이대로 가다가는 무슨 사고라도 날 것 같았다. 어린애가 울자 버스는 그 바람에 속력을 더 내는 것 같았다.

"이봐. 좀 천천히 운전을 해! 이제 다 와 가고 하니 그렇게 서둘 것도 없지 않나?"

늙은 광부가 큰소리로 말했지만 엔진소리가 어찌나 요란한지 운전석에 앉은 기세등등한 조수에게 들리지도 않는 모양이었다. 운전수는 여전히 자리에 앉아 쥐죽은 듯했다. 아직도 잠을 자는 모양이었다. 승객들은 손으로 앞좌석을 잡은 채 아예 궁둥이를 자리에서 떼고 있었다.

"빌어먹을 놈 같으니! 마음 약한 사람은 간 떨어지겠다."

김 서기는 승객들이 투덜거리는 소리를 들으며 또 담배를 꺼내 물었다. 그러나 담배에 성냥불을 붙일 수 없을 정도로 엉덩방아를 찧을 만큼 버스는 미친 듯이 요동을 쳤다.

선반 위에서 돈가방이 뚝 떨어졌다. 김 서기는 그것을 집으려고 등을 구부렸다. 그러다가 머리를 앞자리의 등받이에 쾅 부딪치며 정신을 잃었다. 돈가방을 빨리 집어야 할 텐데 하는 생각만이 아득하게 날 뿐이었고 몸이 공중으로 붕 뜨는 것같이 아득함을 느끼며 정신을 잃었다.

그러나 김 서기는 곧 정신을 되찾았다. 주위를 둘러보니 칠흑의 어둠이었고 저만큼 언덕 아래로 굴러떨어진 밤 버스가 숨 넘어가는 늙은이처럼 웅크리고 있는 모습이 흐리게 보였다. 너무 순간적인 일이어서 끔찍한 사고가 났다는 게 믿어지지 않았다. 여기저기서 신음소리가 들려왔다. 그는 몸을 움직여 보았다. 허리가 약간 결릴 뿐 다친 데는 없었다. 그는 일어서서 버스로 다가갔다. 모로 넘어진 버스에서는 휘발유 냄새와 쇠붙이 타는 냄새가 몹시 풍겼다.

"이럴 줄 알았다니까! 꼭 미친놈처럼 내달리더니."

버스 속에서 투덜대는 소리가 나더니 이어서 광부가 밖으로 기어 나왔다. 조금 전까지 김 서기와 담배를 나누어 피우던 잠바차림의 텁수룩한 광부였다.

"김 서기요? 다친 데는 없소?"

광부가 먼저 김 서기를 알아보았다. 김 서기는 이런 교통사고를 말만 들었지 처음 당해 보았다. 그래서 공연히 다리가 후들후들 떨려서 제대로 정신을 가눌 수도 없었지만 광부는 모든 게 대수롭지 않은 듯 침을 퉤퉤 뱉더니 또 무어라고 투덜거렸다.

"다들 이리로 나오시오! 힘을 내요, 힘을!"

그가 손뼉을 치면서 큰소리로 외쳤다. 마치 숨바꼭질을 하다가 다 끝이 났다는 신호를 보내는 듯했다. 광부의 그런 태도를 보자 김 서기도 좀 진정이 되어 주위를 두리번거렸다. 풀섶에서 사람들이 기어나왔다. 나무 뒤에서 바위 사이에서 하나둘씩 끙끙대며 기어나왔다. 광부의 손뼉 소리를 듣고 이제 숨바꼭질이 다 끝났다는 듯 승객들이 밖으로 모습을 드러냈다.

"버스가 고물차여서 참 다행이었소. 구르자마자 몽땅 부서졌으니 망정이지 새 차 같았으면 강물로 그대로 곤두박질했을 거요. 글쎄 한 바퀴 구르자마자 지붕이 날아가고 몽땅 부서져서 펑크 난 공처럼 폭석 주저앉더라니깐."

광부가 사람들을 둘러보며 말했다.

"정말이요. 아저씨 말이 맞아요. 글쎄 저도 몸이 앞으로 기울며 그대로 풀섶에 떨어졌으니까요."

아낙네가 대꾸했다.

"젖먹이도 무사하우?"

"예."

"그것 참 다행이우."

긁혀서 피가 나는 사람도 있고 발목을 다친 사람도 있지만 모두들 중상은 아닌 모양이었다.

"이제 아무도 없수?"

"이제 없는가 보이."

두 명의 광부가 서로 주고받는 말은 예삿말이나 다름이 없을 정도로 침착했다.

"운전수와 조수도 있어요?"

누가 이렇게 말하자 광부들이 어둠 속에서 사람들을 이리저리 살펴보았다.

"안 보이는걸."

"자, 이렇게 서 있지만 말고 나무를 주워다가 모닥불이라도 피웁시다. 운전수와 조수도 찾아보고. 젖먹이도 까딱없는데 장정들이 다쳤을 리는 없고, 어디 먼 데로 나가떨어진 것 아닌지. 원, 차를 그따위로 험하게 몰다니 사고가 안 날 수 있나."

김 서기는 광부를 따라 버스로 다가갔다. 잠시 후에 사람들이 모여 있는 곳에 모닥불이 피기 시작했다. 불기운이 한결 환해졌다.

"김 서기, 이것 보우. 버스가 폭삭 무너졌수다."

버스는 납작하게 무너져 앉았다. 지붕은 날아가고 바퀴도 다 빠져 달아났다. 꼭 장난감을 쌓았다가 발로 툭 걷어찬 꼴이었다.

"거, 아무도 없수?"

아무런 대꾸도 없었다. 김 서기는 광부를 따라 버스의 잔해 속을 헤치고 안으로 들어갔다. 마구 나뒹군 의자들이 발에 걸렸다. 유리 조각들도 발에 어지럽게 밟혔다. 운전석도 다 쓰러져 버렸다. 그 밑에서 뭔가 꿈틀하는 게 김 서기의 눈에 들어왔다.

"이봐요. 여기 뭐가 있는데요."

그는 광부를 불렀다. 광부가 가까이 가서 엔진통의 뚜껑을 들어냈다.

"운전수구만. 이봐, 많이 다쳤어? 일어나 보라구! 힘을 내!"

"예, 이거 어찌 된 영문입니까?"

운전수는 커다란 몸을 한번 뒤트는 듯 싶더니 부시시 일어섰다. 승객들에게 땅땅대며 큰소리를 칠 때와는 딴판으로 풀이 죽어 있었다.

"어찌 된 영문이라니? 그걸 누구한테 묻는 거야? 운전수가 모르면 어느 놈이 알아? 빌어먹을!"

광부는 화난 듯 투덜대며 운전수를 부축해서 버스에서 내려섰다. 그 모습을 뒤에서 보면서 김 서기는 좀 우스운 생각도 들었다. 정말 운전수가 승객한테 어찌 된 영문이냐고 묻다니 말도 안 되는 소리였다.

운전수는 기가 죽어서 고개도 제대로 들지 못했다.

"사상자가 많이 났습니까?"

광부에게 사정하듯 운전수가 물었다. 모닥불이 활활 타고 있어서 달이 뜬 것만큼은 주위가 밝았다.

"다행히도 다들 무사한 모양이오. 괜히 그렇게 쩔쩔매지 말아. 그런다고 일이 되는 것도 아니니까."

"예. 고맙습니다. 뭐라고 감사의 말씀을 해야 될지……"

"괜찮아. 그따위 쓸데없는 얘기 하지 말고, 얼른 조수나 찾아봐요! 그 녀석 차를 미친 놈처럼 몰더니 뒈졌는지도 몰라."

운전수는 그 말을 듣고 별로 놀라지 않고 묵묵히 서 있다가 갑자기 큰소리로 외쳤다.

"야, 이 쌍놈으 새끼야! 빨리 나오지 못해? 그냥 아구통을 빠개 놓을 테다!"

모닥불에 모여 있던 사람들이 그 소리에 화들짝 놀라 얼굴을 돌렸다. 김 서기도 깜짝 놀랐다. 그렇게 풀이 죽어서 쩔쩔매던 운전수가 금세 팔팔하게 살아나서 욕지거리를 퍼부은 것이었다.

"저, 여기 있어요."

버스의 잔해 속에서 조수가 기어 나왔다. 사람들은 또 한 번 놀라 입을 벌렸다. 그리고 보니 운전수나 조수는 벌써 전부터 말짱히 정신을 차리고 있었으면서도 쥐죽은 듯 가만히 엎드려 있었던 것이 분명했다. 하긴 얼굴을 내어놓을 염치도 없을 것이었다.

"야, 이 새끼야! 너는 이제 죽었다. 넌 이제 모든 게 텄어, 임마!"

운전수는 조수의 뺨을 주먹으로 내지르며 씨근거렸다.

"바퀴가 빠져나가서 사고가 났어요. 얼른 브레이크를 잡았는데도 그것도 말을 안 듣고 순식간에 언덕 밑으로 처박혔어요. 최 기사님, 잘못했어요."

광부가 말리지 안 했더라면 조수는 반죽음이 될 뻔했다.

김 서기는 모닥불 가까이로 가서 쭈그리고 앉았다. 이상하게 안온한 생각이 들었다. 주머니를 뒤져 담배를 찾았다. 담배를 모닥불에 붙여 깊숙이 들이마셨다. 끔찍한 교통사고를 당한 사람같지 않게 모두들 모닥불을 쪼이느라고 평온하게만 보였다. 젊은 아낙네의 품에 안긴 젖먹이의 볼이 빨갛게 불빛을 받고 있는 모습이 곱게 보였다. 그 모습을 보다가 문득 광부들의 수당 200만 원이든 가방 생각이 그제야 떠올랐다. 아차 싶었지만 웬일인지 벌떡 일어서지지가 않았다. 김 서기는 담배를 천천히 피우면서 고개를 조금 돌려 모닥불 주위를 살펴 보았다. 잠바를 입은 광부가 그때 막 가방을 풀섶에서 주워들고 일어서는 모습이 눈에 들어왔다. 그의 돈가방이 분명했다. 그는 소리치며 광부에게 달려가야 한다고 생각하면서도 웬일인지 일어서지지가 않는 것이었다. 광부가 돈가방을 슬쩍 감추어 놓고 시치미를 떼면 그만이었다. 교통사고를 당해서 몸 성한 것만도 다행이지 돈까지 챙길 수야 없는 노릇이다. 사무소에다 이렇게 보고를 하면 그만인 노릇이었다. 광부도 이걸 잘 알 것이었다.

"이제 슬슬 일어나 봐야지요. 여기서야 걸어서 가도 한 시간도 안 될 거요. 자, 모닥불을 끄고 갑시다."

김 서기 옆에 앉아 담배를 피우던 다른 광부가 말하며 일어섰다. 김 서기도 따라 일어섰다.

"아참, 사무소에 보고할 일이 있어요. 아주 급한 것인데 깜박 잊었군요. 나는 먼저 급히 가야겠어요."

김 서기는 이렇게 정신없이 말하고 언덕을 뛰어 올라갔다.

고개를 돌려보니 돈이 든 가방을 주워 든 잠바 차림의 늙은 광부는 강쪽 비탈을 향해 서 있었다. 소변을 보는 모양으로 두 손이 앞으로 모아져 있었고, 가방은 옆구리에 끼고 있었다. 김 서기는 얼른 몸을 돌려 신작로로 올라갔다. 그리고는 뒤도 돌아보지 않고 광산촌을 향하여 뛰기 시작했다. 할 수 없는 일이야. 돈가방을 광부의 손에서 뺏을 수가 없었어. 200만 원이니까 광부 둘이서 반씩 나누면 꽤 쓸 만하겠지. 그래, 그 돈은 그 두 사람의 것인지도 모르지. 사고가 났을 때 수습하는 것 좀 봐. 얼마나 의연하고 당당해. 내가 본 게 맞았어. 그들은 단순하면서도 솔직하고 그리고 정열적이고 남을 위해서 자기를 헌신할 줄 알아. 사무소에는 교통사고 때 분실됐다고 보고할 테니 그 돈으로 가슴속 깊이 잠자고 있는 큰 불덩이를 꺼내어 활활 불태우라고. 정말 그의 손에서 돈가방을 뺏을 수는 없었어. 김 서기는 땀을 비오듯 흘리며 뛰었다.

처음에는 광부가 돈가방을 주워 드는 걸 보고 소리지를 용기가 나지 않았다. 또 거기에 더 지체했다가는 광부가 돈가방을 숨기는 광경을 볼까 봐 두려웠다. 그래서 무턱대고 언덕 위로 올라온 그였는데, 이렇게까지 생각을 하니 정말 그 돈은 그들 광부가 가져야 마땅하다는 신념이 생기는 것이었다. 폐광 직전인 사산탄광의 상징과도 같은 그들이었다. 지하 깊숙히 묻혀 있는 보잘것없는 탄맥과도 같은 그들이었다. 어둠 속으로 빨리 숨고 싶었다. 읍에서 밤 버스가 떠날 때부터도 그는 어둠 속에 숨어 있으면서 광부들을 아는 체도 하지 않았던 것처럼, 늙고 텁수룩한 광부들이 그 돈을 어떻게 하든 말든 못 본 체하고 숨어버리리라 작정했다. 탄광 사무소장이 눈살을 찌푸리며 발을 구르겠지만, 교통사고야말로 천재지변이 아니냔 말이다. 그는 땀을 비 오듯 흘리며 사무소에 제출할 보고서의 문안에 대한 생각을 하며 뛰었다. 저만치 탄광촌의 불빛이 보였다.

분소 사무실에는 그때까지 불이 켜져 있었다. 요즘은 야간 채탄 작업도 하지 않는데 웬일인지 그때까지 직원들이 퇴근을 하지 않고 있었다. 김 서기가 들어서자 모두들 깜짝 놀라는 얼굴을 쳐들었다. 모두라야 세 명이었다.

"김 서기 무슨 일이요? 버스도 타지 않고 어떻게 왔소?"

"버스가 굴렀어요. 온통 박살이 났어요."

"그래요? 그것 큰일날 뻔했구려. 다친 사람도 많아요?"

"없어요."

김 서기는 담배를 피워 물며 의자에 앉았다. 숨이 가빠서 담배도 제대로 피울 수가 없었다.

"수당 200만 원이 든 돈가방을 분실했어요. 강물에 떨어졌는지 아무리 찾아도 없습디다."

"으흠, 야단났구만."

직원들은 근심 어린 표정을 하며 김 서기의 얼굴을 쳐다보았다.

"버스가 도착할 시간이 넘었는데도 소식이 없어서 이렇게 기다리고들 있던 참이오. 그나저나 수당이 몽땅 날아갔으니 어쩐다……."

"할 수 없는 일 아니오? 사무소에 그대로 보고할 수밖에."

직원들은 모두 김 서기의 말을 그대로 신용하고 눈곱만큼도 의심하지 않았다. 김 서기는 담배를 피우면서 온몸이 무너지는 것 같은 막연한 통증을 느끼고 있었다. 뼈마디 구석구석이 쑤시고 살갗 밑이 모두 수물거렸다. 뱃속에서도 쿠렁쿠렁하는 소리가 들리고 귓속에서도 벌레가 기어가는 듯한 소리가 계속해서 들려왔다. 불도 켜지 않고 어둠만을 싣고 달리던 다 부서져 가는 밤 버스처럼 김 서기의 온몸이 쑤시고 수물거리는 것이었다. 직원들이 혀를 끌끌 차면서 돌아가고 나자, 사무실은 정적에 휩싸였다. 숙직 직원만이 구석에 앉아서 잠을 청하고 있을 뿐, 창을 흔들어 대는 탄광촌의 밤바람 소리와 이따금 유리창에 부딪쳐 오는 가을 벌레들의 소리만이 김 서기의 허물어져 가는 몸을 지탱해 주고 있었다.

삐걱 소리를 내며 문이 열렸다. 가을 바람치고는 너무 심술궂다는 생각을 하며 김 서기가 고개를 들자 그곳에는 광부 두 사람이 어둠을 벗어나며 서 있었다. 김 서기는 천천히 일어섰다. 밤 버스를 같이 타고 오던 그 광부들이었다. 잠바를 걸친 늙은 광부가 텁수룩한 머리칼을 날리며 김 서기에게 다가왔다.

"김 서기, 여기 와서 술 한잔 낸다고 한 말 잊었수?"

이렇게 말하면서 그는 김 서기에게 가방을 내어밀었다. 광부들의 열흘치 수당이 들어 있는 가방이었다. 잠을 청하던 숙직 직원의 눈이 커다랗게 변해가고 있었다.

"잊기는 왜 잊어요?"

김 서기는 가방을 받아서 캐비닛에 넣으며 대꾸했다. 온몸이 덜커덩대며 흔들려 와서 캐비닛 열쇠 번호를 찾아 돌리는 데도 전력을 쏟아야 할 정도였다.

"잊기는 왜 잊어요? 이렇게 기다리고 있는 판인데."

김 서기는 온 힘을 다하여 말했지만 이상하게도 목소리가 크게 나오지 못하고 입속에서만 웅얼거리게 되었다. 그는 간신히 캐비닛을 열고 가방을 집어넣었다. 그리고 후들거리는 다리로 광부들을 향하여 돌아섰다. 광부들이 이미 밖으로 막 나서고 있는 참이었다. 몸의 반쯤은 광산촌의 어둠에 이미 묻혀 버렸고, 등쪽만이 사무실의 불빛을 받아 흐릿하게 보였다.

그는 광부들을 따라 어둠 속으로 들어갔다. 늙은 광부는 김 서기가 옆으로 가자 큼지막한 손으로 김 서기의 어깨를 툭 쳤다. 그 바람에 김 서기는 자칫하다가는 넘어질 뻔했지만, 검은 날벌레 떼처럼 눈앞에서 어둠들이 하나씩 날아오르는 모습을 보면서, 훌렁 날아가 버린 밤 버스처럼 그의 몸도 구석구석 분해되고 있음을 느꼈다. 그러면서도 모닥불에 둘러앉아 있을 때처럼 마음은 이상하게도 안온해져 가고 있었다. 그러나 그의 다리는 자꾸 후둘거렸다. 꼭 밤 버스에 타고 있는 것처럼 온몸이 자꾸 흔들려 광부들의 어깨와 툭툭 부딪쳤다.

"조수 녀석 때문에 하마터면 큰일 날 뻔했지. 우리 수당이 든 가방이 강물 속으로 빠져 흘러갔더라면 말씀이야."

"정말이네. 외상값도 많이 밀렸으니 조금이라도 끊어 줘야지. 돈가방이 다 없어졌더라면 괜히 시달림 받을 뻔했네."

광부들은 어둠 속에서 중얼거리며 뚜벅뚜벅 걸어갔다. 저만치, 객줏집의 불빛이 보였다.

(한국문학, 1978)

아버지와 치악산

아버지가 골절상을 입은 것은 정년퇴직을 석 달 앞둔 어느 날 아침이었다. 금지분교로 옮긴 지 아홉 달 만의 어느 날 아침, 아버지 오재수 분교장은 마을과 분교 사이를 흐르는 개울에서 실족을 한 것이었다. 여름 장마 때나 돼야 물이 콸콸 흐르다가 마는, 이름만 개울이지 여느 때는 흐르는 물 대신 흰 자갈들이 등을 드러내고 있는 개울 위에, 커다란 낙엽송을 새끼로 묶어 만든 목교가 놓여 있었다. 사람이 지날 때면 그 다리는 흔들거리곤 했는데 아버지는 5월 어느 날 눈부신 아침에 출근을 하다가 다리 위에서 개울 바닥으로 떨어져 왼쪽 다리에 골절상을 입었다. 토요일 아침 출근을 하고 나서 나는 이런 사실을 알고 가슴이 뛰었다. 그날 아침 나는 차양모와 운동화 차림으로 커다란 비닐 자루를 들고 자연보호운동을 나가기 위하여 출근을 했는데 운동원이 인원 점검을 막 시작했을 때 금지에서 전화가 걸려온 것이었다. 전화를 건 사람은 분교의 여교사였다.

"지금 공의한테서 치료를 받고 계시지만 아무래도 심상치 않아요."

여교사의 목소리는 다급하게 들렸다. 시에서 남한강 쪽으로 근 1백여 리 떨어져 있는 금지와 시를 연결하는 전화선은 행정 전화뿐이었다. 면사무소나 우체국에 와야만 걸 수 있는 전화니까 여교사는 금지에서 면 소재지까지 20여 리를 달려와서 전화를 걸고 있는 것이었다. 나는 잡음이 심하게 들리는 전화를 받다가 문득 이런 생각을 했다. 그러자 나도 마음이 급해졌다.

나는 사무실을 급히 빠져나와서, 이제 막 인원점검을 받느라고 군청 마당에 도열한 사람들 사이로 뛰어갔다. 산림과장을 찾았다. 과장의 대머리는 금방 눈에 띄었다.

"아버지께서 다치셨다는 연락이 왔어요. 지금 곧 금지로 가봐야겠는데……."

"이것 참 야단났군. 오 계장이 빠지면 자연보호운동이 제대로 될 리가 없지 않소?"

산림계장인 나는 자연보호운동을 나갈 때마다 향도 노릇을 했다. 등산객이 오르내리는 계곡을 찾아 병이나 깡통을 주워서 구덩이를 파서 묻고, 휴지를 모아 불을 지르고, 또 적당한 휴식처에 운동원을 집합시켜서 자연보호헌장을 함께 낭독하는 것이었다. 시내 군청과 시청 공무원들은 토요일마다 늘 자연보호운동을 나갔다. 중고교 학생들과 부녀회원들도 참가하는 날이 있었지만 그럴 때면 산림계장인 나는 휴대용 확성기를 손에 들고 일일이 그들을 지도했다. 자연환경을 보호한다면서 그들은 때로 어린나무를 짓밟는다거나 하여 자연을 훼손하는 일이 더러 있지만 자연보호운동을 범국민적으로 전개하기 위한 필요 때문에 학생이나 부녀자들까지도 동원하는 것이었다. 지난 가을부터 엄동 두 달을 빼고는 토요일이면 늘 같은 일과가 계속되어 어떤 이는 짜증을 내기도 했지만 산림계장이라는 직책에 은연중 만족하는 때문인지 나는 그렇지가 않았다. 사무실에 앉아서 근무하는 것보다도 오히려 산으로 들로 쏘다니며 상쾌한 공기를 마시는 일이 아주 내 성미에 맞았다. 특히 치악산 계곡으로 깊이깊이 들어가는 날이 나는 좋았다. 치악산은 토요일마다 나를 기다렸다.

금지로 가는 버스는 텅텅 비다시피 한 채 떠났다. 하루 두 차례씩 오가는 버스였는데 토요일 오전에 나가는 버스는 늘 이랬다.

나는 담배를 한 개 피워 입에 물고 성냥을 그었다. 차장이 나를 자꾸 바라다보았다. 등산 차림을 하고 혼자서 아무것도 안 든 채 버스를 탄 내 모습에 차장은 이상한 눈치를 보였다. 시내를 벗어나자 한동안 군부대의 철조망을 옆에 끼고 버스는 달렸다. 위장망으로 덮인 콘크리트 건물이 여러 개 잇달아 있고, 그 사이로 러닝셔츠 바람인 병정들이 작업을 하는 모습과 푸르고 잔잔한 논에서 모내기를 하는 농부들의 모습이 조화를 이루며 차창을 스쳐 갔다. 들 한가운데 조망이 좋은 곳에 커다랗게 서 있는 청량음료 광고판과 텔레비전과 세탁기 선전판이 보였다. 모내기를 하는 농부들이 사이다나 콜라를 마시는 풍습이 언제부터 시작됐을까. 나는 이런 생각을 되는대로 하면서 자꾸 머리 속으로 들어오는 아버지의 모습을 열심히 지워 나갔다. 아버지의 고통스러운 모습이 잠시 떠올랐으나 곧 근엄한 표정으로 바뀌며, 공무 시간에 왜 사사로운 일 때문에 이런 행동을 하느냐고 꾸짖었다. 나는 후다닥 놀라서 자리에서 엉덩이를 들었다 놓았다.

"아직 멀었나?"

차장은 나를 힐끔 보고는 아무 대꾸도 하지 않았다. 그렇다. 이런 시골 버스에서 그런 질문을 한다는 것은 우스운 일이었다. 나는 자꾸 마음이 불안해져 왔다. 나는 벌써부터 아버지에게 압도당하고 있는 것이다. 나는 주먹을 꽉 쥐고 아버지와 대결했다. 그러나 아버지는 높고도 높은 곳에서 나를 내려다보았고 나는 자꾸 움츠러들다가 마치 날개 뜯긴 날벌레처럼 몸을 바르르 떨었다. 나는 몸을 떨다가 기진했다.

차장이 깨우는 바람에 정신이 들었다. 나는 얼른 버스에서 내렸다. 금지는 하나도 변한 게 없었다. 지도에는 조그만 ○표로도 표시되지 않은 마을이었다. 아버지가 작년에 분교장을 자원해서 오실 때 함께 왔었다. 그때나 지금이나 모든 게 꼭 같았다. 사방이 숲으로 둘러싸인 사이로 인가가 드문드문 보였고, 그 뒤편으로 개울이 있고 그 너머에 분교가 있었다. 교사는 세

명으로 두 학년씩 합반 수업을 하는 조그만 학교였다. 공의 진료소는 바로 목교 옆 농가의 사랑방을 빌어서 간단한 의료기구와 약을 비치해 놓고 있었다. 내가 들어서자 젊은 공의는 변명하듯 말했다.

"시내 병원으로 가셔야겠는데 도무지 교장 선생님께서……"

나는 곧 그의 말을 알아들었다. 아버지가 병원에 가기를 거절하고 있는 것이다.

"괜찮다."

나를 보자 아버지는 이렇게 한마디 하고는 얼굴을 조금 찡그렸다. 지난 3월에 뵈었을 때보다도 백발이 더 성성하여 순간적으로 나는 콧마루가 찡하니 아팠지만, 나는 곧 마음을 굳게 먹고, 아버지와 대결하듯 꼿꼿한 자세를 하고 말했다.

"골절이 됐답니다."

왼쪽 다리가 땡땡하게 부어오른 아버지는 예상했던 대로 근엄하고 강직한 표정을 하나도 흩트리지 않고 고개를 끄덕였다.

"괜찮다."

나는 두 번째로 괜찮다는 말을 들으며 다시 한번 부자간의 심한 차단감을 확인하고 있었다. 버스를 타고 금지로 오면서 내심으로, 불의의 사고를 당하여 고통 속에서 와르르 무너져 내린 아버지의 모습을 기대하고 있었다. 여교사의 전화를 받으면서 가슴이 뛴 것도 아버지의 최초의 열등과 패배를 이제 드디어 경험하게 됐다는 데서 오는 쾌감이었다. 아들에게 의지하

고 애원하는 늙고 힘없는 아버지의 얼굴을 보게 되기를 나는
기대하였다. 아들의 힘을 빌지 않고는 도저히 움직일 수 없는
곤경에 처한 아버지의 모습을 나는 벌써 오래전부터 갈망해
왔는지도 모른다. 그러나 나의 이러한 마음은 노부에 대한 효
심에서 나오는 간절한 소망은 아니었다. 오히려 거꾸로, 평생
동안 계속된 아버지와의 대결에서 마지막 라운드에서만이라
도 이기고 싶은 안타까움에서 나오는 것이었다. 아버지가 골절
상을 입었다는 전화를 받고 그 순간부터 가슴이 뛴 것도 이제
드디어 그러한 승리의 순간이 눈앞에 다가왔다는 생각 때문이
었다. 그리고, 이제야말로 내가 아버지보다 우위에 서서 그를
돕고 끌어 줄 만한 시기가 됐다고 느꼈다. 평생을 국민학교 교
사로 보낸 아버지는 이제 정년을 석 달 앞두고 있는 노인이고,
나는 서른한 살의 5급 공무원으로 당당한 군청 산림계장이 됐
으니 말이다. 나의 근육은 딴딴했고 공무원 생활 5년 동안에
제법 그럴싸한 티도 붙어서, 이미 뱃가죽에 살이 붙는 그런 나
이가 된 것이었다.

"완전 골절은 아니고 부분 골절입니다. 진통주사를 놨지만
곧 시내 병원으로 가서서 치료받아야 할 겁니다."

공의는 나와 아버지를 번갈아 보면서 말했다. 아버지는 눈썹
을 치켜세웠다.

"알겠소. 하지만 너무 걱정 마시오. 이제 차츰 진정이 될 테
니까."

그리고 나서 한동안 간격을 두었다가 나를 보며 말했다.

　"너도 아무 걱정 말고 오후 차로 돌아가거라."

　나는 밖으로 나왔다. 아버지와의 대결에서 역전의 기회가 아주 사라진 것을 알고 나는 화가 났다. 분교 쪽에서 땡땡땡 종소리가 울려왔다. 푸른 숲속에 싸여 이마만 간신히 보이는 분교에서 아이들이 재잘대는 소리가 잇달아 들려왔다. 잠시 후에 아이들이 한 떼씩 몰려나와서 숲속으로 사라져 갔다. 몇은 목교를 건너오기도 했다. 햇살이 눈부시게 쏟아져 내리는 속에 숲속으로 숨고 또 머리를 내미는 아이들의 모습이 마치 숨바꼭질하는 요정들처럼 고왔다.

　나는 목교를 건너오는 여교사를 기다리고 서 있었다. 나에게 전화를 해 준 바로 그 여교사였다. 교육대학을 나온 지 이태밖에 되지 않은 그 여교사는 이제 스물세 살쯤 되었을까, 짧게 자른 머리칼의 깨끗한 모습이 인상적이었다.

　"좀 어떠시죠?"

　"괜찮습니다."

　나는 여교사의 말에 대꾸를 하고 나서 흠칫 놀랐다. 아버지의 말을 그대로 흉내 내고 있었다. 여교사는 내 말을 듣자 의외라는 듯이 입을 벌렸다. 아버지는 여교사가 들어서자 자세를 바로 하며 말했다.

　"미안하오."

　방안에 정적이 흘렀다. 수심이 깊은 물속에 가라앉아 있는 사람들처럼 공의도 나도 여교사도 한동안 숨을 들여마시지 못했다.

"교장 선생님은 참을성이 대단하신 분이군요. 진통제도 안 맞으시겠다면서 그냥 버티고 계십니다."

저녁나절, 공의와 나는 개울둑에 앉아서 막 넘어가려는 5월의 햇살을 이마에 받고 있었다.

"그런데 참 이상합니다. 의학적으로는 도저히 설명할 수 없는 일이에요. 부분 골절이긴 해도 고통이 대단하실 텐데, 이상하게도 진정이 되는 모양이에요."

"그래요?"

나는 공의의 말을 들으며 공연히 금지까지 허겁지겁 달려왔다는 생각이 들었다. 시계를 보았다. 여섯 시가 가까웠다. 이제는 시내로 나가는 버스도 끊어졌다. 다리 건너 분교도 어두워지는 숲에 싸인 채 저녁을 맞고 있었다. 이따금 유리창이 바람에 흔들리는지 번쩍번쩍 빛나기도 했고, 숲속에서 산새 떼가 돌팔매같이 튀어 올랐다가는 떨어져 내렸다. 어둠이 깔리는 숲은 마치 잿빛 강물이 흐르는 것처럼 보였다.

"참 요즘 같은 세상에 둘도 없는 분입니다. 아주 훌륭하시죠. 이런 벽지 분교에 자청해서 오셨다는 말을 듣고 처음에는 낭설이라고 생각했어요. 시내에서 무슨 사고를 내서, 정년까지가 얼마 안 남았으니 그저 분교 근무나 시키는 줄 알았어요."

공의는 아버지에 관해서 말하고 싶은 모양이었다. 그리고 그는 그보다도 몇 갑절 더 실감 나고 감동적인 아버지의 이야기를 나한테서 기대하는 눈치였다. 그러나 나는 할 이야기가 없었다. 내가 아버지에 대하여 무슨 말을 할 수 있단 말인가.

시내 국민학교 교장은 물론이려니와 군교육장을 하라고 해도 다 뿌리치고 군내의 벽지만을 골라 다니며 교장으로 근무해 온 아버지. 교육가로서의 사명이나 행적에 대하여 공사석을 막론하고 한마디도 말하지 않은 아버지. 이러한 나의 아버지, 아니 오재수 분교장에 대하여 내가 무슨 말을 할 수 있단 말인가. 내가 열 살이고 누이 인자가 여덟 살이던 해에 어머니와 사별하신 후 절망의 대상으로 나를, 희망의 대상으로 누이를 기르면서 홀로 독신 생활을 해 오신 아버지. 대학입시에서 몇 번씩 낙방하는 나를 보면서 아버지는 늘 한숨을 쉬었고 인자가 중학교를 수석으로 마치고 이화여대 가정과에 합격했을 때 커다랗게 웃으신 나의 아버지.

아버지 앞에서 나는 언제나 맥없이 나자빠진 패자에 지나지 않았다. 나는 불완전과 미완성의 표본이었고 인자는 완성과 완전의 표본으로 절대자 아버지 손에서 양육 받았다. 아버지는 오점이라고는 하나도 없는 절대자였다. 도대체 나는 지금까지 살아오는 동안에 아버지를 비난하는 말을 들어본 적이 없다. 아버지는 늘 주위 사람들에게 품위와 권능을 갖춘 절대자로 보였고 그만큼 그들과는 일정한 간격을 두고 지냈다. 그리고 아버지는 이러한 관계를 평생 동안 잘 유지해 나갔다고 할

102

수 있다.

"아버지는 뭔지 알아요? 말하자면 밀교의 교주에 지나지 않아요."

이렇게 아버지의 권위에 대하여 처음으로 야유한 사람은 뜻밖에도 인자였다. 대학을 졸업하던 해, 인자는 영어 회화를 가르치던 미국인 강사와 결혼을 했는데, 그의 결혼이 아버지에 의해 한마디로 거절당하자 인자는 지금까지의 아버지와의 긴밀한 유대관계를 끊고 이렇게 당돌하게 말한 것이다.

제대를 한 후 나는 아버지의 눈치를 보며 멀찌감치에서 그들 부녀의 균열상태를 지켜보았다. 인자가 미국으로 떠나 버리자 아버지는 조금 흔들리는 것 같았으나 곧바로 평형을 되찾은 듯 보였다. 그러나 이제 와서 생각하니, 인자라고 하는 희망의 대상이 갑자기 절망과 배반의 것이 되어 외국으로 떠난 다음부터 아버지의 오지증이 더 심해진 것 같았다. 귀기가 서린 교주 같았다. 군교육계에는 물론 중앙에까지 그의 초연한 교육자로서의 품위는 널리 알려져서 마침내 아버지는 커다란 산처럼 군민들 사이에 자리 잡았다. 내가 고등학교 동창 친구의 누이를 아내로 삼겠다고 말씀드렸을 때, 아버지는 눈을 감은 채 묵묵부답이었지만, 나는 마음먹은 대로 혼인식을 올렸고, 그 후 곧바로 군청에 취직이 되었다. 지방공무원 채용시험에 응시하여 합격하는 일이 그다지 어려운 일은 아니었지만, 아무튼 나는 내 힘으로 인생을 개척할 수 있게 되어서 어느 정도 자신이 붙었고, 어머니 제사 때와 명절 때에는 쇠고기 근을 사들고 아버지 계신 곳을 찾아가, 거의 일방적으로 부자의 관계를 맺다가 돌아오곤 했다.

모든 일에 요령이 없고 머리가 쉽게 쉽게 돌아가지 않는 내가 군청에서 산림계장까지 된 것은, 아버지와의 이러한 부자의 관계를 일방적으로나마 지탱해 보려는 안간힘에서 나온 것인지도 몰랐다. 나는 아버지처럼 큰 산이 될 수는 없어도 그 산 아래에 있는 작은 바위나 잡목처럼 되고 싶었다. 나는 결코 휴지나 송충이는 될 수 없었다. 그러나 지방공무원으로서의 나의 위치가 제법 자리 잡혀 나가서, 아내가 첫 임신을 하고, 골목 대폿집 여자들이 오 계장님이라고 희떱게 부르게 되자, 차츰 아버지와 나 사이의 부자 관계를 다시 설정하게 되었다. 물론 그것은 대등의 관계는 절대로 아니었다. 나는 절대자로서의 위엄과 신비 대신에 따뜻한 육친의 정을 바랬다. 그러나 아버지는 절대자의 산에서 조금도 하산하지 않았다. 이러한 데서 오는 반감은 때때로 아버지의 존재를 의식적으로 무시하려는 태도로 변하여 갈 때도 있었다.

아무튼 그는 정년을 앞둔 노인이고 나는 이제 서른한 살의 당당한 청년인 것이다. 그래서 나는 아버지가 기침을 하거나 노인의 어쩔 수 없는 약함을 드러내 보일 때면 가슴이 뛰었다. 그러나 아버지는 초인적인 힘을 지닌 절대자의 자리를 지키면서 건재하였고, 나는 인자가 비워 놓고 간 희망의 자리까지 스스로 떠맡아 희망과 절망이 뒤섞인 상태에서 아버지의 정년을 바로 코앞에서 지켜보고 있는 것이다. 인자는 미국으로 가서 자기 남편과 해수욕장에서 포옹을 한 사진을 보내왔을 뿐, 아버지와의 관계에서 약삭빠르게 도망쳐 버렸다.

"주말이면 언제나 치악산엘 갑니다. 산이라는 게 참 이상해요. 멀리서 보면 아무 뜻이 없다가도 일단 그 속에 들어가면……"

나는 어두워진 개울을 내려다보면서 말했다. 스스로 생각해도 내 말이 이상했다. 나는 무슨 말을 하려는 것인가. 공의의 손에서 담배 불티가 픽 날아왔다.

"자연보호 운동입니까?"

"내가 산림계장이에요. 그래서 토요일마다 이렇게 등산복 차림으로 치악산으로 가죠."

"하긴 그런 운동이 진작 일어났어야 하는 거예요. 산이 너무 짓밟혔어요. 계곡마다 오물과 휴지가 뒤범벅이고 좀 괜찮다 싶은 강산은 그저 관광객들로 온통 난장판이지 뭡니까. 치악산도 요즘 많이 속화됐지요?"

"치악산에 가 보셨습니까?"

"그럼요. 저도 대학 때 그곳으로 캠핑도 갔었지요."

나는 갑자기 치악산이 보고 싶어졌다. 개울 너머 분교 뒤에서부터 산냄새가 끊겼다 이어졌다 하면서 날아왔다. 바람이 후두둑 후두둑 불었다.

"구룡사까지 버스가 다니고 등산로가 닦여지면서부터 더럽

혀졌어요. 저는 어려서부터 쭉 원주에서 살았어요. 그래서 늘 치악산을 바라보면서 성장했지요. 그러나 가까이 갈 엄두는 못 냈지요. 어쩌다가 학교에서 소풍을 갈 때나 따라갔지만, 산이 너무 크고 무서웠어요."

"무서워요?"

치악산은 볼 때마다 그 모습이 다르게 보였다. 멀리 커다랗게 앉아 있는 산은 가까이 가면 천천히 움직였다. 어릴 때 산에 가면 나는 무서웠다. 그러나 내가 산림계 직원으로 자연보호운동을 나갔을 때, 나는 치악산이 옛날의 산이 아니라 이제는 늙고 힘없는 산이 돼 있음을 알았다. 야호 소리가 계곡마다에서 들리고 암자의 스님들도 관광 안내원처럼 세련되어 합장을 하고, 울긋불긋한 등산복 차림이 산등성이마다에 꽃 무더기처럼 흩어져 있는 산은 이제는 커다랗고 신비스러운 산이 아니라, 모든 세파에 시달려 주름살이 깊게 패인 노인처럼 힘이 없었다. 그만큼 치악산은 인간의 세계 속으로 들어와 있었다. 나는 그게 좋았다.

아버지를 부축하여 숙소로 모실 때 약간씩 체중을 기대어 왔을 뿐 골절이 된 사람이라고는 할 수 없을 정도로 거의 혼자서 곧바로 발걸음을 옮겨 놓았다. 아버지의 숙소는 분교 옆의 조그만 관사에 자리 잡고 있었다. 외지에서 온 교사들을 위하여 세운 관사에는 아버지와 두 명의 교사들이 들어 있었고 밥 짓고 허드렛일 하는 노파가 한 사람 고용되어 있었다. 아버지는

106

숙소로 돌아오자 나에게 말했다.

"애비 걱정은 하나도 하지 말아라. 정년이 석 달 밖에 안 남은 내가 그동안 지탱 못 하겠는가. 사람은 누구나 다 혼자다."

"인자한테서는 무슨 소식이 왔습니까?"

"……."

나는 아버지의 아픈 곳을 찌르려고 인자 이야기를 꺼냈지만 그는 아무 대꾸도 하지 않았다. 한참 후에 아버지가 입을 뗐다.

"아이놈은 잘 자라느냐?"

"예, 이제 두 돌 지났어요. 말을 배우느라고 한창 재롱입니다."

"허허."

아버지가 처음으로 웃었다. 나는 갑자기 마음이 상쾌해졌다.

"내 걱정 말고 직무에 충실하거라. 공무원이 함부로 자리를 비우면 안 돼. 스스로 기강을 세워서 살아야지."

"알겠습니다. 요즘 한창 바빠요. 토요일마다 자연보호운동을 나가는데 학생들과 부녀자들을 인솔해야 하니까요."

아버지와 일상생활에 대하여 이야기를 나누는 것도 꽤 오랜만이었다. 아버지는 여교사가 끓여 온 엽차를 마시며 내 이야기를 듣고 있었다.

"우리 학교에도 공문이 내려왔더구나. 그러나 자연을 보호할 생각을 말고 늘 감사해야지. 그러면 자연풍치가 훼손되는 일도 없다."

"치악산이 옛날보다 많이 달라졌어요. 어느 계곡을 가든 사람들의 찌꺼기가 그대로 나뒹굴고 있어요. 자연보호운동이 진작부터 일어나야 하는 건데 좀 늦은 감이 있어요."

엽차를 다 마신 아버지는 여교사에게 고맙다는 인사를 했다. 여교사는 얼굴을 붉히며 말했다.

"교장 선생님, 정말 괜찮으시겠는지요. 학교 일은 아무 걱정 마시고 시내 병원으로 나가서 치료를 받고 오세요."

"괜찮소. 늙은 사람 뼈는 조금 금이 갔어도 다 매일반이오."

아버지는 여교사의 근심스러운 얼굴을 보면서 빙그레 웃었다. 여교사의 얼굴을 다시 보자 인자 생각이 났다. 공의가 한번 다녀갔지만 별다른 투약을 한 것도 아닌데 아버지는 아홉 시가 넘자 잠이 들었다.

관사가 정적에 싸였다. 나는 호롱불의 심지를 낮추어 놓고 마당으로 나왔다. 싸늘할 정도로 상쾌한 산냄새가 숨이 막힐 지경으로 불어왔다. 사방이 칠흑의 어둠이었다. 어둠 속에서 5월 어느 저녁의 풋풋한 향기가 번뜩번뜩 풍겨 왔다. 참 기적 같은 일이었다. 이제 부기도 많이 빠지고 정말 교장 선생님 말씀처럼 아무 일도 없게 되겠는데요…… 공의가 조금 전에 속삭이던 말이 생각났다. 의지로써 고통을 억압하고 있는 것일까. 아버지 말마따나 늙은이 뼈라서 금이 갔어도 별 대수롭지 않은 것일까. 아무튼 아버지는 환자답지 않게 자세를 하나도 흐트러뜨리지 않고 있었다. 아버지의 모습이 커다란 산처럼 부풀어 오르며 내 앞을 막아섰다. 나는 숨이 막혔다. 어둠 속에서도 그 산은 뚜렷한 형체를 나타내어 내 앞으로 다가왔다.

"걱정이 많이 되시죠?"

어둠 속 풀향기 속에서 여교사의 목소리가 들렸다. 나는 어둠 속에서 나온 희미한 여교사와 함께 개울둑으로 나갔다. 개울둑으로 별이 많이 떨어져 내렸다.

"걱정하지 않습니다. 저의 아버지는 언제나 완전무결하신 분으로 모든 일을 혼자서 처리하고 계시니까 제가 어떻게 걱정을 하고 안 하고도 없지요. 오히려 아버지한테 제가 늘 걱정을 끼치고 있습니다."

"그야 그럴 수도 있겠지만."

여교사는 돌부리에 채였는지 잠시 몸을 휘청했다. 나는 아버지를 비난하고 싶었다.

"우리 부자 사이는 보통과는 아주 다르죠. 남남과 같죠. 저의 아버지께서는 저를 아들로 인정하기를 늘 거부하시죠. 제가 그분의 기대를 다 저버렸기 때문일 거예요. 공부도 못하고 늘 주변머리 없게 굴었으니까."

까닭 모를 화가 부글부글 끓어올랐다. 돌멩이를 집어서 개울로 획 던졌다. 풍덩 소리 대신 떽떼굴 하는 기분 나쁜 소리가 들려 왔다.

"교장 선생님도 어쩔 수 없는 노인이에요."

"그분은 노인이 아닙니다."

"왜 그런 생각을 하시죠?"

"밀교의 교주예요. 오로지 위엄과 신비로 자신을 위장하고 다른 것은 전혀 드러내 보이지 않는 그런 분이니까 가정이든 자식이든 다 소용없는 거예요."

어느새 내 말은 몇 년 전 인자가 하던 말을 그대로 흉내 내고 있었다.

이튿날 나는 아침 차로 금지를 떠났다. 아버지는 아침이 되자 한결 좋아져서 세면을 하러 우물까지 혼자 갔다 올 정도였다. 나는 더 이상 그곳에 머물러 있을 필요가 없었다. 분교의 교사들과 공의가 위급한 일이 생기면 즉시 전화를 하겠다고 했을 때, 나는 아버지의 귀에 들리도록 큰 소리로 대꾸했다.

"그러실 것 없습니다. 요즘 공무가 바쁘니까 그런 연락 받아도 금지까지 올 수도 없을 거예요."

나는 말을 마치자 눈물이 핑 돌았다. 사람은 누구나 다 혼자다. 누구나 혼자다. 아버지도 나도 다 혼자다. 누가 누구를 어떻게 위로하고 부축할 수 있단 말인가. 나는 눈부신 아침 햇살 속을 걸어서 버스정류장까지 갔다. 막 시동을 건 버스는 이내 출발하였고, 나는 눈물을 조금 흘린 것을 빼고는 기분이 아주 상쾌하였다.

그 후 금지에서는 아무런 소식이 없었다. 이따금 신음하는 아버지의 영상이 머릿속에 떠오르기도 했지만 나는 북북 찢어 버렸다. 열심히 근무를 했고 퇴근 후면 동료들과 어울려 대폿집에서 하루의 일과를 청산하고 집에 돌아가면 세 살 난 돌이를 안고 아내가 부엌에서 만드는 두부찌개 냄새를 기다리고, 저녁밥을 먹은 다음에 연속극을 보며 아내와 킬킬거렸고 돌이를 재우고 나서 아내와 성합을 즐겼다. 그러면서 나는 언제나 토요일이 돌아오기를 기다렸다.

치악산은 계곡이 무수하게 많았다. 자연보호운동의 대상지로 언제나 변함이 없었다. 아무리 휴지를 줍고 깡통을 주워도 다시 쌓이고 있었다. 서울에서 몰려오는 등산객들은 배낭에 하나 가득 담아온 찌꺼기들을 치악산에 다 버리고 갔다. 나는 운동원들을 지휘해서 주말마다 치악산으로 올라갔다. 군청에서는 벌써 전부터 산림계장의 근무 태도에 대해서 칭찬이 자자했다. 자발적으로 나서서 열심히 운동을 독려하고 오후 늦게까지 치악산에서 사는 나를 윗분들도 높이 평가하는 모양이었다. 6월이 되었다. 도지사 표창장이 내려왔다. 군청 직원을 강당에 집합시켜 놓고 거행된 표창식이 끝난 다음 군수는 나에게 촌지를 주며 등을 두드렸다.

"오 계장 덕분에 우리 군이 지사님에게서 아주 칭찬을 들었소. 도내에서 가장 모범적인 자연보호운동을 시행하고 있다는 말씀이었소."

군수는 기분이 좋아서 커다란 몸집을 흔들며 악수한 손을 놓지 않았다.

"오재수 교장이 바로 아버님이 되지요? 으흠, 역시 그분 자제라서 오 계장도 비범한 면이 있소."

금지 소식을 들은 것은 6월 중순이 되어서였다. 그 여교사가 시내에 나왔다가 나에게 연락을 해서 군청 휴게실에서 만났다.

"교장 선생님은 요즘 아주 건강이 좋으십니다. 골절된 다리도 다 나으신 것 같고요."

　여교사는 나를 위로하듯 말했다.

"정년퇴임식에는 도청과 문교부에서 높은 분이 금지에 오신답니다. 교육훈장도 받으신대요."

　아버지의 정년이 이제 한 달 남짓 남았다는 사실이 그제서야 다시 생각났다. 평생을 교육에 헌신하신 아버지에게 돌아오는 모든 영광은 굉장한 것이었다. 나는 다시 큰 산 앞에 선 것처럼 숨이 막히고 내 몸뚱이가 왜소하게 느껴졌다.

"선생도 평생을 교육계에 몸 바치실 겁니까?"

　나는 담배를 부벼끄며 여교사에게 말했다.

"아뇨, 저야 좋은 사람 만날 때까지만 하는 거예요. 요즘 선생질도 못 해먹어요. 월급이 얼만 줄 아세요?"

　여교사는 차를 홀짝 마시며 배시시 웃었다. 나는 여교사의 얼굴을 가만히 꿰뚫어 보았다. 가무잡잡하고 미간이 좁았다. 갑자기 남성으로서의 욕망이 끓어올랐다. 욕망을 얼른 죽이며 나는 일어섰다.

　금지 분교가 화재로 잿더미가 된 것은 보름 후, 아버지의 정년이 한 달쯤 남은 어느 날 저녁이었다. 그날 나는 퇴근을 한 다음 대폿집에서 목을 축이고 집으로 돌아와 돌이를 배 위에 올려놓고 흥얼거리고 있는데, 고등학교 동창들이 찾아왔다. 도지사 표창을 받았으니 한턱내라는 것이었다. 시장에서 잡화상을 하는 친구, 역전에서 대폿집을 하는 친구, 타이어 수리공장을 하는 친구들이 어울려, 어디서 뒤늦게 나의 수상소식을 듣고 몰려온 것이었다. 나는 그들과 어울려 밖으로 나가서 술을 진탕 마시며, 황포돛대와 목포의 눈물, 울고 넘는 박달재를 불렀다. 그날 밤 나는 술에 떨어져 술집 계집의 팔을 베고 잠이 들었다가 아침에 깨었다. 곧바로 군청으로 출근을 하자 금지에서 온 소식이 나를 기다리고 있었다. 이미 전날 밤에 온 것이었다. 금지 분교 화재, 분교장 사망. 숙직원이 받아 써 놓은 쪽지의 글자가 불꽃처럼 넘실거렸다. 간신히 글자를 해독하자마자 나는 벌떡 일어섰다. 버스정류장으로 뛰었다. 멀리 치악산이 보였다. 잿빛 구름이 산 중턱까지 내려와 있는 치악산은 몹시도 외롭고 나약해 보였다.

"교장 선생님께서 스스로 불길 속으로 걸어 들어가셨어요. 아무리 말려도 뿌리치시고 평소 집무하시던 교장실로 들어가시자마자 천장이 불길 속에 무너져 내렸어요. 어떻게 손을 써 볼 틈도 없었습니다."

내가 금지 분교에 도착하자 교사들이 울면서 말했다. 숲으로 둘러싸인 분교는 완전히 잿더미가 돼 있었다. 주민들과 학생들도 잿바람을 들여마셔 가며 자꾸자꾸 울었다. 나는 울지 않았다. 나는 교사들과 함께 잿더미를 파헤쳤다. 아직도 뜨거운 불

기운이 그대로 있는 잿더미에는 연기가 피어올랐다. 재가 된 아버지의 유해를 추렸다. 사람들이 자꾸자꾸 울었다. 나는 울지 않았다. 완전한 생애를 마치려고 면밀한 준비를 하고 있던 아버지, 정년이 되어 늙고 나약해지는 노년을 거부한 아버지, 오재수 분교장의 완전무결한 힘에 눌려 몸을 가눌 수도 없는 꼴이 되어, 그의 유해를 안고 나는 금지를 떠났다.

그날 오후 나는 혼자 치악산으로 가서 아버지의 유해를 뿌렸다. 나는 울지 않았다. 이제 치악산에는 다시 오지 않게 될 것 같은 예감이 들었다. 아버지의 유해 대신에 이러한 예감을 안고 큰 산을 내려오면서 나는 소리 내어 울기 시작했다.

(문학사상, 1979)

인형의 교실

버스는 어둑어둑해져서야 신대리에 닿았다. 읍에서 떠난 지 반 시간만이었다. 읍에서 신대리까지는 그만그만한 산들이 일정한 간격을 두고 막아서 있었다. 고개를 하나 내려와서 평지인 듯한 길을 잠시 달리다가는 곧바로 고개로 다시 접어드는 걸 보면, 정말 일정한 간격으로 산을 하나씩 하나씩 만들어 놓은 것 같았다. 산은 그다지 높지 않았지만 아마 신대리까지 여남은 개는 실히 되는 모양이었다.

고개에서 내려온 버스가 평지인 듯한 길을 한참 달려도 다시 고개로 올라가는 낌새가 보이지 않자, 혜숙이는 오히려 이상한 기분이 들었다. 고개를 넘고 또 넘을 때마다 어둠에 조금씩 젖는 산비탈의 수목들도 물결처럼 일렁여 보여서 마치 큰 파도를 타고 가는 듯하다가, 평지를 한참이나 달리는 버스 속에 앉아 있자니 꼭 물속으로 튜브가 가라앉는 듯해서 혜숙이는 궁둥이를 자리에서 들었다.

어둑어둑해지는 시야로 저만큼 흐린 불빛과 다정한 지붕들이 언뜻 보여서 혜숙이는 신대리에 잠시 후면 닿으리라는 걸 알 수 있었다. 반 시간 정도 걸린다고 이야기해 주던 차장의 말이 그때 다시 생각났다.

"저게 강이에요?"

신대리 쪽으로 허연 등줄기를 내어놓은 물체가 보이자 혜숙이는 옆자리에 앉은 승객에게 조용한 목소리를 내어 물었다. 읍에서 버스를 타고 함께 오면서 한마디도 말을 하지 않았던 혜숙이었다.

"네."

옆에 앉은 승객은 이제 보니 아주 앳된 소년이었다. 머리를 기르고 점퍼 차림이어서 언뜻 보면 어른처럼 보였는데, 대답하는 소리가 맑고 깨끗하여 얼굴을 보니 열댓 살 돼 보이는 소년이었다. 혜숙이는 쿡 하고 웃음이 날 뻔하도록 순간적으로 재미있다 싶은 생각이 들었다.

"무슨 강?"

"신대천이에요."

소년의 말은 정확한 표준어 그대로였다. 시골 버스에서 이런 소년을 만나다니 기분이 참 상쾌했다.

강은 신대리의 지붕들과 숲 뒤로 뿌연 몸뚱이를 조금씩 드러내고 있었다. 강을 보자 이제까지 황폐하던 마음이 아늑해지기 시작했다. 낯선 객지를 찾아가는 황무지 같던 마음이 어느새 사라지고 새싹이 돋아나는 따뜻한 기분이 되었다.

"이거."

혜숙이는 바바리 호주머니에서 향기 나는 과자를 꺼내어 옆의 소년에게 주었다. 소년은 좀 망설이듯 눈을 깜박거리다가 그걸 받아 쥐면서 비로소 혜숙이의 얼굴을 쳐다보았다.

버스가 신대리 우체국 앞에 닿자 승객들이 내리기 시작했다. 선반 위에서 가방을 집어 들고는 내 물건이 틀림없나를 확인했다. 그러나 곧 그것이 쓸모없는 행동이라는 걸 알았다. 선반 위에 큼직한 트렁크를 올려놓은 사람은 혜숙이 하나였으니까. 버스에서 내리면서 보니 우체국 건물이 아주 우스꽝스러웠다. 송판으로 커다랗게 아무렇게나 만든 우체통처럼 생긴 작은 우체국이었다. 하늘로 쭉쭉 뻗어 올라간 빌딩에 자리 잡은 도시의 우체국보다도 정말 우체국다웠다.

"오혜숙 선생님이시죠?"

혜숙이가 트렁크를 들고 우체국 앞에 내리자 잿빛 어둠 속에서 여인 하나가 불빛 안으로 나서며 손을 내밀었다. 혜숙이는 그 여인에게 안기고 싶을 정도로 반갑게 손을 잡았다.

"나와 주셨군요."

"고생되셨지요?"

서울을 떠나면서 전보를 쳤었다. 그렇지만 워낙 일선 지방이 가까운 벽촌이어서 전보가 닿았는지도 모르고 또 닿았다고 해도 누가 잘 챙겼다가 마중을 나오리라고는 믿지 않았던 혜숙이었다.

혜숙은 여인을 따라 우체국을 끼고 한참을 내려갔다. 길이
서툴러서 발끝에 돌멩이가 자꾸 채였다.

"기숙사는 바로 학교 옆이에요."

"네, 감사해요. 아주머니."

강물 소리가 가까이에서 들려왔다. 3월이라고는 해도 아직
찬 바람이 불어서 혜숙의 마음은 추웠지만 강물 소리는 꽤나
따뜻하고 아늑하게 들렸다.

"저는 생물을 맡은 이선자예요."

기숙사에서 밥이나 짓는 여인인 줄 알았던 혜숙이는 어둠 속
에서 얼굴이 빨갛게 달아올랐다.

"죄송해요. 몰라뵈었어요. 이 선생님도 기숙사에 계신가요?"

"아니에요. 저는 마을에 하숙을 했어요."

잠시 후에 기숙사에 닿았다. 어둠 속에 희미하게 형체를 드
러내고 있는 중학교 건물 아래로, 공동창고 비슷하게 일자로
된 집이 교사들의 기숙사였다. 강물 소리가 한결 가까워서 다
정하게 들려왔다.

"이 방이 오 선생님 방이에요. 불편한 점이 말이 아닐 거예요."

이 선생은 앞장서서 문을 열었다. 벽에 거린 램프에 불을 당
기는 이 선생의 모습이 어둠 속에서 희끗희끗하게 흔들리고
있었다. 차츰 방이 밝아졌다. 답사여행 중에 묵었던 시골 여인
숙처럼 천장이 낮은 방 한쪽에 앉은뱅이책상이 하나 놓여 있
었다.

"교장 선생님께서도 무척 근심을 하세요. 갓 졸업한 젊은 여선생이 이런 데서 견딜 수 있을까 하고 말이죠."

이 선생은 흐트러진 머리칼을 쓸어 올리며 웃었다. 눈 가장자리에 잔주름이 밀리고 있는 모습이 친근감을 일으키게 했다.

"곧 저녁 식사가 될 거예요."

이 선생의 모습은 아무리 보아도 마음씨 좋은 시골 아주머니 같았다. 중학교 교사라고는 도저히 믿어지지 않을 만큼 수수하고 무던해 보여서 모든 게 낯선 혜숙에게는 이 선생의 그러한 인상이 오히려 마음에 들었다.

저녁상이 들어왔다. 밥상을 들고 온 여인이 순박하게 웃으며 혜숙이를 바라보자 옆에 있던 이 선생이,

"파주댁이에요. 선생님들의 식사를 해드리고 기숙사 일을 한답니다."

하며 소개를 하고 뒤이어 파주댁 보고는,

"새로 오신 오 선생님이에요. 뒷바라지를 잘 해드리도록 해요."

하면서 두루 마음을 썼다.

혜숙이는 시장했지만 밥은 조금밖에 먹히지가 않았다. 이 선생이 돌아가고 난 뒤에 혜숙은 우물로 나가서 세면을 하고 어두워진 하늘을 바라보았다. 별들이 곱게 흩어져 있는 밤하늘을 보고 있자니, 오늘 아침에 떠난 서울이 멀리멀리 몇 년 뒤로 물러서는 듯한 착각이 들었다.

사범대학을 졸업하면 으레 중고등학교에서 교편생활을 하는

것이 당연한 귀결인데도, 혜숙이는 졸업식을 끝내고도 그러한 취업문제에는 어쩐지 서툴고 마음 내키지 않았다. 다른 학생들은 벌써 4학년 2학기부터 연고를 찾아서 취직을 한다고 야단법석이었지만, 혜숙은 도무지 그런 일들이 남의 일처럼만 느껴지는 것이어서 어디 취직자리를 알아볼 엄두도 안 내고 졸업한 후에도 집안에 틀어박혀 잡지 나부랭이나 읽고 있었는데, 대학에서 연락이 와서 나갔더니, 일선이 가까운 경기도 북부에 있는 중학교에서 교사 추천 의뢰가 왔으니 급히 떠나라는 것이었다. 그래서 혜숙은 그날로 바람 쐬러가는 심정으로 가방을 챙겨 들고 집을 나섰다.

"잘 됐다. 너 같은 아이는 고생 좀 해야지. 가서 1년만 있으렴. 에미가 좋은 신랑 구해 놓을 테니간."

어머니는 짐을 챙겨 주면서 이렇게 말했다.

그러나 막상 마장동에서 버스를 탔을 때는 이제 돌아오지 못할 유형지로 떠나는 것같이 눈물이 왈칵 났다. 그러나 버스가 시골길을 달리고 차창 밖에 펼쳐지는 3월의 푸르름을 보면서 차츰 혜숙의 마음도 안정되었고, 마치 취직자리를 찾아 안절부절못해 온 것처럼 사범대학 졸업생답게, 앞으로 만나게 될 학생들의 모습을 뇌리 속에 초조하게 그려보았다.

기숙사에서의 첫날밤은 외롭고 슬펐다. 가끔 들려오는 강물 소리를 하나하나 세면서 혜숙은 잠을 청했다. 램프에서 번지는 홋홋한 석유냄새가 코끝에 달라붙었다. 기숙사에는 남자

선생이 두 명 있다는 말을 이 선생한테 들었지만 그들은 혜숙이 불을 끄고 잠자리에 든 후에도 돌아오지 않은 기색이었다. 이따금 닭장에서 닭이 구구구 하며 울 뿐 모든 게 적막했다.

이튿날 아침 일찍 밖으로 나온 혜숙은 눈앞에 펼쳐진 너무도 고운 산촌의 풍경에 입이 딱 벌어졌다. 아무 꾸밈도 없이 그대로 펼쳐진 농촌의 봄은 이제 막 푸릇푸릇 온갖 생명들이 잠을 떨치고 일어나는 부산스러움 속에 그 자태를 드러내고 있었다.

"새로 오신 선생님이시죠?"

굵직한 목소리에 혜숙은 고개를 돌렸다. 우물가에서 수건을 목에 건 채 안경을 쓴 남자가 웃으며 다가왔다.

"반갑습니다. 저는 수학이에요. 저도 서울서 왔어요. 이제 한 학기 됐죠. 김기남입니다."

김 선생은 이것저것 학교에 대한 이야기를 늘어놓았다. 이제 창립한 지가 3년밖에 안 된 학교라는 것과, 교장 민창수 씨는 신대리 토박이 유지로서 일제 때 동경 유학까지 한 분이라는 것과, 주민들이 모두 가난하고 특히 읍에 있는 미군부대를 중심으로 생업을 이어가는 사람들이 많아, 겉보기로는 순박한 농촌이지만 아이들이 꽤 까발려져서 다루기 힘들다는 것 등이 그의 말이었다. 수학 선생이어서일까, 그의 말은 감정이 하나도 섞이지 않은 건조한 것이었다.

교장 선생은 시골 농장의 투박한 농부 같았다. 일본 유학까지 한 분이라고 해서 시골에 어울리지 않게 금테 안경을 쓴 깡

마른 사람으로 짐작했는데 전혀 딴판이었다.

"오 선생 같은 재원이 우리 학교에 와 주셔서 영광이오."

교장 선생은 느릿느릿한 음성으로 이렇게 말했다.

"아무것도 모릅니다. 선생님께서 잘 지도해 주시기 바랍니다."

혜숙은 잔뜩 긴장하여, 흔히 제3자를 소개하고 부탁하듯, 이렇게 말하며 교무실을 둘러보았다. 4학년 1학기 때 교생실습을 나갔던 서울의 큰 중학교 교무실에 비하면 꼭 장난감 같은 크기였다. 책상이 몇 개, 그리고 창틀에 개나리꽃이 한 묶음 병에 꽂혀 있었다. 한적한 시골 시외버스의 정류장같이 쓸쓸한 기분이 들었다. 교무실과 바로 접한 교실에서 학생들이 개구리 떼처럼 재잘거리는 소리가 끝없이 들려왔다.

혜숙은 1·2·3학년 국어를 도맡고 2학년 2반 담임까지 맡았다. 한 반에 50여 명의 학생 중 남학생보다 여학생이 조금 더 많았다. 처음 수업시간에 들어갈 때 혜숙은 약간 긴장하기까지 했지만 막상 교실에 들어가서 느낀 것은 그럴 필요가 없다는 점이었다. 이제 막 교단에 처음 서는 햇병아리 선생은 스스로 생각하면야 감개무량한 심정이 되겠지만, 학생들로서는 그런 것은 아랑곳하지 않았다. 처음 부임해 온 여교사에 대하여 환영의 빛도, 저항의 빛도 학생들한테서는 보이지 않고 선생이 교실에 들어가서 교단 위에 서 있는데도 저희들끼리 짓까불면서 재잘대기만 하는 것이었다.

"아이들이 좀 이상하죠?"

생물 담당 이 선생이 그날 오후에 혜숙에게 말했다.

"아주 무감각이에요. 선생들이 들락날락 이동이 많아서인지, 아이들은 어느 선생이 나가고 들어오는지도 물어보지도 않고 덤덤해요."

"순박해서가 아닐까요?"

"그 반대예요."

그러나 혜숙은 이 선생의 말을 다 이해할 수가 없었다. 그의 말을 비로소 이해하게 된 것은 1주일이 지나서였다.

통틀어서 여섯 개 반밖에 없는 학교였다. 남녀공학인데 여학생은 좀 더 많았다. 국민학교를 졸업하고 나서 남자아이들은 읍으로 돈벌이를 나가는 일이 많기 때문이라고 했다. 교사들도 대부분 서울에서 온 사람들이었고 모두들 안정된 직장을 갖기 전에 어쩌다 임시로 와 있는 학교 정도로 생각하고 있었다. 그래서 선생들도 서로의 일에 관심을 기울일 필요가 없어서, 혜숙이 같은 입장에서는 그게 편했다.

교장 선생은 교육위원회에 이틀이 멀다하고 드나들어서 교무실 분위기도 자유스럽다면 자유스러운 편이었다. 오후 수업이 한 시간 비어 있는 날엔 의자에 앉아 소롯이 낮잠을 청하는 선생도 있을 정도였다.

반에서 학생들의 일용품이 도난당하는 일은 흔히 있다는 것을 잘 알고 있었지만 그러나 부임한 지 겨우 1주일이 지나고, 그가 담임한 반에서 일어난 도난사건은 그런 것이 아니었다.

혜숙의 봄 겉옷이 감쪽같이 없어진 것이었다. 수업 시간에 입고 들어갔는데 감쪽같이 없어진 것이었다. 수업 도중에 무심결에 벗어서 교탁 밑에 넣어둔 것이었다. 종례시간이 되어서야 겉옷 생각이 나서 교탁 밑을 찾아보았지만 없었다. 처음에는 당황했지만, 조금 시간이 지나자 재미있다는 생각이 들기 시작했다. 까닭 모르게 쿡쿡 웃음까지 나왔다.

'요 녀석들 봐. 선생님 옷을 훔쳐 가다니 제법이야.'

교육 심리학 시간에 배운 지식대로 한다면 우선 반 학생들의 가정환경부터 조사를 시작해야 할 것이었다. 가정이 불우하거나 교우관계가 원만하지 못한 학생들 중에서 흔히 도벽을 가지는 경우가 많다.

열등생이나 문제아가 흔히 그런 일을 저질러서 정신적인 보복을 하며 쾌감을 느낀다는 것이었다. 그렇지만 이번의 도난사건은 혜숙이 부임한지 1주일밖에 안 돼서 일어났고 또 없어진 물건이 바로 교사의 것이라는 점에 있어서, 교육 심리학의 명쾌한 이론이 그대로 적용되는 것은 아니었다.

어떻게 할까, 혜숙이는 망설였다. 문득 중학교 때 일어났던 도난사건이 생각났다. 그때 없어진 물건은 어느 학생의 만년필이었는데, 도둑을 잡으려는 담임 선생의 수사 방법이 당시의 어린 나이의 혜숙이한테는 꽤나 놀랍고 무서웠다. 우락부락하게 생긴 담임 선생님은 학생들을 해가 넘어갈 때까지 교실에 모아 놓았다. 만년필 훔쳐 간 사람 손들어, 옳지. 빨리 들어. 교실은 그야말로 숨을 죽인 것처럼 조용하였고, 혜숙이는 공연히 겁에 질렸다. 혜숙이뿐만 아니라 모든 학생들이 병아리 가슴이 되어 할딱거리며 누가 손을 드는가를 몰래 훔쳐보았다. 그러나 아무도 손을 들지 않았다.

할 수 없군. 그렇다면 내가 범인을 잡아내지. 1번부터 나와. 여기 잉크병이 보이지? 모두 새끼손가락을 병 속에 담그는 거야. 만년필을 훔쳐 간 사람은 손가락이 막 썩어들어가는 잉크니까 말이야. 왜 우물쭈물거리나? 빨리 앞으로 나왓!

학생들은 담임의 말을 듣고 기절할 듯이 놀랐다. 담임 선생은 커다란 잉크병을 교탁 위에 탁 놓고 잔인한 미소를 띠며 팔짱을 꼈다. 혜숙은 담임의 미소 띤 얼굴을 보다가 저도 모르게 손을 번쩍 들었다.

"선생님, 제가 가져갔어요."

교실에는 순간적으로 아, 하는 탄성이 울렸다. 담임 선생도 싱긋 웃는 얼굴로 혜숙이를 불러 세웠다.

"그러면 그렇지, 진작 자수를 하면 좋았을 거 아닌가! 자, 훔쳐 간 만년필을 내어놔!"

담임은 파리를 앞에 놓은 두꺼비처럼 음흉한 얼굴을 하고 큰소리로 말했다. 혜숙은 앞이 캄캄했다. 필통에서 까만 만년필을 꺼내어 들고 앞으로 걸어 나갔다.

"뭐야? 이건 없어진 만년필이 아니잖아?"

없어진 만년필은 빨간색이었다. 혜숙이는 눈물을 철철 흘리며 아무 소리도 못 했다.

"어흠, 혜숙이는 선생님한테 거짓말을 했겠다…… 훔쳐 간 물건을 내어놓지 않고 시치미를 떼고……"

담임은 입맛을 쩍쩍 다셨다. 반 학생들은 모두 공포에 질려서 옴짝달싹도 못했다. 혜숙은 훔쳐 간 만년필을 내놓지 않고 거짓행위를 했다 하여 교무실로 호출돼가서 심한 꾸지람을 받았다. 그러나 내가 훔쳐 간 게 아니라, 잉크병에 손가락을 담으면 손가락이 썩어버릴까 봐 거짓말을 했다고도 자백하지 못했다. 없어진 빨간 만년필은 그날 청소당번에 의하여 쓰레기통에서 발견되었다. 몇 시간 동안 공포의 사슬에 묶였던 아이들은 해방되었다. 담임 선생이 혜숙에게 화를 내며 말했다.

"거짓말하면 안 된다. 도둑질하는 것보다도 더 나쁜 거야."

종례시간에 혜숙은 겉옷 이야기를 꺼내지 않았다. 솔직히 말해서 혜숙이는 그다지 기분이 나쁜 편은 아니었다. 오히려 그 반대라면 반대였다.

"그것 봐요, 내가 뭐라고 했어요? 시골 아이들답지 않게 톡 까발라지고 앙큼하다고 했잖아요?"

생물 선생에게 이야기를 했을 때 그의 반응은 이랬지만, 혜숙이로서는 오히려 정반대의 쾌감을 느끼고 있었다. 쾌감이란 두 가지 면에서 발생되어 왔다. 하나는, 도둑질한 학생을 잡을 수도 있는데 안 잡는다는 자신의 태도에 관해서였다. 아무리 앙큼하다고 해봐야 설마하니 선생이 꾀를 내어 잡으려고만

한다면 그걸 못 잡을까. 혜숙은 자기가 중학교에 다닐 때의 만년필 도난사건을 다시 생각하고, 그때의 담임 선생 태도는 졸렬하다는 느낌이 자꾸 들었다. 혜숙은 절도범을 뒤쫓다가 놈이 도망갈 수 없는 장소로 숨어 들어간 것을 처음부터 눈여겨보는 수사관처럼 느긋한 쾌감에 젖어 있었다.

또 하나의 쾌감은, 학생들에게서 느끼는 생명력에서 비롯되었다. 마치 펄펄 뛰는 생선을 요리하는 요리사 같은 마음에서 오는 것이었다. 다 상해서 문드러진 생선을 칼로 내려치는 요리사의 절망이 아니라, 펄펄 뛰는 놈을 다루고 있는 쾌감, 가시에 찔리거나 지느러미에 손끝이 상할지는 몰라도, 칼로 내려치는 순간마다 전류처럼 손끝에 번져오는 생명력이 주는 쾌감은 짜릿짜릿한 것이었다.

병아리처럼 쫄쫄 따라다니며 그저 얌전하고 착하기만 한 중학생보다는 이렇게 선생의 봄 겉옷을 슬쩍 해내는 녀석이 있다는 사실은 그날 밤 기숙사에 돌아온 혜숙을 두고두고 즐겁게 해주었다.

'내가 이러다가는 교육 심리학 권위자가 되는 것 아닐까?'

혜숙은 이렇게 생각하며 쿡쿡 웃었다. 저녁 식사를 마치고 나서 이제 막 땅거미가 깔리는 강가로 나갔다. 기숙사에서 한 5분 정도 될까 말까 한 강은, 아직도 틈서리마다 싸늘한 냉기를 숨긴 채 불어오는 상쾌한 바람에 제법 출렁이며 흐르고 있었다. 강둑으로는 미루나무들이 그만그만한 크기와 간격으로

서 있었다. 눈에 띄지는 않았지만, 코끝에 와서 부딪치는 훈훈한 바람결에 숨어 있는 아지랑이도 혜숙의 가슴을 즐겁게 흔들어댔다.

강둑을 한동안 거닐자 이상하게도 마음이 착 가라앉아서, 정말 노련한 교육자가 된 듯 낮의 도난사건이 부옇게 멀어져 갔다. 강둑을 한참 내려가자 강으로 내려가는 돌층계가 나타났다. 혜숙은 이미 어두워진 길을 조심하면서 강으로 내려갔다. 강물에 손을 담갔다. 차가웠다. 겉으로 보기에는 한없이 따뜻해 보이는 강이 왜 이렇게 차가울까.

혜숙은 일어서서 강 건너편을 바라보았다. 어둠뿐이었다. 갑자기 무서운 생각이 들었다. 강물 소리도 점점 커지는 것 같았다.

혜숙은 재빨리 돌층계를 올라와서, 거의 어둠에 모습을 숨긴 강둑을 부지런히 뛰어 기숙사에 닿았다.

"아, 어서 오슈. 그렇지 않아도 기다리는 참입니다."

기숙사 마루에 앉아 있던 남자 선생들이 큰 소리로 말했다. 마구 뛰어오는 바람에 숨이 가빠서 혜숙은 그들의 말을 얼른 알아들을 수 없었다. 마루에 가까이 와서야 그들이 술상을 가운데 두고 앉아서 술을 마시고 있다는 것을 알았다. 마루 기둥에 걸린 램프에서 불빛이 흔들려 그들의 얼굴을 일렁이게 했다.

"오 선생 환영회 하는 거예요. 자, 이리로 앉으시오."

수학 선생이 말했다.

"같은 기숙사에 든 것도 다 인연이죠."

영어 선생이 말하며 담배를 피워 물었다. 파주댁이 부엌에서 두부찌개를 끓여 가지고 나왔다.

혜숙이가 앉자마자 영어 선생이 웃으며 술잔을 내밀었다.

"선생님들이나 드세요. 저는 술을 못해요."

"못해요?"

"네, 정말 못해요."

혜숙은 이 무례한 남자 선생들이 속으로 괘씸해서 그만 자리에서 일어나 버릴까 하다가 참았다.

"거 참, 이상하군요. 대개 이런 시골 학교에 부임해 오는 여선생은 술 몇 잔이야 다 하는 것 아뇨? 말하자면 남선생이나 여선생이나 다 방랑벽이 있는 치들이니까."

수학 선생이 술잔을 비우며 말했지만, 비웃는 말만은 아니었다. 좀 자조적이기는 했어도, 혜숙이를 비웃는다든가 윽박지르는 말은 아니었다. 파주댁이 마루 끝에 걸터앉아 있다가 한마디 했다.

"그것 봐요. 여선생이라고 다 술을 하는 줄 알아요? 오 선생님처럼 참한 분은 술 못 하는 게 당연하지요."

"이거, 오 선생 환영한답시고 우리가 취하게 생겼구만."

수학 선생이 껄껄 웃었다. 혜숙은 한동안 거북스러운 술자리에 앉아 있다가, 그들이 혀가 약간씩 꼬부라졌을 때 일어섰다. 방에 들어와 자리에 눕자 피곤이 한꺼번에 몰려들었다. 마루에서 술타령을 하는 남선생들이 혀 꼬부라진 소리로 노랫가락을 부르는 것을 들으며 잠에 떨어졌다. 여기에 온 지 1주일 동안의 피곤이 한꺼번에 몸을 짓누르며 달려들었다.

이틀 후 종례시간이었다. 만년필을 찾으려고 출석부를 폈지만 온데간데없었다. 바로 마지막 수업시간에 출석을 부르고 출석부와 만년필을 교탁 위에 놓아둔 채 수업을 마친 후, 종례 때의 지시사항을 받으러 잠깐 교무실에 다녀온 동안에 없어진 것이 틀림없었다.

"여기 있던 까만 만년필 못 봤어요?"

혜숙은 얼굴을 조금 찡그리며 학생들에게 물었다. 아무도 대꾸를 하지 않았다.

혜숙은 종례를 끝낼 때까지 아무 말도 하지 않았다. 잠시 후에 혜숙은 엊그제의 심정으로 돌아갈 수 있었다. 이번에는 좀 의식적이긴 했다. 그래서 동료 선생들한테도 만년필이 없어졌다는 말을 하지 않았다. 그러면서도 무슨 작전을 세워야겠다는 생각은 들었다. 없어진 물건을 찾고 훔쳐 간 아이를 적발해 내는 작전이 아니라, 자기방어의 작전이었다. 가만히 있다가는 봄 겉옷과 만년필을 슬쩍한 녀석한테서 바보 취급을 당할 판이었으니 무슨 수를 써야 했다. 강압적인 수단을 써서 학생들 중에서 도둑놈을 색출해낸다? 그러면 그것은 너무 일방적이다. 그래서 그 학생이 처벌을 받으면 오히려 혜숙은 커다란 부담을 떠안게 되어 경기에는 이기고도 승부에는 패배한 꼴이 될 것이다. 그러면 교육적으로 훈도를 한다? 어떻게? 학생의 물건이 도난당했다면 몰라도 바로 교사의 물건이 없어졌는데 아무리 객관적으로 도벽의 나쁜 점을 강조하고 타일러봐야 이 건 내 물건 회수하기 위한 위장이 아닌가.

혜숙은 그날 밤 잠을 설치면서까지 이 문제에 곰곰이 파묻혔다. 강물 소리가 베개맡에 가까이 출렁이자, 혜숙은 문득 차가운 강의 수온이 생각났다. 그냥 볼 때에는 그토록 따뜻해 보이는 강이 손으로 만졌을 때는 섬뜩할 정도로 차가웠던 기억이 새삼스럽게 떠올랐다. 개구리처럼 재재불대는 어린 학생들, 버짐으로 얼룩진 순박한 얼굴을 한 학생들도 모두 속마음에는 송곳날처럼 섬뜩하고 예리한 차가움을 지닌 것일까. 새벽녘이 돼서야 혜숙은 눈을 붙였다.

이튿날 아침 학교에 나오면서, 봄 겉옷과 만년필이 자기 책상 위에 가지런히 놓여 있을지도 모른다는 예감이 머리를 스쳐갔다. 그러한 예감은 순간적으로 혜숙이를 행복하게 했지만, 곧 머리를 저어서 행복감을 내쫓았다. 그렇게 되면 경기가 너무 싱겁게 끝난다. 한쪽에서 일방적으로 백기를 든다면 무슨 재미가 있는가. 쑥스러운 승리, 개운치 않은 승리는 짜릿짜릿한 패배보다도 못한 것이다.

다행히 혜숙의 책상에는 아무것도 없었다. 혹시나 하고 서랍도 열어보았지만 아무것도 없었다. 혜숙은 커다란 비밀이 탄로되지 않아 다행스러움을 느끼는 범법자처럼 안도의 한숨을 푹 내쉬었다. 그날부터 혜숙은 그가 담임한 2학년 2반 교실을 들어갈 때는 심호흡을 했다. 이것은 묘한 감정이었다. 만일 이러한 긴장감이 지속된다면 이 학교에서 장기근속을 하게 될지도 모른다는 생각까지 하면서 며칠을 보냈다.

그런 다음에 혜숙이는 드디어 갈고 닦은 무기를 내어놓기로 마음먹었다. 아무리 깜찍한 녀석이라도 설마 선생이 일부러 놓아둔 물건을 집어가지는 못하겠지. 혜숙은 이렇게 믿었다. 그래서 훔쳐 간 녀석한테 스스로 패배감을 느끼게 하는 게 가장 좋은 방법이 될 것이다.

5교시 국어시간을 끝내고 혜숙은 수업종료 인사를 받기 전에 교단에서 내려와, 거울이 걸려 있는 창틀에다가, 목에 감았던 머플러를 벗어서 걸쳐 놓았다. 마치 햇볕을 쬐게 하려는 듯이 아주 자연스럽게.

그러나 한 시간 뒤 종례를 하고 교실로 들어오면서 바로 창틀을 보았을 때 입이 딱 벌어졌다. 머플러가 보이지 않았다. 지난겨울에 아버지가 졸업선물로 사준 실크 머플러였다. 그러나 혜숙은 딱 벌어졌던 입을 다물고 태연하게 종례를 해주었다. 그리고 맨 마지막에 반장이 차렷 구호를 외치려고 일어서자,

"머플러 누가 치웠니? 아까 저기에 걸쳐 놓았는데 보이지 않는구나."

하며 학생들을 둘러보았다.

반장 녀석은 차렷 소리를 지르려던 입으로,

132

"네, 조금 전까지도 있었는데요."

하며 창틀로 쪼르르 뛰어가서 창틀 너머 화단을 내려다보더니 고개를 갸우뚱거렸다.

바람에 날려간 게 아니야. 혜숙은 이렇게 혼자 말하며, 인사를 받고 총총히 교실을 빠져나왔다. 패배감. 혜숙은 얼굴이 화끈거렸다.

'선생님, 겨우 그 정도의 수법으로는 안 통해요.'

이렇게 종알대는 녀석이 있을 것을 생각하니 은근히 짜증이 났다. 교무실로 돌아온 혜숙은 의자에 탈싹 앉아 운동장 쪽으로 몸을 돌렸다. 책가방을 가지고 장난을 쳐가며 아이들이 교문을 나서고 있었다.

"피곤하시죠?"

생물 선생이 손가락에 허옇게 묻은 백묵가루를 씻으며 고개를 돌렸다.

"괜찮아요."

혜숙이는 손으로 이마를 만지며 웃었다. 하긴 이마에 열이 있는 것도 같았다.

"쉬엄쉬엄하세요. 처음에는 누구나 급행열차처럼 마구 달리지만 그렇게 하다가는 병나요, 자습도 시키고 요령껏 하셔야 됩니다."

여선생이 단둘이어서 생물담당 이 선생은 여러 가지로 혜숙에게 마음을 써주었다. 이 선생에게 의논을 할까. 안돼. 머플러를 일부러 남겨두고 나온 행위는 파렴치한 짓이야. 오자마자 학생들에게 물건이나 도둑맞는 칠칠치 못한 내 꼴을 괜히 공개할 건 없어.

그날 밤 혜숙은 기숙사로 돌아와 전의를 가다듬었다. 그러자 머플러가 없어졌을 때의 패배감이 사라지고 충만된 쾌감이 온몸을 휩쌌다. 선생의 봄 겉옷과 만년필과 머플러를 훔쳐다가 남몰래 만지작거리고 있을 그 녀석이 느끼는 쾌감과 꼭같게 혜숙은 짜릿짜릿한 쾌감으로 단잠을 잤다. 자기가 공범인지도 모른다는 생각이 들기도 했다.

이튿날은 곧바로 조회시간이 끝나고 교탁 위에 손목시계를 벗어 놓고 나왔다. 그 녀석이 대담한 바에야 나도 대담해야지. 혜숙은 이렇게 생각하며 녀석이 느끼는 쾌감에 눈곱만큼이라도 모자라지 않는 동등한 쾌감, 오히려 더 큰 쾌감을 맛보기 위하여 다시 깊은 호흡을 했다.

"죄송하지만 2반 수업 들어가시면 끝내고 나오실 때 제 손목시계 좀 가져다주세요. 조회시간에 놓고 나왔지 뭐예요."

혜숙은 수학 선생에게 말했다. 그러면서 속으로는 이렇게 중얼거렸다.

'제발 훔쳐 가야 해.'

1교시가 끝나고 혜숙은 설레는 마음으로 교무실로 들어섰다. 수학 선생이 손을 들며 웃었다.

"없던데요."

"시계가 없어요?"

"안 보여요. 기숙사에다가 놓고 나오신 모양이죠?"

혜숙은 그렇다는 듯이 순간적으로 고개를 끄덕였다.

'굉장한 녀석이야. 정말 이럴 수가 있을까.'

혜숙은 수업이 빈 시간을 내어 교무실 밖으로 나왔다. 학교 뒤로는 밋밋한 구릉이었다. 음지는 아직도 얼어 있어서 발밑에 얼음 밟히는 소리가 났다. 혜숙은 학교 뒤의 축사로 가 보았다. 여남은 마리의 돼지와 토끼뿐이었다. 돼지의 오물 냄새가 역겨웠지만 구릉에서 밀려오는 바람은 상쾌했다. 구릉이 끝나는 곳은 연못이 자리 잡고 있었다. 그러나 물은 하나도 없었다. 뿌우연 아지랑이가 연못 바닥에 수물거리며 피어올랐다. 여름이면 구릉에서 흘러내리는 물과 빗물로 연못에 물이 담기고 농사철이 되면 그 물을 빼서 이용한다는 것이었다.

3교시 종이 울릴 때까지 혜숙은 축사와 연못 주위를 왔다 갔다 하면서 골똘히 생각에 잠겼다. 쾌감이 지나쳐서일까. 그만 기진해진 상태가 되었다. 다음 경기가 얼른 생각나지 않았다. 지금 그가 하는 행동이 비인도적이고 비교육적이라는 자책감도 들었으나 곧 고개를 저었다. 수업 시작 종소리가 들렸다. 혜숙은 머리를 흔들고 나서 교무실로 들어섰다.

일주일이 다시 지났다. 그가 담임한 반의 학생들은 전과 다름없이 수업을 받을 뿐이었다. 진범을 앞에 놓고 고의적으로 시치미를 떼면서 이리저리 말을 돌리는 수사관처럼 그는 상쾌했다. 오히려 감쪽같이 범행을 숨긴 도둑에 대하여 갖는 찬탄과 애정이 솟아올랐다.

그러나 무엇보다도 그의 생활이 점점 무질서해지는 게 큰일이었다. 손목시계가 없어진 후로는 통 시간 가는 줄을 알지 못해서 늦잠을 자다가는 아침밥도 다 못 먹고 출근을 하기도 했고 수업에 들어가서도 어떤 때는 다음 시간 수업을 들어오는 선생이 노크를 할 때까지 계속하는 수도 있었다. 진공상태에서 생활하는 듯한 착각이 일어나기도 했다. 겉옷과 만년필과 머플러를 차례차례 훔쳐 간 후 다시 시계까지 감쪽같이 훔쳐 간 녀석이 사방에서 그를 주시하는 것 같았다. 사방이 투명 유리로 된 곳에 유폐된 그를 녀석이 번뜩이는 눈으로 투시하고 있다는 생각은, 패배감과 쾌감을 수시로 그의 알몸뚱이에 번갈아가며 쏟아붓는 것이었다.

학교 뒷산에 진달래꽃이 피기 시작했다. 기숙사 가까운 논에서는 초저녁이면 개구리가 펄쩍펄쩍 뛰는 소리가 들렸고 웅덩이마다에 개구리 알이 무더기씩 보였다. 혜숙은 앞으로 성큼 다가온 봄에 파묻혀 행복했다. 길섶에서 돋아나는 나생이와 질경이와 민들레가 흡사 우주의 신비처럼 그의 눈에는 황홀스럽기만 했다. 나비 한 마리가 날아가는 것만 보아도 혜숙은 자꾸 가슴이 뛰었고, 교실에서 물건을 훔쳐 간 학생이 귀여워서 죽을 지경이었다. 어느 녀석인지는 몰라도 혼자서 생긋거리며 웃고 있을 귀여운 도둑놈이 봄의 아름다움처럼 그의 알몸뚱이를

136

휘감았고 그럴 때마다 짜릿짜릿한 쾌감을 맛보게 되었다.

강물 소리도 한결 따뜻해진 날 오후였다. 교무실 창밖의 조그만 화단에서 이름 모를 새싹들이 흙덩이를 힘차게 깨고 하늘로 하늘로 얼굴을 치켜드는 날 오후, 수업을 마치고 교무실로 돌아오자 교무주임이 들고 있던 수화기를 건네주며 말했다.

"서울 집에서 전화가 왔어요."

혜숙은 백묵가루가 묻은 손으로 수화기를 받았다. 어머니였다. 당장 사표 내고 올라오렴. 좋은 취직자리가 생겼다. 아버지 친구가 하는 회사인데 여비서로 채용해준대. 월급도 선생 두 배는 될 거야. 얘, 듣고 있니? 내일모레가 토요일이니까 그때 올라오렴. 얘, 듣고 있니?

혜숙은 어머니의 말을 들으며 눈앞에 떠오르는 녀석 얼굴을 자꾸 지워내야 했다. 히히히. 선생님 꼼짝 못하고 졌죠? 어때요? 얘, 내 말 듣고 있니? 그러고 말이다. 좋은 혼처도 나섰단다. 아무튼 주말에 꼭 올라오렴.

어머니의 목소리와 녀석의 소리가 혼선이 되어 한동안 정신을 차릴 수가 없었다. 혜숙은 생각했다.

'그래. 네가 완전히 이겼다. 나도 조금 패배하는 것은 바라지 않아. 내가 완패다. 녀석아, 그런데 이것도 좀 알아둬. 이길 수도 있는 경기에서 완패를 당할 때의 쾌감을 말야.'

혜숙은 주말에 떠나기로 작정했다. 교장 선생에게 사정 이야기를 하자, 후조처럼 왔다가는 이내 가버리는 외지에서 온 교사들에게 이미 이력이 나서인지 의례적인 당황함을 표하더니 손을 내밀며 작별인사를 받아 주었다.

다음날 종례시간에 반 학생들에게도 사정 이야기를 했다. 평소에는 개구리 떼처럼 떠들던 아이들이 이상할 정도로 조용하게 앉아 있었다.

"자, 그럼 오늘 종례는 이상으로 끝내요."

혜숙은 이렇게 말하고 교탁 앞에 단정히 섰다.

"……."

일어서서 종례 끝인사를 해야 될 반장 녀석이 일어설 생각은 않고 창밖을 멍하니 내다보고 있었다.

"자, 오늘 종례는 이만 끝."

혜숙은 다시 한번 말했다. 그래도 반장 녀석은 일어설 생각을 안 했다. 아이들의 시선이 따갑게 그의 얼굴에 와 닿았다. 혜숙은 당황했다. 이런 경우를 미처 예기치 못했던 그는 순간적으로 화가 발끈 났지만 화 대신 미소를 띠고 교실을 급히 빠져나왔다. 관중의 야유를 들으며 퇴장하는 패자처럼 그의 얼굴은 후끈후끈 달아올랐다. 그러나 절망의 심정만은 아니었다.

"축하합니다. 좋은 자리가 생겼다면서요? 퍼뜩 올라가시오. 이런 시골구석에 있어봐야 별 볼일 없죠."

같은 기숙사에 있는 수학 선생이 혜숙에게 다가오며 너털웃음을 보냈다. 생물담당 이 선생도 생글생글 웃었다.

"오 선생님 같은 분이 두 달 계신 것만 해도 오래됐죠. 그동안 고생이 심했지요?”

“오래됐다뇨?”

“어떤 분은 열흘 계시다가 도로 도시 쪽으로 나가기도 했거든요.”

그날 기숙사로 돌아와서 종례시간에 있었던 일에 대해서 생각했다. 선생들이 들락날락 이동이 심한 것에 이미 습관이 돼버렸다는 아이들이 왜 종례시간에 그런 행동을 했을까. 혜숙은 이런 생각에 골몰하면서도 내일 오전 수업을 마치고 서울로 떠날 차비를 했다. 따지지 말고 그냥 가는 거야. 완패한 사람은 유구무언인 법이야.

“선생님, 퍼뜩 나오쇼.”

노크 소리가 나더니 수학 선생의 목소리가 크게 들렸다.

“송별회를 해야지. 자 얼른 나오쇼.”

그는 혜숙이 미처 문을 열기도 전에 먼저 문을 열었다. 혜숙은 그를 따라 마루로 나왔다. 영어 선생이 앉았다가 벌떡 일어나면서 손을 벌렸다.

“자, 이리 앉으쇼. 송별주 한 잔 받으시오.”

혜숙은 좀 짜증이 났지만 그들이 시키는 대로 술상 가까이 앉았다.

“백번 잘 생각했습니다요.”

“내일 가십니까?”

“예.”

혜숙은 소주잔을 받았다. 그리고 냉큼 입안에다 쏟아부었다. 목구멍에 불이 붙는 것 같았다.

"오 선생 술 실력이 제법입니다."

"자. 또 한 잔 받으쇼."

그들이 재미있다는 듯 낄낄댔다. 젓가락을 두드리며 노랫가락을 부르더니 혀가 꼬부라졌다. 혜숙이가 자리에서 빠져나와 우물에서 세면을 하고 있을 때, 그들은 '오 선생'이라는 칭호를 버리고 '미스 오'라고 부르고 있었다.

이튿날 혜숙은 이를 꼭 깨물고 학교에 나갔다. 봄바람은 따스했지만 그의 마음은 추웠다. 그날은 1교시 수업만 하고 나머지는 환경미화 시간이었다. 화단 정리, 교실 대청소, 운동장 정지작업 등이 각 학년별로 분담돼 있었다. 그가 담임한 2학년 2반 학생들은 화단 정리를 했다. 혜숙은 그들이 작업하는 모습을 지켜보면서 세상이 재미없다는 늙은 생각이 떠올랐다.

"오 선생님, 이쪽으로 와 봐요!"

교무주임이 창고 쪽에서 그를 불렀다, 축사 옆에 나무 판대기로 지어놓은 조그만 창고 앞에 선생들이 여러 명 모여 있었다.

"이것 좀 보쇼. 애들이 이렇게 영악하다니까!"

교무주임이 어두컴컴한 창고 안에서 밖으로 걸어 나왔다. 그가 손에 든 것은 짚으로 만든 허수아비였다.

"녀석들 속을 모르겠단 말야."

교무주임이 허수아비를 창고 벽에 세워놓으면서 혀를 끌끌 찼다.

"이건 오 선생님 옷 아녜요?"

생물 선생이 허수아비가 입고 있는 봄 겉옷을 가리켰다. 허수아비는 또 머플러도 감고 있었다.

"어머, 이것 봐요. 시계도 차고 있네요."

허수아비의 손목에는 시계도 있었다. 혜숙이는 눈을 감았다. 교실에서 없어졌던 그의 물건이 모두 허수아비한테 장식되어 있었다.

"알 수 없는 놈들이야."

"정신이상 아닐까요?"

"글쎄 말이요. 이것 봐, 이 시계는 아직도 가구 있구만."

"그럼 이 물건이 모두 오 선생 것이란 말요?"

모여 섰던 선생들이 모두 그렇다는 시늉을 서로 했다. 창고 속에 들어갔던 교무주임이 허수아비를 또 들고 나왔다. 베레모도 쓰고 담뱃대도 물고 있는 신사였다.

"흐흠, 이건 지난가을에 그만둔 미술 선생의 것이구만……."

"그 구두는 지리 선생 것인데요."

"이 손수건은 내 꺼야."

선생들은 낄낄댔다. 창고 속에서 나온 허수아비는 모두 다섯 개였다.

옷을 입히고 구두까지 신기고 모자를 씌운 허수아비는 사람의 형태와 꼭 같았다.

"멋있는 인형이구만."

 선생들이 낄낄댔다. 혜숙은 생물 선생이 집어준 손목시계를 받아쥐면서 눈을 감았다 떴다. 시계는 정확히 움직이고 있었다. 태엽을 매일매일 감아줘야 가는 시계였다. 매일 창고 속으로 잠입하여 시계 밥을 주었을 녀석의 얼굴이 눈물 속에 떠올랐다.

 "범인을 잡아야겠군."

 교무주임이 양손에 허수아비를 들고 교무실 쪽으로 걸어갔다. 부임하자마자 이내 떠나버리는 선생들의 얼굴처럼 허수아비는 못생긴 모습이었다. 교실에서는 아무런 반응도 내보이지 않으면서도 비밀스러운 장소에서 선생의 실상을 만든 녀석들의 마음이 혜숙의 가슴을 일렁이게 했다. 그때 강물 소리가 따뜻하게 그러나 요란하게 들려왔다. 혜숙은 깜짝 놀라 고개를 들었다. 그러나 그것은 강물 소리가 아니라 화단 정리를 마치고 뛰노는 아이들의 함성이었다. 혜숙은 함성 속으로 흡입돼 가면서 손으로 얼굴을 만져 보았다. 인형의 얼굴처럼 차갑고 싸늘했다. 그는 완패한 것이 아니라, 경기장에 아직 입장조차 못 했었다는 생각이 확실하게 들자 매우 큰 절망과 치욕에 파묻혀야 했다.

(문학사상, 1980)

부엉이 울음소리

박달재 쪽에서 부엉이 울음소리가 일정한 간격으로 들려오고 있었다. 마을의 나지막한 지붕 처마 밑까지 진한 어둠이 스며들자 부엉이 울음소리는 더 선명하면서도 전혀 거리감을 잴 수 없는 특유의 음량으로 들려왔다. 어둠이 한 켜 한 켜 내려 덮일 때마다 그 사이 사이로 울려퍼지듯 부엉이는 아주 낮게 낮게 그러나 멀리멀리 울었다.

"여보게들, 준비는 다 되었는가?"

공회당 앞뜰에 모여선 사람들을 둘러보며 황 노인이 나직이 말했다 사람들의 얼굴도 모두 어둠에 가려 하나도 보이지 않았지만 그들은 서로서로를 확인하듯 삥 둘러보았다.

"다 됐습니다요. 이제 용팔이만 오면 됩니다."

이 말에 대답이라도 하듯 어둠 속에 발자국 소리가 딱딱 나더니 용팔이가 나타났다. 어둠이 잠시 일렁거리는 듯했다.

"덫은 다 됐는가?"

누가 이렇게 말하자 용팔이는 손에 들고 있던 것을 땅바닥에 툭 내던졌다. 그 소리가 아주 둔탁한 것으로 보아 덫은 굉장히 굵고 무겁고 큰 모양.

"조심들 하게나. 놈들은 무기가 있으니까."

황 노인이 기침을 하면서 말하자, 뜰에 모여선 어둠들이 잠시 일렁거렸다. 그 일렁거림 사이로 부엉이 울음소리가 들려왔다.

"보리밥 먹고 방귀 뀌는 소리 같구면."

한 사람이 이렇게 말하자 모두들 피식 웃었다. 어떤 사람은 정말 방귀를 부웅 뀌기도 했다. 부엉이는 제 흉을 보는지도 모르고 자꾸 울었다.

"소리개 갑분이가 정말 불쌍하이."

"누가 아니래."

사람들은 마을을 벗어나서 박달재 쪽을 향하여 걸어갔다. 언덕길은 마을보다 어둠이 더 진했다. 하루에도 몇 번씩 오가는 익은 길인데도 자꾸 발을 헛디뎌서 넘어질 뻔했다.

"오늘 밤에도 놈들이 또 사냥을 나올까?"

"매일 밤 그 짓이 아닌가."

"놈들도 오늘로 끝장이야."

"뒤탈이 없어야 될 텐데."

"무슨 놈의 뒤탈."

사람들은 허리춤에서 담배쌈지를 꺼냈다. 밤중에 잠이 깨어서 머리맡에 있는 담배쌈지에서 정확하게 한 대 피울 만큼만 집어서 종이에 말던 익숙한 솜씨는 어디 가고, 자꾸 담배가 흘어져 떨어졌다. 사람들은 서툰 솜씨로 담배를 말아서 종이에 침을 발라 붙인 다음 입에 물고 불을 댕겼다. 푸우…… 담배를 피우는 소리가 적막한 어둠을 잠시 흔들었다. 부엉이도 계속 울었다. 구수하고 텁텁하게 들리던 부엉이 울음이 그날 밤 따라 구슬펐다. 소리개 갑분이의 혼이 부엉이 울음을 따라 훌쩍이고 있는 것일까. 사람들은 빠끔빠끔 담배를 피우면서 한숨을 푸우 내쉬었다.

"잔칫날 받아 놓고 그게 무슨 변이람."

"누가 아니래나. 무너미골 덕보 녀석 속은 오죽하겠나."

갑분이가 외국 병정들한테 욕을 당한 것은 이틀 전이었다. 외국 병정들은 밤만 되면 박달재를 넘어 마을로 여자 사냥을 나왔다. 재너머 읍내에 주둔하고 있는 병정들은 밤이 되면 지프를 몰고 공포를 쏘아대면서 마을로 내려와서 부녀자들에게 욕을 보이고 탐욕스러운 냄새를 남기고 돌아가는 것이었다. 마을에 주둔했던 적군들이 하룻밤 사이에 후퇴한 직후였다. 마을의 치안이 진공상태처럼 돼 버려서 아무도 막을 수 없는 일이었다. 그해의 여름 전쟁은 마른 땅에 물기 스며들듯 조용조용 아주 재빠르게 벌어져서 어느 날 아침 갑자기 마을은 인공 치하에 들어갔다. 총소리 하나 들리지 않았다. 경찰지서 대원들이 미리 철수해 버려서 적병의 침입을 막을 힘도 없었다. 적병들은 쫓겨 갈 때도 소문 없이 재빠르게 마을을 떠났다. 전세가 이미 기운 마당에서 잠시동안 마을을 점령했다가 도로 후퇴해 버린 것이었다. 뒤이어 밀려온 아군들도 이 마을을 그냥 통과 지대로 삼았을 뿐 북진을 계속했다. 그 후 경찰지서 대원들이 미처 돌아오지 않은 채 마을은 진공상태가 되어 그대로 방치되어 있었다. 여름이 한껏 기울고 가을이 성큼 다가와 있었다.

뒤쪽에서 발자국 소리가 들렸다. 사람들은 그 소리에 잠시 멈춰 섰다.

"같이 가십시다."

"덕보구만?"

사람들은 이내 목소리의 주인을 알아보았다.

"놈들을 잡으러 가는 데는 내가 앞장을 서야지유."

덕보는 숨을 몰아쉬면서 말했다.

"오죽하겠나."

덕보는 발을 탁탁 구르며 한숨을 내쉬었다.

"갑분이 파묻고 오는 길이라우. 처녀귀신이 된 갑분이 말이유."

사람들은 혀를 끌끌 찼다. 부엉이가 부엉부엉 울었다. 풀섶에서는 밤여치가 찌르르 찌르르 울었다.

외국 병정들을 막아야 한다는 굳은 결심이 선 것은 갑분이가 욕을 당하고 나서였다. 용팔이가 앞장을 섰다. 이미 며칠 전부터 부녀자들이 욕을 보았지만 마을 사람들은,

"전쟁판에 목숨 부지하는 것도 다행이지, 어쩔 것인가."

하며 탄식만 했다. 욕을 본 부녀자들도 자식을 내버리고 목숨을 끊는 것보다는 굴욕을 참는 수밖에는 없었다.

"임자, 너무 속 썩히지 마우. 까짓거 짐승한테 물렸다구 치면 속 편하지."

욕을 본 제 마누라를 사내들은 이렇게 달랬다. 이런 집이 한두 집이 아니었다. 맨 처음 날 저녁에 욕을 당한 집 여자를 가리켜서 처음에는 모두 속으로 손가락질을 했지만, 욕을 본 집이 한두 집씩 늘어 가자, 모두 치욕을 분배하게 되어서 손가락질도 서로 못 하게 되었다.

"임자가 욕을 참았으니 망정이지 괜히 튀기기라도 했으면 우리 식구 모두 다 죽었지."

욕을 당한 마누라를 이렇게 추켜세우게 된 것은 물 건너 최서방네 집 식구가 하루 저녁에 목숨을 잃고 나서였다. 최서방은 제 마누라를 겁탈하려는 병정을 향해 도리깨를 흔들었다가 들켜서 총에 맞았다. 병정들은 욕심을 채우고 나서 최서방네 식구들을 하나하나 죽이고 번쩍번쩍하는 헤드라이트를 이리 번뜩 저리 번뜩 하면서 동네를 빠져나가 엔진 소리도 요란하게 박달재를 넘어갔다.

"왜란 때도 호란 때도 다 이랬지. 그저 난시에는 목숨 부지해야 조상께 죄 안 받는 거라네."

마을의 촌장격인 황 노인이 이렇게 말했다. 황 노인도 자기 며느리가 욕을 보았다. 그래서 사람들은 황 노인의 말을 그대로 따라 가만히 있었다. 하루 속히 지서대원들이 돌아오기만을 손꼽았다.

그런데 혼인날을 잡아 둔 소리개 갑분이가 욕을 당하자 사정이 달라졌다. 소리개는 마을 맨 위쪽에 있는 외떨어진 동네였다. 박달재에서 흘러내리는 개울이 이 마을 한복판으로 지나가는데, 소리개는 개울 상류에 있는 대여섯 집밖에 없는 동네였다. 갑분이는 열여섯 살이었고 그보다 열 살 위인 덕보에게 시집가기로 날짜까지 잡아놓고 있었다. 덕보는 몇 해 동안 사경을 받아 장리쌀을 놓았다가 그걸 받아서 남의 집 곁방을 한 칸 얻고 밭뙈기도 장만해서 색시를 맞을 참이었다.

"덫은 튼튼히 만들었수?"

덕보가 앞장서서 어두운 풀섶을 헤쳐 가며 말했다.

"아주 공들여서 만들었다네. 이래봬도 내가 옛날에는 호랑이도 잡던 솜씨라네."

용팔이가 덫을 들어올리며 말했다.

"구덩이도 깊이 팠수?"

누가 또 이렇게 물었다.

"댓 길 되게 팠지. 지프 서너 대쯤 푹 파묻을 정도로 팠으니까."

사람들은 어둠 속에서 부지런히 발걸음을 옮기며 저마다 오늘 밤의 일이 잘 되기를 빌었다. 그리고 마음속으로 계획 짜 놓은 일을 되새겼다. 덫을 쳐서 외국 병정들을 잡아 버리자는 것

148

인데 감쪽같이 놈들을 없애기 위해서 큰 구덩이를 파서 매장해 버린다는 계획까지 아주 치밀하게 짜 놓고 있었다. 뒤탈을 없애기 위해서는 놈들을 아주 흔적조차 없애 버려서 찾을 수도 없게 해 놓아야 했다.

갑분이가 놈들에게 무참히 짓밟히고 나자 이제까지 꾹꾹 참아 오던 마을 사람들의 화가 터졌다.

갑분이는 할머니와 둘이서 살고 있었다. 할머니는 별명이 염소였다. 등은 구부러졌어도 머리칼이 새카만 데서 온 별명이기도 했고, 또 웃음소리가 애애앵애애앵 하며 꼭 염소를 닮았다고 모두들 염소할멈이라고 불렀다. 갑분이는 그 할멈의 친손녀도 아니었다. 할머니는 체장수였다. 굵은 체, 잔 체를 등에 한 짐 지고 이 마을 저 마을로 다니며 식량을 구했다. 어디서 누가 내버린 딸년을 주워서 체 안에다가 담아 가지고 와서 길렀다.

다른 부녀자들은 식구들의 생명을 보전하기 위해서 욕을 참았지만, 어린 갑분이는 혼자 있다가 욕을 당한 것이었다.

"이년아, 잽싸게 도망을 치면 됐을 게 아녀?"

염소할멈이 이렇게 다그치자, 옆에 섰던 덕보가 갑분이의 머리채를 잡아 흔들며 울부짖었다.

"어따 대고 가랭이를 벌려! 네깐 년이 뭣 땜에 욕을 참았느난 말여?"

갑분이는 얼굴이 새파랗게 질려 몸을 바들바들 떨었다. 어떻게나 심하게 당했는지 갑분이는 제대로 몸도 가누지 못한 채 울기만 했다. 사람들은 염소할멈의 푸념 소리와 덕보의 울부짖는 소리를 뒤로 하고 어둠 속으로 사라져 갔다. 그런데 일은 그날 새벽에 벌어졌다. 갑분이가 소리개 어귀에 있는 느티나무에 목을 맨 것이었다. 그걸 발견한 것은 산밭으로 일 가던 마을 사람이었다. 갑분이를 집으로 옮기고 더운물을 입속에 떠넣었다. 가느다란 숨소리가 이어지고 있었다.

"덕보…… 덕보……."

갑분이는 다 죽어가는 소리로 말하며 손을 내저었다. 마을 사람들이 모여들고 무너미골 덕보도 달려왔다. 덕보는 깜북하도록 술에 취해 있었다. 갑분이는 점점 숨소리가 가늘어졌다. 덕보는 술냄새를 푹푹 풍기며 갑분이의 손을 잡고 울부짖었다. 꺽꺽꺽 우는 덕보의 울음은 짐승의 소리 같았다.

숨이 넘어갈 듯하던 갑분이가 눈을 가늘게 뜨고 덕보를 올려다보았다. 덕보 손에 잡힌 손을 가슴께로 가져갔다. 풀어 헤쳐진 저고리의 앞섶 사이로 종지 엎어 놓은 것만 한 젖이 아무렇게나 드러나 보였다. 갑분이는 덕보의 손을 제 젖에다 가져갔다. 덕보가 흘리는 눈물이 갑분이의 가슴을 온통 적셨다. 갑분이는 이내 숨을 거두었다.

"이년아, 뒈지긴 왜 뒈져, 왜!"

덕보의 울부짖는 소리를 들으며 마을 사람들은 무거운 발길을 돌렸다.

"어린 싹을 꺾어 놓은 놈들은 천벌을 받아야 돼."

사람들은 모두 이렇게 생각했다. 혼행을 앞둔 열여섯 살 처녀가 놈들에게 짓밟혀 목숨을 버리자, 마치 종묘밭을 짓밟은 짐승을 때려죽일 때처럼 사람들의 결의가 굳어졌다. 다 큰 곡식 몇 포기 망치는 것은 대수롭지 않게 여겨도 씨 뿌려 놓은 밭을 짓밟는 짐승은 당장에 때려죽이던 사람들이었다.

사람들은 박달재 고갯마루에 당도했다. 모두들 땀에 흠뻑 젖었다. 숲에서는 풀벌레들이 요란하게 울고 잠을 깬 조무래기 산새가 날갯짓을 해댔다. 부엉이 울음소리가 뚝 끊겨졌다가 다시 손에 잡힐 듯 가깝게 들려왔다.

용팔이와 덕보가 덫을 치기 시작했다. 우선 지프를 정차시키기 위한 덫이었다. 땅바닥에서 한 길쯤 높이로 굵은 밧줄을 길 양쪽 미루나무에 단단히 매었다.

"천등사안 바악달재애를 울고 너엄는 우우리 니임아……"

밧줄을 매면서 덕보가 노래를 불렀다. 노래는 무슨 놈의 노래? 사람들은 이렇게 생각하면서 못마땅한 얼굴을 했다. 그러나 잠시 후에는 어둠 속에서 얼른 얼굴을 바꾸며 모두들 속으로 덕보를 따라 노래를 불렀다. 으스스한 어둠이 한결 친숙해지는 것 같았다. 어둠에 그렇게도 익숙한 그들이 웬일인지 그날 밤 따라 자꾸 허둥대고 무서움에 질렸었는데, 노래를 따라 부르자 한결 무서움이 가셨다.

"담배나 한 대 핍시다."

용팔이가 미루나무에서 쿵 소리를 내며 내려왔다. 그들은 담배를 종이에 말아서 피웠다.

"지서대원들은 언제 돌아오는가……."

"전선에 나갔다가 다 전사한지도 모르지. 충주 쪽에도 치안이 말이 아니래."

"수복이 됐다고 안심했더니 이게 무슨 날벼락이우?"

부엉이 울음소리가 사람들의 말소리 사이사이로 헤집고 들어왔다.

"아저씨들은 가만히 보고만 계셔유. 놈들을 내가 쳐죽일 테니까."

덕보가 한숨을 푸우 내쉬면서 말했다.

"자넨 너무 서두르지 말게나. 놈들은 무기가 있어."

용팔이가 차갑게 말하며 담배를 부벼 껐다.

"내가 덫을 던져서 한 놈 한 놈 잡아 올릴 테니까 임자들은 숨어 있다가 놈들을 구덩이에 처박으면 되는 거여."

용팔이는 마을에서 이름난 사냥꾼이어서 웬만한 산짐승은 모두 다 잡아 보았다. 호랑이까지 잡았다는 것은 믿기 어려우나 여우나 늑대, 노루를 덫으로 잡아 온 것은 모두들 구경했고 간과 피를 얻어먹기까지 했다. 그의 덫 솜씨는 아주 날쌨다. 짐승이 달아나는 길목에 덫을 놨다가 다음날 가서 걸린 놈을 꺼내오기도 했으나, 직접 덫을 들고 나무 위에 올라가 숨어 있다가 달아나는 짐승에게 던져 모가지를 낚아 올리는 것이었다. 어두운 밤일수록 그는 야광눈을 했는지 덫이 더 정확했다. 그

는 돌팔매를 던지듯 덫을 던지는데 덫에 무게를 주기 위해서
납덩이를 매달았다.

고개 너머에서 공중으로 불빛이 쭉 뻗어 올라왔다. 자동차
소리도 들렸다.

"놈들이다."

용팔이가 덫을 허리춤에 꽂고 미루나무로 기어 올라갔다. 다
른 사람들은 길 아래 바위 뒤에서 몸을 웅크렸다. 자동차가 고
갯마루를 올라서자 이제까지 캄캄했던 고갯길이 환하게 밝아
졌다. 길 양쪽의 나무숲이 헤드라이트를 받아서 찬란해졌다.
사람들은 가슴이 두근거렸다. 주먹을 불끈 쥐었다. 그러나 생
각해 보니, 손에는 아무런 무기가 될 만한 것이 하나도 없었다.
맨주먹이었다.

"낫이나 곡괭이를 하나씩 가져올 걸 그랬구만."

바위 뒤에 숨어 있는 사람들 사이에서 이런 소리가 들렸다.
그 말에 대꾸를 하느라고 다른 목소리가 이어서 들렸으나 가
까이 온 자동차 소리에 파묻혀 버렸다. 자동차는 지프 한 대였
고, 그놈은 탐욕스러운 식성을 채우려고 울부짖는 짐승처럼 어
두운 고갯길을 재빠르게 내려 달려왔다.

지프는 바로 밧줄을 쳐 놓은 지점에 오자 요란한 소리를 내
며 멈췄다. 잠시 후 헤드라이트 앞으로 외국 병정이 한 명 걸어
나와서 알아듣지 못할 욕설을 퍼부었다. 사람들은 숨을 죽이고
지켜보고 있었다. 순간 병정의 몸이 공중으로 휙 떠올랐다. 컥

컥거리는 소리가 났다. 한참 후에 미루나무에서 용팔이가 쿵 하고 내려왔다.

"다 됐구만, 나오슈."

사람들은 그제서야 길로 나섰다. 덫에 목이 옭혀 미루나무에 매달린 병정은 발을 버둥거렸다.

"한 놈이래서 손쉬웠구만."

용팔이가 손바닥을 철썩 치면서 말했다. 그렇게 대수롭지 않게 말하는 그는 온몸이 물속에 빠졌다 나온 것처럼 젖었다.

그들은 지프를 구덩이로 밀고 가서 처넣었다. 석유 냄새가 코를 쑤셨다.

"이제 숨이 넘어갔겠지?"

용팔이가 미루나무로 올라가서 덫을 풀자 병정은 길바닥으로 쿵 떨어졌다. 노리끼한 냄새가 코를 찔렀다. 병정은 숨이 넘어간 듯 꼼짝도 안 했다. 신음소리도 없었다.

"짐승만도 못한 놈."

덕보가 병정에게 침을 뱉으며 꺽꺽 울었다. 사람들은 병정을 들어서 구덩이로 가져갔다.

"아직 따뜻한데? 숨이 붙어 있는가 보이."

"금방 넘어갈 테지. 늑대도 모가지를 덫으로 조이면 금방 뻣 뻣해지는데."

덕보가 병정을 발로 냅다 차서 구덩이에 쓸어 넣었다. 이제 흙으로 덮기만 하면 일이 끝날 것이었다.

"아직 살아 있을지도 모르는데 어떻게 생매장을 해? 그냥 나뭇가지로 덮어 놨다가 숨 넘어가면 파묻세."

한 사람이 이렇게 말하며 구덩이 속을 성냥불로 비춰 보았다. 놈은 지프 옆에 곤두박혀 있었다. 깊이가 댓 길쯤 될까, 놈들 열 명을 처박아도 꼼짝 못 할 만큼 깊었다.

사람들은 굵은 나뭇가지로 구덩이를 촘촘하게 덮고 그 위에 커다란 돌을 얹었다. 부엉이가 자꾸 울었다. 사람들은 지프에서 묻은 석유 냄새와 놈의 몸에서 풍기던 역겨운 냄새를 떨쳐 버리기라도 하려는 듯 잽싼 걸음으로 고갯길을 내려왔다. 아무도 입을 여는 사람이 없었다.

이튿날 새벽 사람들은 삽을 하나씩 들고 박달재로 다시 올라갔다. 먼동이 트고 있었다. 풀섶에는 밤 사이에 풀거미들이 어지럽게 거미줄을 쳐 놓아서 이슬과 함께 사람들의 종아리에 와 붙었다. 상쾌한 바람 소리가 숲을 어루만지며 들려왔다. 어둠이 한 켜씩 벗겨져 나갔다.

"잘들 하고 왔네. 숨이 끊어진 다음에 매장해도 늦지 않은 거야."

어젯밤 황 노인은 이렇게 말했다. 황 노인 집에서 술 한 사발씩을 마신 다음 사람들은 일찍 집으로 돌아갔다.

"그래, 잡았수?"

마누라가 이렇게 묻자 용팔이는 담배쌈지를 꺼내 묵묵히 담배를 꺼냈다.

"육시를 해도 시원찮을 놈들."

용팔이는 씩 웃었다.

"임자, 그 말 진정이우? 하룻밤에도 만리장성을 쌓는다는 옛말이 있는데."

이 말을 듣자 마누라는 홱 돌아앉으며 훌쩍거리고 울었다.

"아이구, 내 말이 좀 빗나갔나 보우."

용팔이는 마누라 허리를 한 손으로 잡아당겼다.

"그런 말 하면 나도 갑분이처럼 목매달아 죽을 테유."

마누라는 입을 삐죽거리면서도 용팔이의 품에 안겼다.

"서방 새끼 놔 두고 죽을 수 없어서 살지……."

용팔이는 이렇게 좋알대는 마누라를 방바닥에 쓰러뜨리고 나서 헐떡이고 울부짖으며 밤일을 했다.

"아니, 저것 보게나."

그들이 구덩이 가까이 갔을 때 앞서가던 사람이 발을 멈추고 소리쳤다. 모두들 멈춰서서 구덩이 쪽을 바라보았다. 구덩이를 덮은 나뭇가지가 움직이고 있었다. 급히 구덩이로 뛰어가서 안을 들여다보았다.

"이놈이 살아 있는 것 아닌가."

병정은 구덩이 속에서 일어선 채 막대기를 들고 열심히 천장을 향해 휘젓고 있다가 사람들을 보자 애원하듯 손을 쳐들었다. 컴컴한 구덩이 속에서 흰 손을 쳐들고 있는 모습이 섬뜩하게 보였다.

"삽으로 쳐 죽여 버려야 되겠구먼유."

덕보가 구덩이를 덮은 나뭇가지를 치우며 말했다. 돌을 치우고 나뭇가지를 거둬내자 구덩이에 가득했던 어둠도 함께 사라졌다. 구덩이에 갇힌 병정은 쉴 새 없이 지껄이며 손을 쳐들었다. 미루나무에 앉아 있던 산새가 푸드득 날아가며 이슬을 떨구었다.

덕보가 삽을 들고 구덩이로 내려가려고 하자 옆에 선 사람들이 팔을 붙잡았다.

"서두르지 말게나. 자네 마음이야 알지만, 상책이 있나 없나 좀 생각해 보세."

"맞네. 덕보가 참게나."

용팔이도 입맛을 쩝쩝 다시며 말했다.

"거 이상하단 말이야. 내 덫으로 한 번 옭으면 다 죽어자빠지게 돼 있는데……."

"여보게, 용팔이."

연장자인 듯한 사람이 앞으로 나섰다.

"저놈을 꺼내서 다시 한번 덫으로 옭아 저절로 죽게 하면 어떤가?"

모두들 용팔이를 쳐다보았다. 이제 완전히 밝아서 산등성이에는 아침 햇살이 내리덮이고 있었다.

"안 돼."

용팔이가 잠시 생각한 끝에 말했다. 모두들 삽을 땅바닥에 내리꽂으며 궁리를 하다가 용팔이의 말을 듣고 얼굴을 들었다.

"펄펄 뛰는 놈이면 몰라도 한 번 덫에 걸렸던 놈을 두 번씩이나 어떻게 해?"

사람들은 난감해졌다. 구덩이 속에 있는 병정은 비명을 지르며 울부짖고 있었다.

"아저씨들 가만히 보고만 계셔유. 내가 한 삽에 대갈통을 박살을 낼 테니까."

덕보가 말하자 모두들 아무 말을 하지 않고 산등성이에서부터 점점 아래로 내려오는 아침 햇살을 바라다보았다.

날이 아주 밝으면 읍내 외국 병정들이 몰려올지도 모르는 것이었다. 실종된 동료를 찾으러 나온 그들에게 어젯밤의 일이 발각되면 목숨을 부지하기 어려울 것이다……. 시간이 없었다.

"마을로 데려가는 수밖에 없지."

용팔이가 말했다.

"그럼세. 공회당 지하창고에 가둬 두었다가 죽은 다음에 파묻는 게 좋겠구만."

덕보도 더 이상 고집을 부리지 않았다. 갑분이 생각을 하면 당장 쳐 죽여도 분이 안 풀리지만 멀쩡하게 살아 있는 놈을 죽이는 것은 그도 무서운 일이었다. 병정은 밖으로 끌려나왔다. 목과 얼굴에 핏자국이 있고 다리를 절름거릴 뿐 멀쩡해 보였다. 병정은 구덩이 밖으로 나오자, 안심이 됐는지 그저 몇 번이고 고개를 숙이며 절을 하고 손을 부볐다. 놈의 냄새는 여전히 지독했다.

사람들은 지프를 흙으로 파묻고 나서 병장을 자세히 관찰했다. 몇 살쯤 됐을까, 노란 머리털에 파란 눈동자가 아주 앳돼 보였다. 마을 사람들의 눈에는 외국 병정들은 다 그놈이 그놈같이 보였다. 이토록 가까이서 놈들을 본 적도 사실 처음이어서 포로로 잡기는 했어도 등골이 으스스 떨리는 게 기분이 안 좋았다.

"마을로 가서 노인 어른께 상의드립세."

그들은 병정을 끌고 마을로 내려오기 시작했다. 금방이라도 고갯마루에서 자동차 소리가 들릴 것만 같았다. 병정은 다리를 절름거리면서도 워낙 다리가 길어서인지 마을 사람들보다 뒤처지지 않았다. 고갯길을 조금 내려오다가 샛길로 접어들 때 병정은 발을 우뚝 멈췄다.

누가 병정의 등을 삽으로 쿡 찌르며 떠밀었다. 그러나 병정은 자꾸 고개를 숙이며 애원하는 얼굴이 됐다.

"죽이려는지 아는군."

용팔이가 씩 웃었다.

"황소가 뻐팅기는 것 같으이."

그는 병정의 팔을 잡아 내려끌었다. 그제서야 병정은 비탈길을 성큼성큼 내려갔다. 풀섶에서 벌레들이 놀라 이리저리 후다닥거렸다.

병정을 앞세우고 마을로 들어서자 삽시에 마을은 벌집 쑤셔 놓은 것같이 되어 술렁거렸다. 부녀자들과 아이들이 밖으로 몰려나와 마을의 공기는 호기심과 공포로 뒤범벅이 되었다.

"어쩔려고 저 짐승 같은 놈을 그대로 살려 가지고 데리고 오는감?"

"남정네들이 정신나갔구랴."

부녀자들은 욕을 당했을 때의 공포에 다시 휩싸이며 서로서로의 얼굴을 부끄럽게 쳐다보았다.

병정을 공회당 뜰로 끌고 가자 황 노인을 비롯한 노인 몇 분이 지팡이를 짚고 나왔다. 삽을 든 사람들이 병정을 삥 둘러섰다.

"이놈이 죽지 않고 멀쩡히 살아 있지 뭡니까. 그래서 어른께 상의 드리려고 데려왔습니다."

"공회당 지하실에다 가뒀다가 숨이 끊어지면 매장하는 게 상책일 듯하구먼유."

"뒤탈이 없을까?"

황 노인은 병정을 물끄러미 바라보면서 한동안 생각에 잠겼다. 이윽고 노인이 모여선 사람들을 둘러보았다.

"그래, 지하창고에다가 가두는 수밖에 없네. 멀쩡한 놈을 생매장할 수도 없고."

공회당 뜰에 햇빛이 찬란하게 쏟아졌다. 병정의 머리칼이 황금색으로 번쩍였다. 사람들은 눈이 부셨다.

"굶어서 제풀에 죽게 하는 건 큰 죄 될 것 없지. 화나는 대로 하면 당장 쳐 죽여도 시원치 않으나, 그래도 사람탈을 쓴 놈을 어떻게 죽여."

황 노인이 기침을 쿡쿡 했다. 아무도 노인의 말에 딴 말을 덧붙이지 않았다.

병정을 지하창고로 끌고 가려고 사람들이 다가가자 병정은 허리에 찼던 권총을 쑥 뽑았다. 사람들은 멈칫했다. 그제서야 놈을 잡아 오면서 무장해제를 시키지 않았다는 사실을 깨달았다. 공회당 앞뜰에는 순식간에 터질 듯한 위기감이 부풀어올랐다.

"……."

병정은 말이 통하지 않는다는 걸 알아서 아무 말 없이 표정으로만 말하고 있었다. 제일 가까이 있던 용팔이에게 권총을 내어밀었다. 용팔이는 잠시 멈칫거리다가 그것을 받았다. 위기감이 사라지고 사람들 사이에서 짧은 탄성이 일어났다. 병정은 사람들을 보면서 흰 이빨을 드러내고 씩 웃었다.

"녀석이 항복을 한 거야."

"휴우. 나는 놈이 총질을 하는 줄 알았네."

저마다 한마디씩 했다.

황 노인도 빙그레 웃었다. 용팔이가 권총을 노인에게 건넸다. 노인은 권총을 받아서 한참 들여다보다가 다시 용팔이한테 주었다.

"놈에게 돌려줘. 무기는 재난을 가져오기 쉽다네."

권총을 받아든 용팔이가 잠시 머뭇거렸다. 지켜보고 있던 마을 사람들도 당혹에 빠졌다.

"오오……."

병정은 짧게 소리치면서 뒷걸음질을 했다. 사살하라는 명령이 떨어진 줄 아는 모양이었다.

"후후……."

병정의 모습을 보면서 사람들이 나직하게 웃었다. 그토록 강력하게 보였던 병정이 공포에 싸여 있는 모습은 웃음을 자아내기에 알맞았다. 공포의 대상이던 병정이 그 순간 우스개처럼 보여 연민을 불러일으킨 것이었다.

용팔이는 씩 웃으며 권총을 병정한테 던졌다. 병정은 부들부들 떨면서 엉겁결에 권총을 받았다. 가까이 서 있는 사람이 다가가서 그의 허리에 권총을 꽂아 주었다. 덕보도 팔짱을 낀 채 그 모습을 지켜보고 있었다. 놈은 장난감 병정같이 우스꽝스레 보였다.

공회당 지하창고는 마을에서 쓰는 공용 농기구 같은 것들이 보관돼 있는 곳이었다. 그러나 지금은 농사철이어서 그곳은 텅 텅 비어 있었다. 사람들은 병정을 끌고 창고로 들어갔다. 햇빛이 들지 않아 어두웠고 습기가 찬 지하실은 병정이 스스로 목숨을 끝내는 최적의 비밀장소였다. 사람들은 아무렇게나 놈을 창고 속에 쑤셔 넣고 나와서 문을 쾅 잠갔다.

"우리가 놈을 감금했다는 사실이 누설되면 떼죽음을 당할 것이니 모두 조심해야 하네."

황 노인이 사람들을 둘러보았다.

"놈이 총을 가지고 있는데 아무 일 없을까요?"

한 사람이 노인에게 말했다.

"놈도 사람 가죽을 썼으니까, 설마 어쩌겠는가."

"뒤탈이 없을까요?"

노인은 한동안 공중을 쳐다보더니 아무 말 없이 발길을 돌렸다. 병정을 잡아 온 사람들은 삽을 둘러메고 각각 집으로 흩어져 갔다. 아무도 책임 있는 말을 할 수 없는 상황이었다. 어서 빨리 경찰지서 대원들이 돌아와서 치안을 맡아 주기만 기다릴 수밖에 아무런 뾰족한 수가 없었다.

그날은 아무 일 없이 잠잠했다. 읍내에서 외국 병정들이 몰려와 또 욕을 보이고 놈을 내놓으라고 행패를 부릴지도 모른다는 불안에 떨던 사람들은 한숨을 푸우 쉬었다. 전시라서 병정 하나쯤이 실종됐다 해도 큰 문제가 안 되는 모양일까. 하긴 놈이 지프를 몰고 박달재를 넘어간다고 보고를 하고 오지도 않았을 터였다. 그날 저녁 사람들은 황 노인네 집에 모여 술을 마셨다. 마누라들은 벽장 속에서 이불을 뒤집어쓰고 초저녁부터 숨어 있고 불도 다 꺼서 마을은 죽은 듯이 캄캄했다. 박달재 쪽에서 부엉이만이 자꾸자꾸 울었다.

"천등사안 바악달재애를 울고 너엄는……"

밖에서 흥얼거리는 소리가 들렸다.

"덕보구만."

"오죽하겠는가."

덕보의 발소리가 방문 밖에서 탁탁 울렸다.

"들어오게나. 목 좀 축이고."

덕보는 방으로 들어오자 갑자기 낄낄낄 웃었다. 실성을 했을까, 사람들은 덕보를 보면서 모두 이렇게 생각했다.

"진정하게나."

노인이 말했다.

"아무렇지두 않어유. 여러 어른들이 다 참으시는데 제깐 놈이 안 참고 어쩌겠어유?"

덕보가 술 사발을 받아 옆으로 얼굴을 돌리고 단숨에 들이켰다. 덕보 나이의 청년들은 마을에 아무도 없었다. 모두 징병당해 간 것이었다. 덕보는 머슴살이 하는 사람이어서 징병을 피한 것이 아니라 머리가 좀 부족하다는 소문 때문에 징병을 모면했다. 남아 있는 사람들은 노인들과 부녀자, 그리고 전날 저녁 박달재로 덫을 놓으러 갔던 중년이 넘은 사람들뿐이었다.

사람들은 밤 이슥토록 술을 마셨다. 아무도 입을 안 열었지만 앞으로 커다란 재난이 닥칠 것 같은 불길한 예감에 휩싸여 있었다.

"놈은 어떻게 하고 있을까?"

한 사람이 담배를 피우다가 공회당 쪽으로 얼굴을 돌렸다.

"문은 잘 잠갔겠다?"

노인이 용팔이한테 묻자 용팔이는 고개를 끄덕였다. 부엉이 울음소리가 끊임없이 이어지고 있었다.

"난시에는 목숨 부지하는 게 제일이네. 공연히 경거망동하지 말고 모두들 침착해야 돼. 무슨 일이 벌어질지 신령님만 알고 계시는 거네."

사람들한테서는 어느새 술 냄새가 푹푹 풍겼다.

"제 목숨을 부지하려면 남의 목숨도 아껴야 해. 아까 놈을 당장 죽여 버릴 수도 있었으나, 그러면 재난이 더 커질지도 모르는 거네."

"노인 말씀이 지당하구먼요."

"아무렴요. 덫으로 잡는 거야 놈을 짐승으로 생각하면 되지만, 막상 구덩이 속에서 살려 달라고 애원을 할 때는 아무리 짐승으로 취급하려 해도 그게 안 됩디다요. 놈이 자꾸 사람이 되는 것 아닙니까? 등에서 식은땀이 한 됫박이나 흐릅디다."

용팔이가 말했다. 모두들 고개를 끄덕였다.

이슥해서 사람들은 황 노인네 집에서 나왔다. 덕보가 어둠 속으로 사라지며 '천둥산 박달재'를 느릿느릿한 목소리로 불렀다. 정말 덕보는 머리가 아주 돌아 버린 것인가. 그의 모습은 어딘지 허해 보이고 자꾸 뒤뚱거려 보였다.

용팔이는 공회당 앞을 지나다가 잠깐 발길을 멈췄다. 지하창고에서는 아무 소리도 들리지 않았다. 갑자기 놈에 대한 연민의 마음이 뭉클 일어났다. 한창 사냥을 다니던 때가 생각났다. 덫으로 옭아 잡은 늑대가 한참 동안을 버둥거릴 때도 놈을 잡왔다는 승리감보다는 연민의 마음이 앞서던 그였다. 쳐 놓은 덫에 걸린 산토끼 한 마리도 이튿날 발견됐을 때까지 살아 있는 놈은 덫을 풀어 주곤 하던 용팔이었다.

허지만 놈은 짐승보다 못한 놈이야. 용팔이는 이렇게 중얼거리며 지하창고로 내려가는 층계 앞으로 다가갔다. 아무 소리도 들리지 않았다. 그는 돌멩이를 하나 아래로 던졌다. 그래도 기척이 없었다. 벌써 숨이 끊어졌는가. 그는 고개를 갸우뚱했다. 창고 문은 단단히 걸려 있었다. 그는 부엉이 울음소리를 들으며 집으로 돌아와서 벽장 속에 숨어 있는 마누라를 꺼내놓고 또 밤일을 힘차게 했다.

이튿날 아침에 공회당 앞에 사람들이 모였다. 산밭으로 일을 하러 간 사람을 빼고는 다 모여서 예닐곱 명이 되었다. 황 노인도 지팡이를 짚고 나왔다. 노인은 꼭 황새처럼 마르고 발걸음이 가벼웠다. 지팡이를 짚고 걸어 다녔지만 걸음새가 사뿐사뿐했다.

몇 사람이 창고 문을 따고 지하실로 들어갔다. 병정은 어둠속에서 꼼짝 않고 누워 있었다. 죽은 것일까. 사람들은 잠시 멈칫했다. 성냥불을 그었다. 병정은 가느다란 신음을 하면서 그냥 누운 채 불이 켜져도 눈을 뜨지 않았다. 창고 안이 온통 그의 몸에서 새어 나온 노리끼한 냄새로 가득했다. 개잡이하느라고 개털을 불에 까실렀을 때의 노린내와 비슷했으나 그것보다는 좀 더 역겨웠다.

"파묻으려면 아직 멀었군."

한 사람이 투덜댔다. 또 한 사람이 성냥불로 병정을 가까이 비쳤다. 그러면서 발로 툭 건드렸다. 병정은 꿈틀거리면서 작은 신음소리를 낼 뿐 다시 기척이 없었다.

"다리가 퉁퉁 부었는데?"

사람들은 되돌아서서 밖으로 나왔다. 용팔이는 창고 문을 닫아걸다가 잠깐 고개를 푹 숙이더니 도로 안으로 들어갔다. 잠시 후에 용팔이가 밖으로 나왔다.

"노인 어른, 저놈을 그냥 저대로 둬도 될까요? 다리가 퉁퉁 부어올랐습디다. 아마 뼈가 부러진 모양인데."

용팔이가 황 노인한테로 다가섰다. 박달재 마루에서 아침 해가 떠오르기 시작했다.

"용팔이, 자네 무슨 소린가? 그럼, 놈을 꺼내다가 약이라도 발라 주겠다는 건가?"

조금 전에 지하창고에 함께 들어갔다가 나온 사람이 말했다.

"덕보 말대로 삽으로 그 자리에서 요절을 낼 걸, 공연한 짓을 했나 봅니다."

다른 사람이 또 말했다. 모두들 황 노인을 쳐다보았다. 하얀 백발이 바람에 푸시시 날렸다.

"용팔이 의향은 어떤가?"

황 노인이 한참 만에 입을 열었다.

"놈이 다시 팔팔하게 된 다음 덫으로 옭아서 이번엔 실수 없이 멋지게 해 보고 싶은데요."

"으흠."

사람들이 잠시 웅성거렸다. 용팔이는 지금 덫 솜씨를 자랑하고 싶은 거군. 이런 생각을 모두들 했다. 병정 사냥을 나가자고 먼저 사발통문을 돌리고, 또 덫을 만들고 덫으로 놈을 잡은 것이 바로 용팔이라는 생각이 새삼 일어났다.

"병정들이 우르르 몰려오는 날에는 더 큰 재난이 일어날 텐데두?"

황 노인이 무겁게 입을 열었다.

"하긴 생사람을 죽일 수도 없고 어쩐다?"

사람들도 놈에 대해서 모두들 연민의 생각을 속마음으로는 가지고 있었다. 다리뼈가 부러진 놈이 통증에 시달리며 굶어 죽는다…… 생각만 해도 몸서리쳐지는 일이었다.

"자네에게 맡김세. 뒤탈이 없도록 해야 되네. 우리 마을이 생사기로에 있다네."

마침내 황 노인이 말했다. 그제서야 공회당 뜰을 짓누르던 무게가 걷혔다.

"쇠뿔도 단김에 빼야지. 자, 놈을 아주 우리 집으로 옮기세 그려."

용팔이가 말했다. 그의 눈은 이상하게 빛났다. 마치 사냥을 가서 덫을 움켜쥐고 있다가 달려오는 늑대에게 던질 때처럼 살기가 풍겼다.

"집에다 두면 위험하지 않은가?"

누가 이런 말을 했지만 용팔이는 대꾸하지 않았다. 치료를 해서 멀쩡한 놈으로 만들려면 천상 약 발라 주고 밥 먹여 줘야 될 판이었으니까 아예 집으로 옮겨다 놓으려는 용팔이의 속셈이었다.

"아니 미쳤수? 짐승만도 못한 놈을 집으로 끌어들이다니 무슨 짓이유?"

용팔이 아내가 악을 써도 그는 대꾸하지 않고 놈을 들어다가 벽장 속에 넣었다. 노리끼한 냄새는 온 집 안 구석구석까지 독하게 퍼졌다.

"걱정들 말고 가슈. 내가 저놈은 처치할 터이니."

"조심하게나."

사람들이 흩어져 가자 용팔이 마누라가 눈에 불을 켜고 대들었다.

"여편네는 나설 일이 아냐."

용팔이는 부엌에서 찬밥을 한 그릇 내다가 벽장 안으로 넣어 줬다. 그런 다음 놈의 다리에 붙여 줄 약을 찾느라고 집안을 이리저리 뒤졌다. 놈을 하루 속히 완쾌시켜서 도망을 치게 하는 것이다. 도망치는 길목에 숨어 있다가 덫을 던져 단숨에 요절을 내는 것이다. 이번 덫에는 철사를 많이 넣어서 한번 옭아지기만 하면 금세 숨통을 조일 수 있게 해야 된다……. 용팔이는 혼자서 중얼중얼하며 한나절을 보냈다. 병신개 때려잡듯 해서는 복수가 안 된다고 그는 생각했다. 표독한 산짐승을 사냥하듯, 날쌔게, 한숨에 결판을 내리라 마음먹었다.

그날 저녁, 천등산과 박달재에서 토해 내는 땅거미들이 하늘로 마을로 새카맣게 기어들고 있을 때였다. 어둠이 삽시에 몰려왔다. 부엉이도 어둠을 토해 내듯 좀 빠르게 뭔가 급한 듯 부엉부엉 목이 쉬게 울었다. 박달재 마루에서 자동차 불빛이 번쩍번쩍 나타났다.

"놈들이 온다! 사냥꾼이 온다!"

마을 여기저기서 외치는 소리가 들렸다. 마을은 순식간에 위험과 공포로 짓눌렸다. 용팔이는 그때 자기 집 벽장 속에서 놈의 다리에 약을 발라 주고 있다가 그 소리를 들었다. 놈은 밥을 먹고 나서 정신이 좀 드는지 약을 바르는 용팔이를 말없이 건너다보고 있었다.

용팔이는 벽장 속에서 뛰쳐 나왔다. 자동차 불빛은 벌써 고개를 거의 다 내려와 있었다. 쭉쭉 내비치는 헤드라이트의 광도 높은 불빛은 그것만으로도 사람들의 오금을 오그라붙게 만들어 주었다. 용팔이는 마누라를 헛간 장작더미 뒤에 숨겨놓은 다음 마루 천장에 달아 놓은 덫을 집어들었다. 집 밖으로 나와서 사방을 둘러보았지만 어둠뿐이었다. 마을의 남자들도 다 숨어 버린 모양으로 어둠 속에서는 아무런 기척이 없었다. 부엉이가 급하게 급하게 울었다.

됐어. 팔팔한 놈을 잡는 거야. 그는 속으로 다짐하면서 신작로에서 내려오는 길옆 바위 뒤에 몸을 숨겼다. 자동차 멈추는 소리가 바로 위에서 들렸다. 용팔이는 고개를 들고 신작로를 올려다보았다. 차에서 내린 놈은 두 놈이었다. 헤드라이트 불빛 가운데 서서 놈들은 잠깐 마을을 내려다보고 있었다. 그때 불빛 속으로 달려드는 사람이 있었다. 용팔이는 깜짝 놀라 일어서려고 하다가 다시 앉았다. 총소리가 탕탕 울렸다. 달려들던 사람이 쓰러졌다. 덕보였다. 꾸부정한 어깨로 금방 알아볼 수 있었다. 순간 용팔이는 눈을 감았다. 낭패였다. 한번 튀긴 짐승은 더 사나와지는 법이다. 실수 없게 놈들을 한 덫에 옭아 버리기에는 장소가 좋지 않았다. 용팔이는 몸을 빼어 집 가까이로 물러나서 대문 기둥 위로 기어올랐다. 필시 놈들은 용팔이 집부터 들이닥칠 것이다. 신작로에서 내려오면 첫째 집이 그의 집이었다. 예측했던 대로 잠시 후에 놈들은 플래시를 번쩍번쩍 하며 용팔이의 집으로 다가오며 킬킬킬 웃었다.

놈들이 대문 안으로 들어서는 순간 용팔이의 손에서 덫이 쏜살같이 날아갔다. 컥컥 소리를 내며 놈들이 나뒹그러졌다. 용팔이는 죽을 힘을 다하여 덫을 당겼다. 정말 죽기 살기였다. 대문 기둥이 흔들렸다. 그러나 용팔이 혼자 힘으로는 두 놈을 끌어올릴 수가 없었다. 놈들이 숨이 넘어갈 듯 소리지르며 버둥거렸다. 놈들의 손에서 떨어진 플래시가 저만큼 굴러가서도 그대로 불을 비치고 있어서 놈들의 꼴을 자세히 볼 수 있었다. 어서 마을 사람들이 와야 할 텐데. 용팔이는 이렇게 생각하며 덫을 당겼다. 조금만 힘을 풀면 덫이 느슨해져서 놈들이 빠져나올 것이었다.

손바닥에서 피가 흘렀다. 아픈 줄도 몰랐다. 온몸이 흠뻑 젖었다. 놈들은 그제서야 자기들 목을 옭아맨 덫의 한 끝이 대문 기둥 위로 올라간 것을 알아챈 모양으로 떨어져 있던 플래시를 한 손으로 집어 들고 비췄다. 용팔이의 모습이 불빛 안으로 노출되자 놈은 권총을 잡고 겨냥을 했다. 그러나 용팔이는 이를 악물고 더 힘껏 힘껏 덫을 당겼다. 탕탕, 총성이 들렸다. 이제 죽었구나. 용팔이는 이렇게 생각하면서도 정신이 남아 있을 때까지 덫을 당기리라 마음먹었다. 또 총성이 들렸다. 그제서야 정신을 차리고 아래를 보았다. 한 놈이 피를 쏟으며 꿈틀거렸다. 다른 한 놈은 엉금엉금 기어서 일어나려다가 덫이 당겨지는 바람에 쿵 하고 넘어졌다. 다시 놈은 권총을 들고 상체를 일으켰다. 총성이 또 울렸다. 마루 끝에서 쿵 하고 무엇이 굴러 떨어지는 소리가 나고 이내 모든 게 조용해졌다.

"난 꼭 임자가 생과부 되는지 알았네."

그날 밤 용팔이는 헛간 장작더미 뒤에서 바들바들 떨고 있는 마누라를 안아 오면서 말했다.

"벽장 속에 있던 놈이 기어 나와서 그놈들을 총으로 쏜 게 아니유?"

"그놈이 보통 놈이 아녀. 내 덫에 잡혀 올리면 여태까지 살아난 짐승이 없는데, 그놈은 살아났지 않수? 그래서 그놈과 다시 맞붙으려고 밥 먹이고 약 발라 준 건데 놈도 나를 알아봤지. 나를 살리고 제가 죽었으니까."

마을 사람들이 횃불을 들고 몰려와서 병정들의 시체를 치우고 간 다음에도 용팔이는 제 목을 자꾸 쓰다듬어 보았다. 이상한 일이다. 놈이 나를 살려 주고 죽다니. 놈은 짐승치고는 무서운 맹수야.

"다 신령님의 뜻이라네."

황 노인이 용팔이의 손을 잡으며 이렇게 말하자 마을 사람들은 이제 위험과 공포가 다 물러났다는 생각을 하면서도 갑자기 일어난 너무도 놀랍고 끔찍한 일에 숨이 막혔다.

"당신 덫 치는 솜씨가 정말 그렇게 무섭수?"

"그 솜씨만 무서운지 아는가?"

용팔이는 씩 웃으며 마누라의 허리를 한 손으로 끌어당겨서 방바닥에 쓰러뜨렸다. 어젯밤보다도 더 맹렬한 힘으로 밤일을 해 대기 시작하자 마누라가 숨 넘어가는 소리로 턱 밑에서 종알댔다.

"이제 매일 밤마다 이 짓 할 거유? 과부 안 된 건 다행이나 내 엉덩짝 닳아 없어지겠수."

박달재 쪽에서 부엉이가 부엉부엉 울었다. 그 울음소리는 초저녁과는 달리 좀 천천히 천천히 한숨을 내쉬듯 들려왔다.

(현대문학, 1980)

해피 버스데이

　공항에 나가서 어머님 일행을 배웅하고 나는 급히 회사로 돌아와야 했다. 어머님이 탑승한 비행기가 이륙하는 것까지 다지켜 보고 와야만 할 텐데 그날따라 과장회의가 오후에 있어서 어쩔 수가 없었다. 각 부서의 업무현황과 계획을 점검하는 회의여서 한 부서의 책임자라도 빠지면 곤란한 일이었다.

　"저렇게 커다란 것이 잘 날아갈까?"

　어머님은 대합실에서 비행장을 가리키며 내 귀에다 입을 대고 속삭였다. 그렇게 말씀하는 어머님은 예순여섯 살 된 노인답지 않게 기대에 부푼 생기가 넘쳤다. 아니 오히려 새댁 같은 수줍음을 얼굴에 나타내기까지 했다. 나는 이렇게 느끼는 순간 갑자기 사지가 짜릿할 정도로 이상한 자극을 받았다. 나는 그러한 자극이 부끄러워서 얼굴을 붉혀야 했다. 아내와 신혼여행 떠날 때의 그 짜릿한 자극이 갑자기 생각났기 때문이었다. 아내도 그때 내 귀에다 입술을 가까이 대고, 저렇게 큰 비행기가 제주도까지 무사히 날아갈까요, 했던 것이다. 행복을 앞에 둔 사람에게는 모든 것이 불안하고 걱정스럽게만 보이는 것일까. 그때 아내는 이제 막 펼쳐지려는 행복한 신혼 생활이 혹시 조그만 티끌 하나만큼이라도 불안하거나 불행해지거나 할 조짐이라도 보일까 봐 안절부절못했던 것이다. 눈앞에 다가오는 행복을 한 끝도 놓치지 않고 완전무결하게 맛보려는 사람에게는 이와 같은 불안감이 늘 있게 마련인지, 여행사 사무실에 모였을 때까지도 꼭 이제 막 서른 살을 갓 넘은 여자들처럼 수다스럽던 어머님 일행은, 공항버스가 한강을 건너 비행장 터미널로 다가갈수록 점점 말이 줄어들더니, 대합실에 들어서자 그만 모두들 입을 다물고 기가 죽어 버렸던 것이다. 왁자지껄하는 소음과 처음으로 비행장에 발을 들여놓았다는 설렘 탓도 있었을 것이었다. 노인들은 저마다 자기 아들 혹은 딸의 손을 꼭 잡고 겁먹은 듯한 얼굴이 되었던 것이다.

"비행기가 잘 뜨나 안 뜨나 잘 보고 들어가거라."

어머님이 내 손을 꼭 잡으면서 이렇게 말하자, 다른 노인들도 자기 아들보고 같은 말을 했다.

"예, 예, 알았어요. 눈 깜짝할 사이에 공중으로 휘익 날아올라서 한 시간도 못 돼 제주도에 내려요."

"어둡기 전에 여관에 들겠구나."

옆에 서서 노인들과 우리 자식들 사이의 대화를 듣고 있던 여행사 직원이 끄르르 웃으면서 끼어들었다.

"할머니, 오늘 제주 시내 관광을 다 하시고 저녁 진지 드실 겁니다. 지금이 한 시니까 세 시 안에 도착하거든요."

효도관광이라는 것이 언제부터 생겼는지는 몰라도 어머님 일행은 바로 여행사에서 주선한 제주도 효도관광단에 끼어 서울을 떠나는 것이었다. 서울에 있는 여행사에서 회원을 모집하여 김포공항에서 출발시키면 제주에 있는 지사에서 관광을 시키는 2박 3일 코스였다. 자식들 따라 서울로 이사를 왔어도 자식 뒷바라지 손자 뒷바라지하느라고 구경다운 구경 한 번 못 해 본 노인들이었다. 어머님 일행은 모두 친척 노인들인데 이상하게도 다들 청춘에 홀로 되어 자식 키우고 공부시키느라고 고생하며 평생을 보낸 분들이었다. 회갑 때 해 드리는 금반지 석 돈이나 틀니는 모두 다 받아서 이따금 고향에 다녀오시면 그곳 노인들이 모두들 부러워하더라고, 기특한 효자를 두었노라던 노인들이지만 아직 이렇다 할 효도관광은 대접받지 못한 분들이었다.

며칠 전이었다. 어머님이 전화를 받으시면서,

"글쎄, 글쎄, 나는 안 되우. 어린 것이 자꾸 보채고 애 에미도 시원치 않고……."

하시며 자주 내 얼굴을 보는 것이었다.

"뭔데 그래요?"

"으응, 아무것도."

어째 좀 이상한 생각이 들었다. 나는 저녁 식사가 끝나고 어머님한테 아까 그 전화 내용이 뭐냐고 여쭈었다.

"글쎄, 제주도 여행을 가자는구나."

"제주도요?"

나는 눈을 둥그렇게 떴다.

어머님은 그것 보라는 듯이 말을 이었다.

"둘째 아주머니와 셋째 아주머니가 이번에 제주도 여행을 가는데 나보고 같이 가자니, 우리 형편이 그렇게 돼야 말이지. 어린 녀석은 자꾸 보채고, 내가 좀 거들어 줘야지……"

나는 콧잔등이 아파 왔다.

"언제 가시는 건데요?"

"모레 글피에 간다나, 노인네들이 제주도는 무슨 제주도야."

나는 방에서 나왔다. 어머님 앞에 더 앉아 있다가는 눈물이 쪼르르 흘러내릴 것만 같았다. 요즘 회사 일에 분주해서 어머님에 대해 너무 무관심했다는 자책감과, 항상 촌사라도 자식 손자에게 자기 전부를 희생하려는 어머님의 뜻에 새삼스럽게 가슴이 메어져 왔다. 나는 둘째 아주머니 댁으로 전화를 걸었다. 둘째 아주머니, 셋째 아주머니 하고 부르는 것은, 그분들이 나에게 진외당숙모가 되는 친동서 간이기 때문이다. 제천에서 이진사 댁이라고 하면 모를 사람이 없을 정도로 지체 높은 집안이었지만, 사변 때 아들을 몇 잃고 그만 가문이 기울자 고향을 떠나온 분들인데, 이제는 서울에서 아들들이 옛날 부럽지 않게 살고 있었다.

전화를 받은 사람은 진외육촌형이었다.

"그러면 그렇지. 나는 또 아주머니께서 못 가신다고 해서 너의 집에 우환이 대단한 줄 알았지 뭐야. 이쪽에서 다 준비할 테니까 어머님 모시고 글피 아침에 여행사로 나와."

나는 어머님 방으로 가려고 돌아섰지만 이미 어머님은 마루에 나와서 전화하는 이야기를 듣고 서 있었다.

"어머니, 제주도에 다녀오세요. 가을이 한창이니까 경치가 그만일 거예요."

"비용도 많이 들 텐데⋯⋯."

나는 어머님의 말에 대꾸를 않고 부엌에 있는 아내를 큰 소리로 불렀다.

"어머니 여행 준비 해 드려. 빌모레 글피 아침에 제주도에 가셔. 내의도 새로 사 드리고 옷도 여행에 편한 걸로 해 드리고, 간식도 준비하고 말야."

나는 아내에게 짜증 부리듯 재빠르게 말했다. 그날 밤 잠자리에서 나는 아내를 나무랬다.

"누가 알았어야죠. 어머님께서는 온종일 정록이 콧물 닦아 주시며 가을 감기는 독하다는 말씀만 하셨지 뭐예요."

공항을 빠져나온 택시는 가로수들이 황금색으로 물든 공항로를 빠르게 달리고 있었다. 나는 고개를 돌려 공항 쪽 하늘을 보았다. 떠올라오는 비행기는 보이지 않고, 잿빛 구름 덩어리가 낮게 드리워져 있는 것만 보였다. 비행기가 잘 뜨나 안 뜨나 보고 들어가라던 어머니의 말씀이 생각나자 나는 갑자기 우울해지기 시작했다. 오늘 회의만 없더라면, 어머님이 난생처음 타고 하늘을 날아오르는 비행기를 오래오래 보고 서 있었을 것이었다. 어머님은 내가 지켜보고 있으리라는 생각에 안심을 하고 있을 생각을 하니, 택시를 되돌려 다시 공항으로 달려가고 싶었다. 그러나 택시는 한강교를 넘어서고 있었다. 한강교가 유난히도 길게 느껴졌다. 나는 다리를 건너는 동안, 그동안 내가 어머님에게 무슨 효도를 했던가, 어머님이 나에게 베푸신 사랑에 티끌만 한 보답이라도 했던가 하는 생각만 거듭했다.

회사에 도착하자마자 공항으로 전화를 걸어서 제주도행 한 시 반 비행기가 제대로 이륙했음을 확인했다. 지금쯤이면 비행기는 벌써 아산만 상공을 비행하고 있을 것이다. 평형을 유지하며 상쾌하게 날아가는 비행기 속에서 이제 벨트도 풀고, 스튜어디스가 갖다 주는 사탕을 받아 잡수시고, 노인들이 서로 옆구리를 쿡쿡 찌르며, 아스라히 내려다보이는 마을과 산과 섬과 바다를 구경하고 있을 것이다. 바로 창밖으로 스쳐 가는 목화송이 같은 흰 구름을 신기하게 바라보는 어머님의 행복한 모습을 상상했다. 이런 상상을 하자 비로소 기분이 상쾌해졌다.

어머니, 우리 어머니, 나는 속으로 나직이 어머님을 부르면서 과장회의에 참석했는데, 업무에 대한 불평이나 회의비가 적다는 데 대한 평소의 불만은 씻은 듯 사라지고, 형식에 맞추는 발언이 아닌 진실된 의견을 개진하였다. 어머님이 나에게 작용하는 힘은 항상 그랬다. 어머니, 이건 어떻게 하면 될까요? 어머니, 이럴 땐 어떻게 말하면 될까요? 나는 늘 어머님과 마음속으로 교신을 나누곤 했다. 어려운 일이 생길 때나 오만방자해질 때나 좌절 속에서 헤어나지 못할 때 나는 늘, 어머니 우리 어머니, 하고 주문 외듯 중얼거렸고 그러면 어머니는 언제나 올바른 답을 내려 주셨다.

이런 점에서 나는 신통한 사람이었는데 이때의 신은 바로 어머님 그분이었다. 나의 어머님이 바로 신이라는 이야기가 얼토당토않거나 과장된 말로 다른 사람에게는 들리겠지만, 나의 경우는 있는 그대로의 진실만을 의미하는 것이었다. 대학 교육을 받은 내가 이러한 미신에 탐닉해 있는 것은 비난받아 마땅한 일이겠지만, 그러나 나는 그러한 비난을 기꺼이 받을지언정 앞서 말한 신과 어머님의 일치에 대해서는 조금도 양보할 의향이 없는 것이다.

그날 나는 아주 행복한 기분으로 귀가하였다. 버스를 타고 오면서도 머릿속에는 어머님 생각이 가득했다. 제주공항에 내려서, 대기하고 있는 여행사 버스를 타고 관광길에 나선 어머님 일행의 즐거운 모습이, 꼭 유치원 아이들의 소풍길을 천연색 사진으로 보는 듯이 눈앞에 떠올라오는 것이었다. 약간 이국적인 풍물과 가을 바다의 출렁거림 속에서 흰 백발을 날리며 여행사 안내원이 짜증이 날 정도로 이것저것 자꾸자꾸 물어볼 것이었다. 한 군데 구경을 끝내고, 다음 목적지로 가기 위해 출발하려면, 한참 동안이나 호각을 휙휙 불면서 집합을 시켜야 할 정도로 노인네들은 귀와 눈이 어둡고…….

그날 밤 잠자리에 들었는데 초인종이 울렸다. 밤중에 누구일까. 성가신 생각이 들었다.

"당신이 좀 나가 봐요."

아내가 내 어깨를 흔들었다. 나는 잠옷 바람으로 마루로 나와서 외등 스위치를 찰칵 올리면서,

"누구요!"

하고 볼멘소리를 했다.

"나다…….."

어머니? 나는 후다닥 놀라 대문으로 뛰어나갔다. 어머님 목소리가 틀림없었다.

"어머니요?"

"오냐."

나는 대문을 급히 열었다. 제주도에 가 계셔야 할 어머님이 거짓말처럼 그곳에 서 계셨다. 나는 얼른 어머님의 손을 잡았다. 차가웠다.

"웬일이세요? 비행기가 못 떠났어요?"

"아니다."

방으로 들어오신 어머님은 아침에 챙겨 가지고 나갔던 가방을 내려놓고 앉으셨다.

"정록이 기침은 좀 덜하니?"

"예, 예, 어떻게 되신 거예요?"

"태풍이 불어서 글쎄 비행기가 내리지를 못 한다는구나. 그래서 제주도 꼭대기까지 갔다가 서울로 도로 왔지 뭐냐?"

"어머니, 그러시면 공짜로 비행기만 실컷 타셨네요?"

아내가 호들갑을 떨자, 어머님은 가방을 열면서 마주 웃었다.

"누가 아니래니, 잘 됐지 뭐. 비행기 타 보는 게 소원이었는데. 그까짓 제주도는 안 보면 어때?"

이렇게 말하면서, 지갑에서 돈을 꺼내 놓으셨다.

"여행사에서 돈을 도로 주더구나."

나는 그것을 어머님께 도로 드리면서 말했다.

"그냥 가지고 계세요. 이다음에 다시 가시면 되잖습니까?"

"어멈아, 그래도 괜찮겠니? 살림이 쪼들릴 텐데."

"아녜요. 어머님이 가지고 계시는 게 원칙이죠."

어머님은 마지못해 돈을 지갑에 도로 넣고 나서 가방 구석을 뒤지더니 사탕을 한 움큼 꺼냈다.

"비행기 안에서 아가씨가 주는 걸 남겨 가지고 왔다. 별난 것이니까 너희도 하나씩 먹어 보렴. 나머지는 낼 아침에 저 녀석 주고."

나는 얼른 사탕을 하나 집어 먹으면서 웃었다. 아내가 옆구리를 쿡 찔렀다.

"이 이는, 애들같이."

아내의 말을 못 들은 척하고 나는 맛있게 사탕을 먹었다.

"맛이 아주 별난데요."

그 사탕은 가게에서도 파는 흔한 사탕이었다. 그러나 정말로 맛이 별나게 느껴졌다.

"제주도에는 태풍이 심한가 보죠?"

아내가 묻자 어머님은 소풍 갔다가 돌아온 아이처럼 신나는 표정이 되었다.

"아주 심하다는구나. 제주공항에 곧 착륙한다고 방송을 하더니, 점점 비행기가 밑으로 떨어지는 거야. 아무것도 보이지 않고 밖은 그저 캄캄하더라. 비행기가 막 요동을 치더니 한참 후에 조용해졌어. 이렇게 나비처럼 사뿐히 내려앉나 했더니, 글쎄 서울로 되돌아간다는 거야. 비행기는 실컷 타 봤구나."

어머님의 제주도 여행은 이렇게 싱겁게 끝난 것이었다. 내가 어머님께 해 드린 오랜만의 효도도 싱겁게 끝나 버렸다. 무사히 어머님이 돌아오신 것에 안도를 하면서도, 이튿날 새벽 서울도 태풍권에 들어가서 바람이 몹시 세게 불게 되자, 어머님에 대해서 죄송스러운 생각만 자꾸 들었다. 꼭 내가 불효자식이래서 그날따라 태풍이 불어온 것 같았다.

두 주일만 지나면 연휴였다. 연휴 앞뒤로 하루쯤 말미를 더 얻어서 내가 직접 어머님을 모시고 제주도 여행을 떠나자고 마음먹었다.

이튿날 아침 어린것은 일어나자마자 할머니가 준 사탕을 입에 넣고 깡총깡총 뛰었다.

"이건 우리 할머니가 비행기에서 가져온 사탕이야."

"그래, 비행기 사탕이다."

할머니가 제 말을 받자 녀석은 골목으로 뛰어나갔다.

"비행기 사탕이 나는 젤 좋아."

쿡쿡 웃음이 나왔다. 그러나 나는 웃으면서도 새벽에 다짐했던 결심을 흐트리지 않고 두 주일 후에 어머님을 모시고 제주도행 비행기에 앉아 있을 모습을 상상했다.

오후가 되자 가로수가 넘어지고 폭우가 쏟아졌다. 방송에서는 시간마다 태풍 보도를 되풀이했다. 어림없는 수작 말아라, 네가 감히 효도관광에 빌붙다니. 태풍은 나에게 이렇게 소리소리 질렀다.

나흘 후에 태풍은 멎었고 다시 눈부신 만추의 햇살이 반짝였다.

연휴가 코앞으로 다가왔다. 연휴 다음날도 하루 쉬기로 회사에서 양해를 얻은 다음 예정했던 대로 제주도행 비행기 표를 예약해 놓았다. 그러나 바로 비행기 표를 예약한 다음 날 어머님이 갑자기 병환이 나셨다. 처음에는 어머님이 돈 드는 게 아까와서 공연히 그러시는 줄 알았다.

"돈은 넉넉히 준비했어요. 약 잡숫고 얼른 병환이나 나으시면 돼요."

"아니다. 어째 이상하게 아프다."

어머님은 왼쪽 등에 통증이 심하다고 했다. 한약을 지어다 드리고 등에는 파스를 붙이고 더운물로 찜질을 해 드렸지만 차도가 없었다. 하루 이틀 기다려 보아서 좀 숙지면 무리를 해서라도 제주도에 꼭 가야 한다는 생각을 하면서 나는 조바심이 났다. 이번 기회를 놓치면 어머님과 함께 제주도에 갈 틈이 좀처럼 나지 않을 것 같았다. 어머님을 볼 때마다, 제주도 제주도 하며 애를 태우니까 한번은 어머님이 내 손을 꼭 잡으면서 말씀하셨다.

"아범아, 내 수중엔 지금 돈도 한 푼 없단다."

지난번 여행사에서 도로 받은 돈을 두고 하는 말씀이었다.

"저도 다 알고 있어요."

나는 웃으면서 말했다. 철이 들면서부터 나는 어머니와 항상 무전을 교신한다. 앞에서 말한 신통이 바로 이 무전 교신이다. 어머님은 언제나 순간순간 내가 어떻게 해야 될까를 지시해 주기도 하지만, 나 역시 어머님이 무슨 생각을 하고 있는지 어떤 말씀을 내게 이르실 것인지를 안다. 그것은 꿈으로 나타나기도 하고 예감으로 나타나기도 하지만 이제는 꿈이나 예감이라는 매개물을 통하지 않고도 대뜸 어머님의 심중을 꿰뚫는다.

지난번의 돈은 벌써 열흘 전쯤에 당신의 큰손자한테로 다 나갔다는 것을 나는 벌써부터 알고 있었다. 혼자서 대학에 다니느라고 고생고생하는 큰조카 녀석은 제 아버지나 삼촌들한테서 돈을 얻어 쓰기도 하지만 돈이 다 떨어졌을 때는 늘 할머니한테 얻는다. 할머니는 큰아들, 작은아들, 딸네 집으로 나들이를 하면 담뱃값, 약값, 차비 등의 이름으로 용돈을 얻으시니까,

늘 주머니에 돈이 얼마씩은 있게 마련이어서 조손 간에는 그러한 통로가 뚫려 있었다. 어머님 얼굴만 보면, 아 벌써 돈이 다 떨어졌구나 하는 것을 금방 알게 되는 나였다.

"알고 있었구나. 녀석이 책 사는 돈이 꽤 드나 보더라."

"요즘 학생 녀석들이 돈을 헤프게 써서 탈이에요. 즈 애비는 한산도 피우는데 녀석들은 거북선 피우고, 즈 애비는 소주 마시는데 녀석들은 맥주를 마시거든요. 물론 우리 성록이란 놈은 착실하니까 염려 없어요. 삼촌한테 돈 얻어 쓰는 것보다 그렇게 할머니한테 얻어 쓰면 좋지요. 그 녀석이 저한테는 돈 달라 소리 않는 걸 보면, 아마 자존심 때문일 거예요."

어머님은 담배를 피우시다가 기침을 몇 번 하고 불을 껐다.

"어째 담배 맛이 안 좋아."

"편찮으실 땐 조금씩 피우세요. 얼른 나으셔야 할 텐데. 약은 아직 남았어요?"

며칠이 지나도 어머님의 병환은 마찬가지였다. 아니 점점 더 도지는 것 같았다.

벼르고 별렀던 연휴가 다가왔다. 나는 기운이 쭉 빠졌다.

"X레이를 찍어 보는 게 어떨까요?"

시립병원에서 기관 기사로 근무하는 셋째 형이 퇴근길에 내 집에 왔다가 어머님에게 말씀드렸다. 어머님은 일 년에도 몇 차례씩 팔 다리 허리가 결리고 속이 답답하고 발바닥이 저리고 하는 일이 많아서, 며칠 약이나 지어 드리고 기분만 유쾌하

게 해 드리면 나으시는 것으로 모두들 알고 있었는데 이번만
은 그렇지 않아 보였다. 그래서 나도 그런 생각을 하고 있는 중
이었다.

"폐병쟁이들 찍는 사진 말이냐? 나는 그런 것 안 찍는다."

어머님은 손을 내저었다.

우리 집은 모두 4남 1녀, 큰아들과 셋째, 넷째가 서울에 살
고 둘째가 고향을 지킨다. 내가 넷째 아들로서 막내이고 내 바
로 위로 누나가 있는데 출가하여 서울에 산다. 어머님은 고향
에 한두 달, 큰아들네 집에 한두 달…… 이렇게 일 년이면 이
아들 저 아들 집에서 번갈아 가며 지내시는데 요즘은 우리 집
에 계시는 때가 많다. 막내네 손자가 제일 어려서 할머니 손이
필요하니까 그런 것인데, 어머님은 잠시도 편하게 있지 못하는
성미여서 우리 집 어린 것이 잘 뛰놀고 당신이 참견할 성가신
일이 없는 것 같으면 또 후딱 귀찮은 일이 있는 자식네 집으로
거처를 옮긴다. 그러시기는 해도 막내인 나에 대한 정성은 예
나 지금이나 유별났다. 세 살 때 아버지를 여의고 당신 품에서
자란 나를 자식만 줄줄이 낳아 놓고 저승으로 후딱 가 버린 남
편에 대한 당신의 정표로 생각하시는 모양이어서, 내 위의 형
들은 공부를 끝까지 시키지 못했으면서도 나만은 모든 걸 다
희생해서라도 끝까지 공부도 시키셨던 것이다.

셋째 형이 다녀간 다음 날, 어머님을 모시고 시립병원으로
갔다. 그렇게도 기다리던 연휴가 시작되는 날이었다. 형이 이

미 준비를 다 해 놓은 모양이어서 내과에 들러 진찰을 받은 다음에 곧바로 X레이를 찍었다. 어머님을 부축하고 병원 복도를 지나면서 나는 어머님의 체중이 자주 나에게로 모두 의지해 오는 것을 느끼고 일이 심상치 않음을 직감하였다. 어머님은 기력이 하나도 없는 것이었다.

"숨이 차다. 천천히."

층계를 오를 때 어머님은 이마에 땀을 흘리며 내게 말했다.

"통증이 심해요?"

"아니다. 견딜만 해. 단지 숨이 좀 찰 뿐이다."

어머님은 이렇게 말씀하시며 조금 웃는 시늉을 했다. 나도 따라서 웃었지만 마음은 자꾸 어둡게 무거워지고 있었다.

"이게 뭐야, 내 꼴이 꼭 개구리 같구나."

X레이를 찍느라고 기계 앞에 가슴을 딱 붙이고 서서 어머님은 이렇게 우스갯소리도 하셨다. 그러나 겉옷을 벗은 어머님의 몸은 아주 쇠약해 보였다.

"찰카닥 소리도 안 났는데 벌써 사진을 찍었다고?"

"네, 다 됐습니다. 할머니."

사진기사가 어머님의 말을 받았을 뿐 셋째 형이나 나나 아무도 어머님을 따라서 말대꾸를 할 수 없을 만큼 가슴이 떨려 오고 있었다.

"내과 의사 얘기로는 아무래도 나쁜 병일 것 같다는 거야. 노인이 폐결핵일 리도 없고. 그나저나 어머님이 담배를 많이 피우시지 않니?"

셋째 형이 이렇게 귀엣말을 했을 때도 나는 아무런 대꾸도 할 수 없었다. 병원에서 풍기는 특유의 냄새도 그날따라 나에게는 자꾸 절망적인 분위기만 느끼게 해 주었다.

저녁나절에 큰형이 집으로 왔다. 큰형은 마흔여덟 살인데 서울에 올라온 후 공무원 생활을 하다가 그만두고 나서 이 일 저 일 안 해 본 일이 없었고, 또 성공한 일도 없는 불우한 남자였다. 지금은 성남시 부근에서 건축업을 한다고 고생을 하지만 일이 제대로 풀려나가지 않는지 얼굴이 좋지 않았다. 아무것도 없는 집 장남으로 공연히 책임만 많아서 늘 이리저리 배포만 크고 실속이 없는 그였다.

고향 집과 전답을 둘째에게 넘겨주고 서울로 뛰쳐 올라온 것도 원래의 성품이 진득한 구석이 없어서 농사일을 감내하지 못해서이기도 했지만, 그것보다는 장남으로서 대처에 나가 일확천금을 해서 여봐란듯이 가문을 이끌어 나가려는 배포 때문이었다.

"너무 걱정 마라. 노환이니까."

큰형은 어머님 병환을 대수롭지 않은 걸로 판단하고 나에게 이렇게 말하고 갔다. 정말 노환입니까. 나는 열심히 어머님과 무전 교신을 시도해 보았다. 큰형을 버스길까지 바래다주고 집으로 오면서 아무리 무전 교신을 해 봐도 어머님 쪽에서 통 대꾸가 없었다. 어머니, 노환입니까? 그냥 노환일 뿐이에요? 건

전지가 다 닳은 무전기같이 되신 어머님은 끝내 아무런 답신이 없었다.

다음 날 아침은 가을비가 추적추적 내렸다. 어머님은 기침이 더 심해졌고 간밤에는 통 주무시지 못하고 괴로워했다. 아침 일찍 어머님이 계신 방으로 갔을 때 기침을 하다가 억지로 참으면서 말씀했다.

"아범아, 이걸 좀 닦아 오너라."

어머님은 손가락을 입안으로 쑥 넣더니 아래위의 틀니를 빼내었다. 나는 기분이 섬뜩했다. 아무리 틀니라고는 해도 빨간 빛깔의 잇몸에 흰 이빨이 다닥다닥 뺑 돌아가며 박힌 모습이 어쩐지 무섭게 보였다.

"치약으로 잘 닦아라."

틀니를 빼내면 영락없이 쭈그러진 할머니였다. 양 볼이 쑥 들어가고 입술도 오므라붙어서 보기가 아주 흉했다. 그래서 평소에는 늘 당신이 직접 닦으시는 것인데, 그날 아침에는 내게 그 일을 시켰던 것이다. 나는 세면장으로 가서 정성 들여 어머님의 틀니를 닦았다. 거의 일이 다 끝나갈 때였는데 병원에서 셋째 형이 전화를 했다.

"빨리 병원으로 나와라. X레이 결과가 나왔다."

"그래 무슨 병이래요?"

"글쎄, 나와 봐."

나는 곧 시립병원으로 달려갔다. 가을비가 내리는 거리는 음

산했고 아침인데도 어두컴컴하게 보였다. 병원에 들어서자 습기와 약 냄새가 뒤엉켜 기분 나쁘게 콧속에 파고들어 왔다.

"이거야. 네가 읽어 봐."

셋째 형은 종이 한 장을 내게 주었다. 영문으로 타이프를 친 것인데 나는 그것을 하나하나 눈으로 읽으며, 마음속에서는 또다시 어머니 어머니, 어떻게 하면 되나요? 하고 수없이 교신을 보내고 있었다. 그러나 어머니 쪽에서는 아무런 답신이 오지 않았다.

셋째 형이 준 쪽지는 두 장으로 앞장은 X레이 사진을 판독한 소견서였는데 영문으로 타이프를 친 것이었다. 문외한인 내가 본다고 해서 잘 알 수도 없는 것이었으나 나는 열심히 아는 단어를 찾아가며 뜻을 더듬었다. left lung, lung disease, malignancy 등 아는 낱말만을 읽으면서도 나는 절망에 싸였다. 왼쪽 폐·폐질환·악성 등의 낱말에서 나는 어머님의 병명을 자꾸자꾸 부인하려고 애를 썼다. 그러나 다음 뒷장에서 의사가 볼펜으로 흘려 쓴 글씨를 보고 나는 할 수 없이 눈물을 보여야 했다. '임상소견 및 진단'이라고 쓰인 난에는 dyspnoea, cough라고 휘갈긴 글씨로 쓰고 그 아래로는 더 휘갈긴 글씨로 lung cancer라고 씌어 있었다.

"그 병이라지?"

셋째 형이 무거운 목소리로 말했다.

형과 나는 의사를 만나 보았다. 여의사였는데 시골 아줌마같이 인상이 순했다. 형이 병원의 직원이라서 소견서도 미리 보여 주고 할 만큼 친절한 의사였다.

"큰 병원으로 한번 가 보세요. 거의 틀림 없는 것 같지만 혹시 모르니까요."

여의사는 어머님의 폐가 형체를 뿌옇게 드러낸 X레이 사진을 창 쪽으로 비춰 보면서 조용하게 말했다.

"어느 정도 심합니까?"

셋째 형이 묻자 여의사는 X레이 사진을 테이블 위에 놓으며 눈을 가늘게 뜨고 말했다.

"아주 심해요. 어떻게 돼서 이렇게 늦게 발견됐는지 모르겠군요."

형과 나는 아무런 말도 할 수 없었다.

다음 날은 어머님을 모시고 대학병원으로 가서 X레이 사진을 석 장이나 다시 찍고 이것저것 정밀검사를 받았다. 흉부내과 의사는 어머님의 목과 가슴을 손가락으로 꾹꾹 눌러 보고 또 이마를 만져 보기도 하면서 무표정한 얼굴이었지만 그것을 일일이 지켜보고 있는 나는 조바심이 났고, 어떻게든 무슨 기적이 일어날 것을 하느님께 빌고 또 빌었다. 오진일 수도 있는 거야. X레이 촬영기사가 사진을 잘못 뽑았는지도 몰라. 나는 혼자서 중얼거리며 병원에서 한나절을 보냈다. 어머님은 진찰받으면서 그만 지쳐 버렸는지 돌아오실 때는 아주 기력을 잃고 택시 안에서도 내 무릎을 베고 누우셔야 했다. 어머니, 어머니. 아무 일도 없는 거지요? 아무런 일도 없는 거지요? 그저 노환으로 며칠 편찮으신 거지요? 나는 수없이 어머님께 이렇게 외치고 있었다.

그러나 한 가닥 희망을 걸었던 정밀검사 결과가 다음 날에 나왔지만 절망뿐이었다. 벌써 암세포가 임파선에까지 퍼졌다는 것이었다.

흉부내과 의사는 검사 결과를 들으러 간 나에게 대뜸 고개부터 절레절레 흔들었다.

"연세는 얼맙니까?"

"예순여섯입니다."

"흐흠, 아드님께서 잘 해 드리시는 길밖에는 도리가 없어요."

"네?"

나는 얼른 알아듣지 못했다. 그는 사진을 테이블 위에 놓고 앉음새를 고치며 나를 빤히 쳐다보았다.

"효도를 잘하시란 말입니다."

그는 이제 단순한 의사가 아니라 나의 훈육 선생님이었다.

"입원치료를 할 수도 있고 수술을 할 수도 있지요. 그러나 이 정도까지 진전된 병은 손쓸 수가 없습니다. 그리고 경비도 생각해야죠. 입원 수술하려면 돈이 상당히 듭니다."

나는 목이 메어서 아무런 말도 할 수 없었다.

"입원을 시키고 수술을 해 드리는 게 반드시 자식 된 도리도 아닙니다. 또 역효과가 날 수도 있어요."

그는 나와 같은 입장의 사람을 수없이 겪어 본 것일까. 미리 미리 내가 할 말을 알고 있다는 듯 말했다. 깊고 깊은 바다 밑에 빠져 있으면 이렇게 답답하고 숨이 막히고 할까. 아무것도 보이지 않고 무슨 생각이 나지도 않는 무력감에 빠진 채 나는 병원에서 나왔다.

그날 저녁 내 집에서는 긴급 가족회의가 열렸다. 큰형과 셋째 형이 오고 시집간 누나까지 왔다. 어머님께는 신경통이 악화돼서 그런 것 같단다고 병명을 얼버무려 놓은 채 자식들이 모인 것이었다.

"칼을 댈 수도 없지 않니?"

큰형이 말했다.

"그럼요, 수술하는 건 무리예요. 저희 시댁 친척 어른도 암에 걸렸었는데, 글쎄 자식들이 효도한답시고 수술을 했다가 바로 일을 당했대요."

누나는 연신 눈물을 닦아내면서 말했다.

"그렇다고 돌아가실 날만 기다리고 있을 수도 없지 않아?"

셋째가 한숨을 쉬며 말했다.

"그나저나 야단이구나. 평생 고생만 하시다가 몹쓸 병에 걸려 고생하시니."

"생신날까지나 살아 계셔야 할 텐데."

누나가 계속해서 훌쩍거렸다. 방 안의 공기는 무겁게 가라앉아 있었다.

"생신이야 겨우 한 달밖에 안 남았잖아? 설마 그때까지야 무슨 일이 있을라구."

"오빠, 모르는 소리예요. 노인들은 암에 걸리면 사자밥 싸 놓은 거나 다름없어요."

"그나저나 큰일이다. 하는 일은 제대로 안 되고……."

큰형이 한숨을 쉬었다. 다른 사람보다도 큰형은 여러 가지 생각이 많을 것이다. 맏아들로서 졸지에 어머님의 생사 문제에 부딪쳤으니 속마음이 오죽 아프고 끓을 것인가.

그날 밤 나는 내 집이 그래도 가장 교통이 좋고 또 어머님께 방을 하나 드릴 수도 있다는 것을 내세워 적어도 어머님 생신까지는 여기서 모시겠다고 했더니 형과 누나는 처음에는 망설이다가 끝내는 내 생각을 따라 주었다.

"아이도 어리고 또 제수씨가 아무것도 모를 텐데, 중병 구완을 어떻게 하려고 그러니?"

"형수님들도 번갈아 가면서 오시면 되지 않습니까. 병원에 모시고 다니려면 여기 계시는 것이 제일 가깝고요."

사실 형들은 요즘 상당히 쪼들리는 살림을 하고 있는 걸 나는 알고 있다.

어머님을 모시고 있으려면 몸 성하실 때야 별일 없지만 요즘처럼 편찮으실 때는 이것저것 돈이 꽤 들었다. 잡숫는 것도 그렇고 병원 출입 때도 늘 택시를 타야 되고, 조금이라도 방에 냉기가 있을까 봐 항상 전기스토브를 켠다.

"나는 그냥 노환인 줄 알았더니."

큰형은 어머님의 병이 믿기지 않는다는 듯 연신 담배를 피우며 수심에 잠겼다.

아들딸들이 당신의 병환에 대해서 의논하는 것도 모르시고 어머님은 안방에서 손자와 텔레비전을 보고 계셨다.

이따금 기침 소리가 나고 어린놈이 앙탈하는 소리가 났다. 이제 네 살 난 녀석은 7에서 9로, 9에서 11로 채널을 따각따각 돌릴 줄 알아서, 할머니가 시키는 대로 기껏 잘하다가도,

"아니야, 나는 11을 볼 거야."

하고 앙탈을 부리곤 했다. 건강하실 때의 어머님은 그럴 때면 손자놈에게 지지 않고,

"아니다. 할머니는 9가 더 좋다."

하고 서로 아옹다옹해서 식구들을 자주 웃기시곤 했다.

겨울철이 가까와 오자 어머님의 병세는 눈에 띄게 점점 악화돼 갔다. 집안이 초비상 상태가 되어 우리 집은 매일 문병객이 드나들고 아내는 뒤치닥꺼리에 눈이 쏙 들어갈 만큼 고생을 하고 있었다. 바로 마루에 붙어 있는 화장실 출입도 못 하실 만큼 쇠약해져서 방으로 요강을 들여놓고 타구도 들여놓았다. 아침마다 물수건으로 얼굴도 닦아 드려야 했으므로 큰형수 셋째 형수가 번갈아 가며 오셔서 시중을 들고 있었다. 시골에서 둘째 형도 올라왔다가 갔다. 둘째 형은,

"아무래도 쉬 돌아가시겠다. 어떻게 생신까지만 여기서 넘

기고 바로 모시고 내려와. 더 약해지시면 차도 못 타신다. 돌아 가실 때야 고향으로 오셔야지."

하면서 농사일 하느라고 마디마다 굳은살이 붙은 손으로 눈을 훔쳤다.

"암같이 나쁜 병은 아닐 게다."

당신은 스스로 병명을 알고 계시는 것일까. 어떤 때는 이렇 게 말씀하기도 했다.

"그럼요. 암은 뭐 아무나 걸립니까? 늙으셔서 노환이지요 뭐."

이렇게 말하며 조금 웃어 보이면 어머니는 그제야 고개를 끄 덕거리며 의사들을 욕했다.

"요즘 의사 녀석들이 뭘 알아야지. 그래 사진까지 찍어 보고 도 무슨 병인지 고치질 못해? 꼭 왼쪽 가슴이 꼬챙이로 찌르는 것처럼 아픈데도."

"그럼요. 요즘 젊은 의사들이 뭘 압니까?"

나는 이렇게 맞장구를 치면서 말벗이 돼 드리다가도 어떤 때 는 나도 모르게 눈물이 뚝 쏟아지곤 했다. 그럴 때면 얼른 방에 서 나왔다.

"어머님께 아주 병명을 알려 드리는 게 어떨까요?"

아내가 이렇게 말했을 때 나는 아내에게 증오와 저주를 보내 며 외쳤다.

"당신, 그렇게 잔인한 여자구만? 한 번만 더 그따위 소리 했 다가는 우리 집 귀신 못 되고 쫓겨날줄 알아둬."

"이 이는, 괜히 야단이네요. 어머님은 보통 노인네하고는 달라요."

이렇게 종알대면서 아내도 눈물을 닦았다. 하루 이틀 지나자 이제 병원 출입도 못할 만큼 쇠약하여 매일 한 번씩 병원에서 간호원이 와서 영양주사와 진통주사를 놓아야 했다. 항암제도 쓸 수 없었다. 방사선 치료도 받을 수 없었다. 항암제나 방사선이 암세포를 죽일 때 정상세포도 파괴하는데 젊은 사람이 아니고는 파괴된 세포를 재생시키지 못해서 오히려 생명을 단축시킬 우려가 있기 때문이었다. 오로지 진통제로 고통이나 조금이라도 줄이고 영양제로 기운이나 떨어지지 않게 하는 수밖에는 없다는 것이었다.

이제 아무 데고 더 애원해 볼 곳도 없었다. 이 세상에서 이미 어머님은 내던져져 있다는 생각을 할 때마다 나는 자꾸 눈물이 나고 회사에 나가서도 일손이 잡히지 않았다.

겨울철이 성큼 다가왔다. 퇴근 후면 나는 매일 어머님과 기거를 함께 하면서 옆에서 잠잘 때도 어머님의 손목을 잡고 잤다. 내가 잠든 사이에 어머님이 돌아가실지도 모른다는 절박한 생각에서였다.

하루에도 몇 번씩 어머님과 교신을 시도해 보았다. 그러나 아무런 소리도 들리지 않았다. 격격격 기침을 몹시 하고 심한 가래를 뱉으며 괴로워하시는 어머님의 얼굴이 데스마스크처럼 무표정하게 눈앞에 아른거릴 뿐이었다.

어머님의 생신이 다음 날로 다가온 날 내 집은 방마다 사람들이 가득가득 모였다. 시골에서 둘째 형과 형수가 올라오고 서울에 있는 가족들은 아이들까지 다 모였다. 어머님은 일으켜 드려야만 간신히 일어나 앉을 수 있을 정도로 기력이 없었지만, 아들 손자들이 모여서 흡족하신 모양이었다.

"에이구, 내 새끼들 신통도 하지."

개구쟁이 손자들이 할머니의 병환이 어떤지는 생각 밖으로 그저 장난질을 치는 모양을 보며 조용히 웃으셨다.

"내일은 둘째 아주머니도 오시고 셋째 아주머니도 오신답니다."

"오냐. 잘 됐구나. 봄이 되면 내가 좀 기동을 할 수 있을지 모르겠구나."

어머님의 안면 근육이 경련을 일으켰다. 영양제 주사를 안 맞겠다고 하시던 어머니가 그날은 자청해서 주사를 놓아 달라고 하셨다. 자꾸 주사만 맞으면 뭘 해? 하시면서 간호원을 나무라시던 어머님이었다.

"힘을 좀 내야지. 생일날에 누워 있을 수 있느냐."

요즘은 죽도 제대로 못 잡수셨다. 녹두죽, 잣죽을 조금씩 억지로 아들 며느리 성화에 못 이겨 잡수셨지만 기침을 하시다가 잘 토했다. 살이 빠져서 넓적다리도 한 줌이 안 돼 보였다. 가래를 뱉어 낼 기운도 없었다. 그냥 꺼욱꺼욱 하시며 괴로워할 뿐이었다. 왼쪽 이마에 밤만큼의 혹이 불거져 나온 것은 생신을 바로 코앞에 두고서였다.

　마지막 생신이 될지도 모른다. 어머님의 생신상을 차리면서
도 자식들은 이러한 비감에 젖어서 모두들 목이 메었다.

　생신날은 아침부터 눈이 쏟아져 내렸다. 첫눈이었다. 친척
노인네들도 어머님이 편찮다는 얘기를 듣고 아침 일찍들 오셨
다. 모두들 칠순이 된 노인들이라서 기동이 자유롭지 못했으나
아들 며느리를 앞세우고 눈을 흠뻑 맞고 오셨다.

　노인들은 모이자 서로 형님 아우님 해 가면서 반갑게 쌓인
이야기를 하셨다.

　"얼른 나으셔서 봄 되면 다시 제주도에 갑시다."

　"비행기 타 보니까 아주 신명납디다."

　"그러나저러나 내 병이 쉬 나을 것 같아야 말이지."

　"뭘, 겉으로 보기엔 멀쩡한데."

　"못 일어날 것 같아. 괜히 이렇게 누워만 있으면 뭘 해? 자식
들 고생만 더 시키지."

　"형님두 별소리 다 하시우. 우리는 오래오래 삽시다. 저승 가
있는 영감님 약을 올려야지요. 청상과부 만들어 놓고 훌쩍 가
버린 영감쟁이 곁으로 뭐하러 일찍 간다요?"

　"그래 그 말 맞았수. 오래오래 여봐란듯이 살아야지."

　어머니는 노인네들의 말이 재미있는지 이따금씩 웃으시다
가 또 기침이 나서 한참을 애쓰셨다. 아침상 준비가 다 되어 손
님들과 가족들이 안방에 다 모였다. 건강하실 때는 약주도 조

금씩 하시던 어머님이었지만 지금은 전혀 약주를 못 하셔서 손님들 앞에만 술잔을 놓았다.

"여보, 케이크는 어떻게 하죠?"

상을 나르던 아내가 내게 말했다. 생일 케이크를 하나 사 왔는데 그걸 지금 내놓을까를 묻는 말이었다.

"가져오세요."

셋째 형이 내 대신 대꾸했다. 아내는 곧 작은 소반 위에 케이크를 얹어서 방으로 가져왔다. 조카애들이랑 조무래기들이 케이크 앞으로 모였고 노인들도 신기한 듯 케이크를 건너다보았다.

아내가 케이크 위에 양초를 꽂았다. 굵고 빨간 양초를 원형으로 여섯 개 꽂고, 가늘고 흰 양초를 여섯 개 꽂았다.

"비쌀 텐데 뭘 그런 것까지 장만했느냐?"

어머님이 조용하게 말했다. 케이크를 어머님 앞에 가져다 놓고 형들과 내가 양초에 불을 붙였다. 갑자기 방안이 조용해졌다. 엄숙하기까지 했다. 조무래기 녀석들도 눈을 말똥말똥해가며 케이크 위에서 촛불이 밝게 불타는 모양을 지켜보았다.

"정록아, 축하 노래 안 해?"

"응응 알았어."

정록이가 발딱 일어나서 할머니한테 꾸벅 절을 하고 노래를 시작했다.

해피 버스데이 할머니

해피 버스데이 할머니

해피 버스데이…… 우리 할머니

손님으로 온 노인들이 박수를 짝짝 치자 그제서야 아들 며
느리들도 따라서 박수를 쳤다. 어머님은 막내 손자놈의 노래를
들으며 눈을 감고 입가에 미소를 흘리셨다.

"오냐, 오냐, 내 새끼야……."

형과 누나도, 나와 아내도 얼굴을 돌리고 눈물을 감추었다.

"버스데이는 생일이라는 말이에요. 해피는 행복하다는 뜻이
고요. 할머니 생신이 행복하고 축복받으라는 거예요."

큰조카 녀석이 이렇게 설명하자 어머님은 흰 이를 드러내며
소리 없이 웃으셨다.

"그래, 그래. 너희들도 한자리에 다 모이고 오늘처럼 행복한
생일날은 처음이구나……."

"형님, 이제 촛불을 후 불어서 끄시우. 영화에서 보니까 그렇
게 하더구만."

노인들이 말하자 어머님은 고개를 저으셨다.

"그냥 둬. 촛불이 다 탈 때까지 그냥 둬. 눈앞이 자꾸 어두워
지는 것 같았는데, 촛불을 켜니까 밝고 좋구나."

모두들 아무 말을 않고 케이크 위에서 불타는 조그만 촛불을
지켜보았다. 어머님은 당신이 살아오신 예순여섯 해가 곱게 아

프게 촛불이 되어 불타는 것을 언제까지나 지켜보실 셈이었다.

어머니, 어머니, 나는 마음속으로 어머님을 불렀다. 오냐, 막내야. 뜻밖에도 어머님 쪽에서 답신이 오고 있었다.

그러나 나는 다시 어머님과 교신을 계속할 수가 없었다. 더이상 어머님께 아무런 말도 할 수가 없었다. 오냐, 막내야. 어머님은 내 뜻을 다 알고 계신다는 듯 이렇게 대답하고 있었다.

"해피 버스데이 다 했잖아?"

정록이가 제 엄마에게 매달리며 떼를 쓰기 시작했다. 할머니 생신날에 축하 노래를 잘 부르면 케이크를 많이 준다고 하면서 엄마가 노래를 가르쳤나 보았다. 노래를 다 했는데도 케이크 줄 생각을 않고 어른들이 촛불만 지켜보고 있는 것이 이상한지 녀석은 이 사람 저 사람 얼굴을 눈을 말똥거리며 쳐다보더니, 발딱 일어서서 할머니 앞에 절을 꾸벅했다. 그리고는 다시 노래를 부르기 시작했다.

해피 버스데이 할머니
해피 버스데이 할머니

모두들 눈물을 감추면서 어린것의 노래를 마음속으로 따라서 불렀다.

(문학사상, 1980)

사금

뒷개울로 가는 돌서덕길 옆으로 밤나무숲 좀 못미처에 있는 폐가에 갑순네가 이사를 온 것은 내가 열 살 때 여름 저녁나절이었다. 친구들과 뒷개울에서 해가 뉘엿뉘엿할 때까지 물놀이를 하다가 돌아오는 길이었다.

"저것 봐. 도깨비집에 사람이 있다."

내 친구가 이렇게 속삭였을 때 나는 밤나무숲 쪽으로 쭉 이어진 돌서덕을 힐끔거리고 있었다. 뱀이 또 나와 있나 어쩐가를 찾아보기 위해서였다. 저녁나절까지 물놀이를 하다가 돌아올 때쯤이면 거의 매일같이 돌서덕에는 뱀이 많았다. 어떤 때는 커다란 구렁이가 교미를 하다가는 돌 사이로 기어들기도 했고 대가리가 세모꼴로 생긴 빨간 독사가 달아나기도 해서 조그만 가슴을 놀라게 했다.

그러나 뱀보다도, 열 살 된 나를 인상 깊게 지속적으로 놀라게 해주었던 것은 다 허물어져 가는 폐가였다. 그 집에서는 밤마다 도깨비들이 날뛰고 있었기 때문에 해만 설핏해지면 아예 가까이는 얼씬도 안 했다. 머리에 뿔이 돋은 놈, 이마에 외눈이 달리고 뻐드렁니를 한 놈, 표주박처럼 툭 불거진 배꼽을 한 놈…… 이런 놈들이 밤마다 낄낄낄 웃으며 번뜩번뜩 불똥을 날렸다. 방망이를 휘두르며 놈들은 우리 집 부엌이나 벽장 속까지도 밤만 되면 마음대로 휘젓고 다닌다고 했다. 솥뚜껑을 솥 안에 집어넣기도 하고 명절 때 쓰려고 만들어 벽장 속에 숨겨 놓은 인절미를 훔쳐 먹고 그 자리에 똥을 싸질러 놓기도 하는 놈들이었다. 밤마다 폐가에서는 도깨비불이 번뜩거리며 휙휙 날아다녔는데 특히 비가 온 날 저녁이면 놈들은 더 극성스럽게 법석을 떨었다.

폐가로 이사 온 갑순이네를 쳐다보았을 때 나는 정말로 도깨비들이 드디어 살림까지 차려서 이제는 아주 버젓하게 땅땅거릴 모양이라고 생각했다. 아직 해가 꼴깍 넘어가지도 않았는데 놈들이 벌써부터 뚱땅거리며 살림을 시작한다고 생각하자 오금을 펼 수 없을 만큼 놀랐다.

"저것 봐. 밥 짓는 연기도 난다."

"조그만 계집아이도 있다."

우리들은 발을 딱 붙인 채 폐가를 바라보고 서 있었다. 조그만 계집아이, 그 애의 이름이 갑순이였다. 저렇게 조그만 도깨비도 있다는 생각을 하며 가슴이 쿵닥쿵닥 뛰었다. 도깨비가 사람 흉내를 낸다더니 정말 저렇게 조그만 도깨비도 있구나. 아무리 무서운 도깨비라지만 저렇게 꼭 우리들만큼 작은 도깨비라면 조금쯤은 업신여길 수도 있겠는데, 나는 이런 생각을 하다가 그만 깜짝 놀랐다. 대문 안에서 몸집이 커다란 남자가 쑥 나타났기 때문이었다. 이크, 우리들은 숨도 못 쉬고 도망쳤다. 방망이를 들고 놈이 쫓아오는 것 같아서 몇 번이나 넘어지면서 도망쳤다. 설마 아무리 도깨비라고 해도 솥뚜껑을 솥 안에 집어넣었다가 빼내고 벽장 속의 인절미를 똥으로 만들까. 괜히 어른들이 나를 놀라게 하려고 그러는 것이겠지 하며 반신반의하던 나였지만, 폐가의 대문에서 커다란 도깨비가 쑥 나온 것을 본 순간 내가 지금까지 들었던 도깨비 이야기가 모두 엄연한 현실이 되어 버렸던 것이다.

"그것 봐라. 그 폐가에는 가까이 가선 안 된다."

그날 밤 아버지는 내 이야기를 듣고 이렇게 말했다. 나는 말문이 막혀서 이불을 뒤집어쓰고 일찍 잠을 잤는데 이상하게도 꿈속에서 아까 저녁때 폐가에서 본 조그만 여자 도깨비와 함께 나도 도깨비가 되어 물장난을 치며 정답게 놀다가 깜짝 놀라 잠이 깨었다. 나는 몰래 숨을 죽이고 문틈으로 폐가를 보았다. 도깨비불이 여느 때처럼 번뜩대면서 휙휙 날아다니는 모습이 보였다. 행랑채 속에서는 빨간 불빛이 새어 나오고 있었다. 놈들이 방안에 모여 불을 켜 놓고 무슨 궁리를 하고 있나 보았다. 나는 또 홑이불을 머리까지 뒤집어쓰고 새벽녘까지 꼼짝달싹 안 했다.

그 집은 이미 지붕도 내려앉고 담도 허물어졌고 문짝도 부서지고 창호지도 하나 없는 폐가였다. 그 폐가에서는 밤마다 도깨비들이 잔치를 벌이다가 새벽녘이 되면 감쪽같이 사라지곤 했으므로 아무도 가까이 가려고 하지 않았다. 물론 나중에 좀 더 커서 안 일이지만 도깨비불이라는 것은 폐가의 썩은 기둥이나 문살 또는 집 주위에 아무렇게나 뒹굴고 있는 밤나무와 대추나무의 썩은 밑동이나 가지들이 습기에 차서 내뿜는 인광이었지만, 나는 그것이 도깨비불이라고만 믿고 있었다. 어른들이야 물론 믿지 않았겠으나 폐가가 주는 기분 나쁘게 섬뜩한 기운 때문에 아무도 가까이 가려고 하지 않았다.

아주 불태워 없앤다거나 싹 허물어뜨린다거나 하는 일은 더구나 엄두를 못 냈다. 옛날 지체 높은 어느 진사댁이 살다가 자식들이 상피 붙는 것을 목격하고 손수 그 남매를 불태워 죽이고 자신도 대들보에 목을 매 자살했다든가, 과부가 된 무당이 어떤 소경을 데리고 살다가 그 소경이 무당의 딸을 겁탈하는 것을 보고 살풀이 굿할 때 쓰는 시퍼런 칼로 찔러 죽이고 무당도 더 이상 신이 지피지를 않아서 미쳐 버린 채 도망을 쳤다든가 하는 종잡을 수 없는 으스스한 이야기가 전해오는 집이었기 때문에, 스스로 세월이 지나가는 길에 폭삭 주저앉아 형체가 없어지면 모를까 아무도 가까이 가려고도 하지 않았다.

비바람이 심하게 치는 밤이면 폐가는 더욱 무섭게 보였다. 인광이 번뜩번뜩 날아다니고 우찌끈 뚝딱 하는 소리가 계속해서 들려왔으므로 꼭 도깨비들이 한참 광기에 취하여 축제를 벌이는 것 같았기 때문이다. 그런 밤이면 나는 오줌을 질질 지리면서 뒷간에도 못 간 채 오들오들 떨고 있었다. 아버지와 어머니가 밤마실을 가고 동생들과 나 혼자서 집을 보고 있을 때가 특히 더 무서웠다. 도깨비들의 무시무시한 모습이 자꾸자꾸 머릿속에서 살이 붙고 아무리 생각을 안 하려고 해도 그러면 그럴수록 도깨비에 대한 온갖 무서운 이야기가 생각났다. 나중에는 그 이야기에다 내가 살을 덧붙여 가며 점점 더 끔찍하고 무서운 이야기를 혼자서 상상하며 몸을 떨곤 하였다. 그 당시 나는 열 살이라서 도깨비가 나의 머릿속까지 멋대로 들락날락하며 별별 망측하고 무서운 유희를 하기에는 아주 안성맞춤의 겁이 많은 소년이었다.

밤만 되면 도깨비불이 이리저리 날아다니는 그 집도 낮에 어쩌다가 볼 때면 힘없이 소멸해 가는 고가에 불과했다. 창살에는 흰 창호지 대신 거미줄이 뽀얗게 달라붙었고 다 무너져 가는 지붕 위에는 잡초만 자랐다. 고목이 된 밤나무와 대추나무의 썩은 냄새가 코를 자극할 뿐이었다. 장독대에는 깨진 항아리 조각이 있고 처마 밑 낙숫물이 떨어져서 움푹 패인 곳에서는 이따금 바둑알이 나오기도 했다. 그래서 어쩌다가 심심해질 때나 어머니 아버지가 밭일을 나가고 혼자서 동생을 보고 있을 때 동생이 여름 학질에 걸려 악을 쓰면 그놈을 등에 업고 폐가로 가서 바둑알을 주워서 장난감으로 줄 때도 있었다. 그러나 섬뜩하고 무서운 마음은 대낮에도 마찬가지여서 섬돌 밑을 꼬챙이로 후벼 파서 바둑알이 나오면 얼른 집어 들고 도망치듯 빠져나왔다. 등 위에서 하얗게 뻐드렁니를 드러낸 도깨비가 뾰족한 뿔을 내휘두르며 쫓아오는 것 같아서 나는 동생을 업고 허둥지둥 뛰다가 곧잘 넘어졌다. 그럴 때면 동생은 도깨비에 잡아 먹혀도 좋은지 아무것도 모르면서 악을 쓰고 울었고, 나는 아버지한테 야단을 맞았다.

"동생을 다치게나 하고 나쁜 짓만 하려면 아주 도깨비 집에 가서 살렴."

이렇게 야단맞은 날 저녁때면 나는 온몸이 오그라질 것 같은 무서움에 저녁밥도 제대로 안 먹혔다.

조그만 도깨비인 갑순이가 나의 친구가 된 것은 바로 다음 날이었다. 갑순이가 먼저 우리들이 놀고 있는 개울가에 와서 자연스럽게 어울렸던 것인데, 작은 여자 도깨비인 줄 알고 처음에는 아무 말도 못 하고 머뭇거리는 나에게 그 애는 다가와서 말했다.

"내 이름은 갑순이야. 나하고 같이 놀지 않겠니?"

그날부터 갑순이는 나의 친구가 되었다. 도깨비인 줄 알았던 아이라서 한편으로는 나도 도깨비가 된 듯한 묘한 생각에 몸이 오싹오싹해질 정도로 무섭기도 하고 상쾌하기도 했다. 아아, 나쁜 놈을 혼내 줄 수 있는 별별 오물딱지 재주를 가진 도깨비가 될 수만 있다면. 나는 갑순이와 놀면서 이런 생각을 자꾸 했다.

그렇게 무섭기만 하던 폐가도 갑순이와 친구가 된 다음부터는 조금씩 다르게 보였다. 뒷개울에서 물장난을 치고 오다가 갑순이를 따라 집 안으로 들어가 보게 되었다. 처음에는 다리가 후들후들 떨리고 무서웠지만 아주 싫은 것만은 아니었다. 도깨비 소굴을 탐험하는 병정이 된 듯한 생각도 났다. 어떤 때는 갑순네가 사는 방을 기웃거리기도 했다. 갑순네는 세 식구뿐이었다.

　"너의 언니야?"

　그때 막 방에서 부엌으로 나오는 젊은 여자를 보고 내가 묻자, 갑순이는 잡초가 무성한 마당에서 풀섶을 헤치던 꼬챙이를 저만큼 휙 내던지면서 코를 힝 풀었다.

　"우리 엄마란다."

　나는 깜짝 놀랐다. 스무 살쯤 돼 보이는 젊은 여자가 갑순이의 엄마라니. 그 여자는 우리 쪽을 힐끔 보더니 도로 방으로 들어갔다.

　"정말 너의 엄마야?"

　내가 묻자 갑순이는 뾰로통해진 얼굴을 했다.

　"그렇단다. 나를 낳은 엄마는 아니지만."

　갑순네는 폐가의 행랑에 들어 살았는데 안채보다는 지붕이 덜 무너지고 흙벽도 그런대로 성했다. 하긴 안채에는 들어가서 살고 싶어도 못 들어갔을 것이다. 우리가 잠시 마당에서 놀고 있을 때도 썩은 마룻장이 내려앉는 소리와 흙벽이 자빠지는 소리가 간간이 날 정도로 안채는 아주 못쓰게 되어 있었다.

　어느 날 나는 갑순이의 까무잡잡한 얼굴을 보고 있다가 그 애가 까닭 모르게 불쌍해져서 얼른 마당 가운데 있는 우물로 뛰어가서 고개를 숙이고 아래를 내려다보았다. 우물 속에서는 개구리들이 펄쩍펄쩍 뛰었고 우물을 파 내려가면서 쌓은 돌은 푸른 이끼가 덕지덕지 자라서 이상한 냄새가 났다.

　"사금쟁이라더구만."

　"여편네는 아주 젊습디다."

　폐가에서 놀다가 돌아왔을 때 아버지와 어머니는 마루에 걸터앉아 이런 말을 하고 있었다.

　"사금쟁이가 뭐지요?"

　"그 집에 이사 온 남자가 금 캐는 사람이란다."

　금을 캐다니. 나는 가무잡잡하고 영리한 갑순이 얼굴에서 외지에서 온 사람이 풍기는 어떤 설레임이나 기대감을 처음 느꼈을 때처럼 금이라는 소리에 가슴이 뛰었다. 내가 그때 열 살의 소년으로서 금에 대해서 무슨 가치를 부여하고 있었는지 정확히 기억할 수는 없으나 그래도 금은 가장 소중하고 신비로운 어떤 것으로 생각하고 있었을 것이다. 가난한 아들이 살았는데 아버지 병환에 쓸 약이 없어서 신령님께 기도를 했더니, 어느 산 어느 봉우리에 가면 항아리가 묻혀 있으리라. 그 안에 황금이 가득 들어 있으니, 네가 아버지 약값에 쓸 만큼만 꺼내 가지고 오라 해서, 꿈이 깨어서 그대로 산봉우리에 가 봤더니 정말 금 항아리가 있겠다. 그런데 금을 보고 욕심이 생겨 한 자루 가득 담아 가지고 와서 꺼내보니 모두 돌덩이가 되었겠다. 그래서 다시 산봉우리에 가 보니 금 항아리는커녕 깨진 사금파리만 몇 장 뒹굴고 있더라…… 이러한 이야기를 어렸을 때부터 어른들한테서 들었으므로 금은 죽어가는 사람을 살릴 수도 있는 신비한 것으로 알고 있었을 것이었다.

"사금쟁이가 온 걸 보면 금이 나긴 나는 모양이지요?"

어머니가 동생에게 젖을 물리면서 이렇게 물었다.

"글쎄, 그걸 누가 아는가. 왜정 때는 사금쟁이들이 꽤 여럿 왔었는데 재미를 봤다는 얘기도 있고 헛물만 켰다는 얘기도 있지. 강 하류 쪽에는 하긴 모래빛깔이 온통 노랗더구만."

"금을 모래에서 캐나요?"

내가 말하자 아버지는 담뱃대에 담배를 쟁이면서 웃었다.

"왜, 너도 커서 사금쟁이가 될래?"

아버지 말은, 사금은 원래 금광맥이 침식작용에 의하여 부서져서 강물에 의해서 운반될 때 모래에 묻혀서 아래로 가라앉은 것이라고 했다.

"사금쟁이들은 그야말로 일확천금을 꿈꾸는 놈들이어서 허황되고 분수가 넘치지. 주색잡기에도 능하고."

"새로 이사 온 집 여편네가 어쩐지 새파랗습디다."

어머니는 아버지의 말을 받아서 재미있다는 듯 코맹맹이 소리로 말했다. 그 바람에 젖을 물고 잠들었던 동생이 칭얼댔다.

나는 그날 밤 갑순이와 내가 번쩍번쩍 빛나는 금도깨비가 되어서 뒷개울에서 물놀이하는 꿈을 꾸었다. 갑순이가 달려들면서 자꾸자꾸 물장난을 치는 바람에 나는 키득키득 웃고 있었다. 그러다가 아침에 잠이 깨었는데 눈물이 볼로 쭉 흘러내렸다. 웃은 것이 아니라 울고 있었을까. 나는 갑자기 까닭 모르게 갑순이가 또 불쌍하다는 생각이 들어서 목이 칵 메었다. 우리 엄마란다. 나를 낳은 엄마는 아니지만. 갑순이의 까무잡잡한 목소리가 귓속에 맴돌다가 마당에서 쇠여물을 써는 작두날 소리에 다 잘려 나갔다. 나는 잠자리에서 일어나 물지게를 지고 샘터로 나갔다. 아침마다 샘물을 길어 오는 일은 내 차지였다. 물지게는 나에게 너무 크고 무거워서 물을 양쪽 통에 반쯤만 담아서 져야 했다. 그래도 균형이 잡히지 않아서 자꾸 뒤뚱거렸다.

우리들은 이제 점점 폐가에 익숙해져 갔다. 갑순이를 앞세우고 폐가 뒤안에도 가서 놀고 우물에 있는 개구리를 잡아서 껍질을 벗기기도 하였다. 집 주위로는 온통 고목이 된 나무토막들이 널려 있어서 희끗희끗하게 버섯이 돋아나기도 했고 우리가 밟으면 푸석하고 부서져 버렸지만, 그게 바로 도깨비들이 곤하게 낮잠을 자고 있는 것인 줄은 아무도 미처 생각하지 못했다. 지금 회상해 보면 참 이상한 노릇이다. 낮에는 고목들을 가지고 놀면서도 바로 그 고목 가지들이 밤이 되면 도깨비가 되어 춤을 춘다는 생각을 하지 않았으니 말이다. 어른들의 말을 들어서 그 고목들이 밤이면 인광을 내는 것임을 알고 있었으면서도 밤에 나타나는 도깨비불을 보면서 오금을 못 펴고 무서워했으니, 혹시 열 살의 소년은 짐짓 밤마다 도깨비불이 주는 공포와 전율을 스스로 즐기고 있었던 것일까…… 요즘 아이들이 텔레비전에서 만화 영화를 보면서 무서운 악당들이 나올 때마다 무서워서 눈을 감으면서도 어린이 시간만 되면 꼭꼭 악당이 나오는 만화를 또 보듯 그 당시 열 살의 소년은 폐가에서 번뜩이는 인광을 도깨비불이라고 굳게굳게 믿으며 밤마다 자지러지는 공포와 아찔아찔한 전율을 즐겼던 것은 아닐지.

나는 어느 날 저녁때 놀랍게도 갑순이 아버지가 캐 가지고 온 사금을 보았다. 우리들이 폐가에서 놀다가 어스름이 눈을 뜨려고 할 무렵 서둘러서 집 밖으로 나왔을 때, 아랫마을 쪽에서 갑순이 아버지가 올라왔던 것이다. 그는 등에 커다란 자루를 지고 있었다. 자루 위로는 타원형으로 된 체 같이 생긴 채금 도구를 올려놓고 있어서 흡사 강으로 고기잡이를 나갔다 오는 사람같이 보였다.

"갑순아, 이것 좀 받아라."

그가 손에 들고 있던 갈퀴를 갑순이에게 주면서 이렇게 말하자 방안에서 젊은 여자가 나왔다.

"오늘은 재미 좀 봤나요?"

"이것 보게나."

그는 이렇게 말하며 등에 지고 있던 자루를 내려놓았다. 저게다 금이란 말인가. 우리들은 눈을 동그랗게 뜨고 배불뚝이가 된 자루를 보았다. 갑순이 아버지는 자루를 열더니 그 안에서 사금을 한 움큼 꺼내었다. 아, 우리들은 탄성을 질렀다. 사금이다!

"오늘에야 노다지를 캤구만. 그냥 온통 누런 금이 쫙 깔려 있더라구."

그는 젊은 여자를 보면서 자랑스럽게 말했는데, 얼굴에 땀이 흥건히 배어 있어서 그렇게 보였는지는 몰라도 눈매가 어둡고 피로해 보여서 웬일인지 마음에 걸렸다.

"오마나. 이게 정말 금이에요? 이젠 부자가 됐네요."

젊은 여자는 사내의 손바닥 위에 수북한 사금을 만지며 들뜬 목소리로 말했다.

"이번엔 틀림없지. 이런 노다지는 몇십 년 만에 처음이네. 갑순아, 장터에 가서 술 좀 받아온나."

사내는 우리들을 쫓느라고 팔을 휘저었다. 그의 뒤로 폐가는 어둠에 천천히 덮여가고 있었다. 황설탕같이 생긴 모래. 저것이 정말 금일까. 나는 집으로 돌아오면서 갑자기 아버지 욕을 했다. 매일 산밭으로 김이나 매러 가지 말고 사금을 캐러 강으로 갈 것이지, 나는 아버지가 원망스러웠다. 왜 너도 커서 사금쟁이가 될래? 아버지의 목소리가 떠올랐다. 그래요, 그래요, 나는 사금쟁이가 돼서 갑순이 아버지처럼 금을 한 자루 캐다가 한꺼번에 부자가 될래요. 금으로 된 옷도 입고 금으로 만든 모자도 쓰고, 나는 왕자님처럼 말을 타고 다닐 거예요. 나는 혼자서 씩씩거리며 집으로 돌아왔다.

"쇠여물 안 주고 어딜 쏘다녀?"

아버지가 마루에 걸터앉아 담배를 피우다가 나를 보고 눈을 부라렸다. 그 바람에 나는 찍소리도 못하고 작두 옆에 수북이 쌓인 여물을 한아름 안아다 외양간에 있는 구유에다가 처박았다. 이놈의 황소야. 이거나 처먹고 자빠져라.

그날 밤 나는 학질에 걸린 것처럼 몸이 달아올랐다. 가슴이 두근두근거렸고 숨도 가빠 왔다. 사금을 훔쳐 와야지. 이런 결심은 열 살 소년의 조그만 가슴을 아주 태워 버릴 심산인지 점점 몸이 불덩이가 돼 갔지만, 나는 내 몸이 불타서 가루가 되어도 꼭 갑순이네 사금을 훔치겠다고 마음먹었다.

외양간에서 쇠풍경 소리만 들리고 아버지 어머니가 다 잠들 때까지 나는 눈을 감고, 찬란하게 빛나는 사금을 생각하며 몸을 떨었다. 잘됐지 뭐야. 아무렇게나 봉당가에 자루를 내려놓는 걸 보았으니까 밤중에 몰래 가서 훔쳐 와도 모를 거야. 갑순이가 금빛 찬란한 옷을 입고 생글거리면 웃는 모습이 떠오르고 또 그 옆에 왕자님처럼 당당한 내가 금으로 온몸을 휘감고 있는 모습이 떠올랐다. 밤중이 돼서 나는 방문을 소리 안 나게 열고 밖으로 나왔다. 외양간 쪽에서 쇠지랑물 냄새가 후끈후끈 퍼져 왔다. 비가 오려나 보았다. 비가 올 때는 꼭 쇠지랑물 냄새가 더 고약한 것이었다. 나는 마당을 빠져나왔다.

폐가에서는 도깨비들이 한창 신나게 무도회를 하고 있는 모양이었다. 도깨비불이 번뜩번뜩하는 모습이 보였다. 사금을 훔치려는 독한 생각을 해서인지 무섭던 도깨비불이 이제는 무섭기보다는 아름답게 보였다. 몸이 오싹오싹하고 다리가 후들후들 떨리는 것만은 마찬가지였지만, 도깨비불이 내게 주는 것은 확실히 공포뿐만이 아니었다. 신출귀몰한 도깨비의 재주와 신비롭고 황홀한 사금이 있는 폐가. 갑순이가 살고 있는 그 집은 이미 열 살 소년의 가슴을 말 못할 흥분으로 뒤흔들어 놓고 있었다.

내가 폐가 쪽으로 가까이 갈수록 도깨비불은 내 발소리에 놀랐는지 좀 얌전해 보였다. 이리저리 번뜩대면서 날아다니지 않고 가만히 그 자리에 쭈그리고 앉은 채 점점 희미해지고 있었다. 이따위가 무섭긴 뭐가 무서워. 나는 이렇게 다짐하면서 폐가 앞으로 쑥 나섰다. 그때 툭 하는 소리가 들렸다. 나는 잠시 눈을 비비며 도깨비들을 자세히 살펴보려고 두리번거렸다.

폐가의 구석구석마다에 도깨비는 숨어 있었다. 썩은 기둥에서도 창살에서도 도깨비불이 껌벅거렸고 마당가에 흩어져 있는 고목들에서도 도깨비불이 깜박거리고 있었지만, 내가 살금살금 다가가자 점점 불빛이 흐려져서 마침내는 박꽃이나 달맞이꽃쯤 밖에는 되지 않았다. 도깨비불은 가까이서 보면 흐려지고 좀 떨어져서 보면 또 눈알을 부라리며 번뜩번뜩 살아나는 것이었다. 나는 이제 도깨비불이 무섭지 않았다. 숨을 죽여 가면서 갑순네 방 봉당에 있던 사금자루를 찾으려고 다가갔다. 방에서는 불빛이 새어 나오고 있어서 자칫하다가는 들킬지도 모르는 일이었다. 다리가 자꾸자꾸 떨렸다.

봉당에는 희끄무레한 것이 보였다. 나는 잽싸게 떨리는 손을 내어밀어 그것을 잡았다. 나의 손이 닿자 그것이 갑자기 꿈틀하고 움직였다. 나는 기절할 뻔했다.

"아!⋯⋯."

그것은 자루가 아니라 갑순이었다. 나는 너무나 놀랐다.

"쉬이."

갑순이가 내 입을 틀어막으면서 제 가슴에다 내 얼굴을 처박았다. 나는 약간 숨이 막혔지만, 그 순간에 이상하게 몸이 떨리고 확확 달아올랐다.

"사금 훔치러 왔지?"

갑순이가 제법 어른이 된 것처럼 내 얼굴을 손으로 받쳐 들고 말했다. 나는 울음이 탁 터질 것 같아서 볼멘소리로 간신히 대답하였다.

"응."

나의 대답 소리가 내 귀에는 들리지 않았다. 다만 내 가슴이 쿵쿵거리며 뛰는 소리인지 갑순이의 가슴이 뛰는 소리인지 분간하지 못했지만 쿵닥쿵닥 숨 가쁜 소리가 내 귀에 가득 들렸다.

"사금은 여기에 없단다. 아버지와 엄마가 지금 방에서 금을 만들고 있어."

갑순이가 내 귀에다 입술을 대고 속삭였다. 후끈후끈한 그 애의 입김이 귀를 통해서 온몸으로 퍼져 들어왔다. 사금을 훔치려다가 들켰다는 생각은 말끔히 없어지고 나는 어린애처럼 갑순이의 가슴에 얼굴을 묻고 오싹오싹 조여드는 듯한 황홀한 기분에 젖어 있었다.

"금을 만들다니?"

나는 갑순이의 품에 안기다시피 기댄 채 얼굴을 들었다.

"그렇단다. 모래를 추려내고 사금만 골라서 다시 읍으로 가져다가 검사를 받아야 돼."

나는 무슨 말인지도 잘 알아들을 수가 없었다. 자꾸 숨이 가빠왔다. 지금 내가 갑순이와 단둘이 이렇게 껴안고 있는 모습을 누가 보면 어쩌나 하는 생각이 들어서 나는 몸을 일으키려고 했다.

"금 만드는 것 구경할래?"

갑순이가 귀에다 대고 말했다.

"응."

나는 갑순이가 손을 잡아끄는 대로 방문 앞으로 다가갔다. 방안에서 불빛이 새어 나왔지만 아주 조용했다. 우리는 조그만 눈을 말똥거리며 문틈 가까이 다가가서 안을 들여다보았다. 금을 만드는 모습을 구경하게 된다는 생각에 내 조그만 가슴은 정말로 터져 버릴 듯이 쿵닥쿵닥 맹렬하게 뛰고 있었다.

방안에는 저녁나절에 본 사금자루가 놓여 있고 그 옆에는 채금도구들이 있었다. 방바닥에 쏟아 놓은 사금이 등잔 불빛을 받아 반짝반짝 빛나고 있었다. 봐서는 안 될 비밀을 보았을 때처럼 나는 무섭고 떨렸다. 그러나 정작 몸이 와들와들 떨린 것은 갑순이 아버지와 엄마를 보았을 때였다. 불빛이 바로 비치는 데서 떨어져 좀 어두운 곳에 있었기 때문에 그들의 모습이 한참 후에야 눈에 보였다. 그들은 옷을 하나도 입지 않고 있었는데 서로 부둥켜 안고 누워 있었다. 뒷개울 목욕터를 지나다가 어른들의 발가벗은 모습을 힐끗 본 적은 있어도 이렇게 가까이에서 본 일은 없었다.

"지금 금을 만드는 거란다."

갑순이는 내 손을 꽉 힘주어 잡으면서 작게 속삭였다. 사금을 만들려면 저렇게 발가벗고 서로 뒤엉켜서 요술을 부려야 되는 것일까. 나는 침을 꼴깍 삼켰다.

"임자도 이제 왕비 부럽지 않게 됐네."

갑순이 아버지가 숨찬 목소리로 말하는 소리가 내 고막을 쾅쾅 울렸다.

"이번에는 틀림없겠지요? 금에 미쳐서 도망쳐 나왔다고 모두들 손가락질할 텐데, 어서 고향에 가서, 야 이년들아 이 금덩이 좀 보아라 하고 소리칠 수 있겠지요?"

갑순이 엄마가 숨넘어가는 소리로 말했다.

"아무렴."

"아이, 난 몰라요."

그들은 한바탕 신나는 요술을 부리고는 잠잠해졌다. 안채에서 탁탁하는 소리가 서너 번 들렸다. 서까래가 내려앉는 소리일까. 나는 꼭 꿈을 꾸는 듯했다. 머리가 멍할 뿐 아무런 생각도 나지 않았다.

나는 갑순이한테 손목이 잡힌 채 어느 사이에 안채 마당으로 들어와 있었다. 어둠에 싸인 폐가는 희뿌옇게 도깨비불을 켜고 있었고 잡초가 무성한 마당에서는 벌레들이 뛰었다.

"애, 우리도 금을 만들어 보면 어떨까. 우리 아버지와 엄마처럼."

"응? 뭐라고?"

"이것 봐라. 여기에 사금가루를 이만큼 숨겨 놨어. 안채 마루로 올라가서 우리도 금을 만들자."

금을 만든다…… 그때 열 살밖에 안 된 내가 갑순이의 이런 말을 듣고 어떻게 기절을 하지 않았는지, 아마 손이 아프도록 내 손을 꼭 쥔 갑순이 때문일 것이다. 사금을 훔치러 왔다가 갑순이에게 붙잡혔을 때부터 나는 이미 쇠여물이나 먹이고 샘물이나 길어오는 시시한 내가 아니었다. 뭔지는 모르지만 이미 나는 다른 내가 돼 있었다.

갑순이와 나는 마루 위로 살금살금 올라갔다. 마룻장이 삐걱거리며 아래로 휘청휘청 내려앉기도 했고, 어떤 곳은 발이 밑

으로 쑥 빠질 만큼 마루는 아주 못 쓰게 돼 있었다. 마룻장에서
도 천장의 서까래에서도 희뿌옇게 도깨비불이 보였다.

"여기서 금을 만들자."

갑순이가 손에 들었던 사금 그릇을 놓으며 나를 앉혔다.

"옷을 벗어야지. 너도 벗어."

갑순이가 옷을 벗으며 재촉했다. 낮에 뒷개울에서 물놀이할
때는 그냥 누가 보든 말든 훌훌 벗던 나였지만 어쩐지 마음이
내키지 않았다. 도깨비불이 비치는 폐가의 마루 위에서 옷을
벗는 것은 곧 도깨비의 아가리에 내 알몸을 쑥 집어넣는 것처
럼 느껴졌다. 그러나 나는 조금 후에 옷을 벗었다. 금을 만들려
면 이 정도의 무서움을 참아야 한다는 생각이 들었고 또 무엇
보다 갑순이한테 지고 싶지 않았다.

갑순이와 나는 서로 꼭 안은 자세로 누웠다. 갑순이의 몸에
서 끈적끈적한 땀이 내 몸에 묻어 왔고, 또 뜨거운 기운이 쉴
새 없이 전해 왔지만 나는 금을 만들기 위해서 그런 것쯤은 다
참아야 한다고 마음먹었다.

"너는 금이 좋으니?"

갑순이가 숨을 할딱이며 말했다.

"금모자를 만들어 쓰고 다닐 거야."

내가 말하자 갑순이는 어디 겨드랑이에라도 간지럼을 탔는
지 킬킬 웃었다. 이렇게 얼마 동안을 누워 있어야 금이 만들어
지는 것일까. 나는 눈을 말똥거리며 천장을 쳐다보았다. 찍찍

하는 소리가 천장에서 들렸다. 서까래가 무너지면 어쩌나 하는 생각을 했을 때 정말로 천장에서 희뿌옇게 빛나는 물체가 움직이는 게 보였다. 나는 일어나려고 몸을 꿈틀댔다.

"괜찮아. 저건 구렁이야. 이 집을 지키는 엄구렁이."

"뱀이라고?"

나는 숨넘어가는 소리로 말하고 벌떡 일어났다. 구렁이 아가리에 삼켜진 개구리처럼 나는 기절할 듯 놀라서 한동안 숨도 제대로 쉴 수 없었다.

"난 갈 테야."

얼른 옷을 입었다. 천장에서 흙 부스러기가 툭툭 떨어졌다.

"너는 겁쟁이구나. 자, 이 금을 가져가렴."

갑순이가 내 손에 사금가루를 한 움큼 쥐여 주었다. 나는 정신 없이 폐가에서 뛰어나와 냅다 우리 집을 향하여 달렸다. 몇 번을 돌부리에 채여 넘어졌지만 사금을 쥐고 있는 손은 절대 펴지 않았다. 나는 집에 돌아와서 뒤안 장독대로 가서 조그만 빈 항아리에 사금을 숨겼다. 그러고는 방으로 살짝 들어갔다. 방바닥에 찰싹 엎드렸지만 내 몸은 자꾸자꾸 공중으로 올라가서 천장에 붙는 것 같았다. 숨이 막히고 가슴이 답답하여 이젠 정말로 터져 버릴 것 같았다.

나는 이튿날 저녁때가 돼서야 정신을 차렸다. 내가 밤새도록 헛소리를 하고 고열에 시달리며 앓아서 어머니는 들일도 안 나가고 내 머리맡을 지키고 있었다. 나는 무거운 눈꺼풀을 간신히 뜨고 어머니를 쳐다보았다. 어머니의 얼굴이 흔들흔들 일그러져 보였다. 나는 도로 눈을 감았다. 꿈에서 본 것일까. 갑순이 아버지와 엄마가 벌거벗은 알몸을 부딪치며 금을 만들고 있고 잇따라 갑순이와 내가 옷을 벗고 금을 만들다가 구렁이가 번쩍번쩍하는 바람에 무서워서 도망을 쳤던 일이 꼭 꿈속에서 본 일처럼 앞뒤가 어긋나기도 하고 아래위가 뒤뚱뒤뚱 무너져 내리기도 하면서 눈앞에 가물대는 것이다.

"이제 정신이 드느냐?"

어머니가 내 이마에 땀을 닦아 주면서 근심스럽게 말했다.

나는 고개를 끄덕이고 자리에서 벌떡 일어섰다. 현기증이 조금 났지만 어디 아픈 데는 없었다.

"어제저녁 먹은 게 체했나보다. 전염병에 걸린 줄 알았지 뭐냐."

어머니가 동생을 업고 부엌으로 나가서 밥상을 들고 왔다. 하룻밤 앓고 났다고 해서인지 밥상에는 쌀밥과 간고등어 한 토막이 놓여 있어서, 나는 천천히 꼭꼭 씹어서 먹으라는 어머니의 말을 들은 체도 않고 아귀아귀 퍼먹었다.

"어젯밤에는 아주 끔찍한 일이 일어났다. 글쎄, 사금쟁이네 딸이 죽었대."

"누구, 갑순이가 죽었어요?"

나는 너무 놀라서 급하게 말했다. 그 바람에 입안에 있던 밥알이 튀어 나왔다.

"지붕이 무너졌댄다, 글쎄. 그런 폐가에 어쩌자고 들어가서 사냔 말이다."

그제서야 어젯밤의 일이 선명하게 생각나기 시작했다. 폐가의 마루 위에서 갑순이와 함께 발가벗고 금을 만드느라고 드러누워 있던 생각이 나고 대들보 위에서 번쩍이는 구렁이에 놀라 도망을 쳐 온 일이 또렷또렷 생각났다. 나는 숟가락을 팽개치듯 놓고 밖으로 뛰어나갔다.

"폐가에는 가지 말아라. 구렁이가 나왔다더라."

어머니가 소리쳤지만 나는 힘을 다해서 폐가 쪽으로 뛰어갔다. 갑순이. 그 애가 보고 싶었다. 살을 맞댔을 때 짜릿짜릿하던 자극, 쿵닥쿵닥 뛰던 숨소리, 뜨거운 입김, 끈적끈적한 땀 냄새…… 나는 갑순이를 부르며 뛰어갔다.

폐가는 행랑채만을 남기고 폭삭 주저앉아 있었다. 벌써 아이들이 모여 서서 재재불대며 지난밤에 무너져 앉은 폐가를 이야기하고 있었다. 갑순이 아버지가 방에서 나왔다. 나는 갑순이를 찾았다. 갑순이는 어디에도 없었다. 나는 폭삭 주저앉은 안채로 들어갔다. 위에서 큰 힘으로 내려누른 것처럼 폐가는 아주 납작하게 허물어져서 흙덩이와 썩은 나무토막이 어지럽게 널려 있었다. 그 틈바구니에서 별별 이상한 벌레들이 기어나와서 풀섶으로 숨었다.

"갑순이는 어디 있지요?"

나는 울면서 외쳤다. 갑순이 아버지가 손을 내저으며 말했다.

"저리 비켜라. 저리 모두 비켜라."

우리들은 폐가에서 모두 쫓겨 나왔다. 갑순이 아버지는 커다란 팔로 무너진 폐가를 한아름에 안을 듯 딱 벌리더니 알아들을 수 없는 소리를 크게 질렀다. 굉장한 소리였다. 마침 햇볕이 쏟아지고 있어서 그의 우렁찬 목소리는 금가루처럼 찬란한 빛을 내면서 흩어져 우리의 작은 몸뚱이를 물들였다. 문득 어젯밤 갑순이와 몰래 창틈으로 보았던 그의 건장한 알몸뚱이가 생각났다. 지금 생각해 보니 그의 알몸은 굉장히 아름다웠다. 방바닥에 수북이 쌓인 사금가루와 함께 빛나던 그의 몸뚱이는 열 살 난 나의 조그만 가슴을 다 휘저어 낼 듯 살아서 움직이며 빛을 뿌렸다.

"갑순 아버지, 그러면 안 돼요. 참아야 해요."

갑순 엄마가 그의 등에 매달려 소리쳤지만 이미 그는 무너진 폐가에 불을 지르고 있었다. 불길은 이내 폐가를 삼켜 버렸다. 칙칙한 연기도 별로 나지 않았다. 바싹 마른 나무토막과 지붕을 엮은 볏짚은 빨간 불꽃을 곳곳에 활짝 피우고 타올랐다. 갑순 아버지는 주위에 흩어진 밤나무와 대추나무의 고목 가지를 한아름씩 안아다가 불길 속으로 획획 던졌다.

"갑순이는 어디 있지요?"

나는 갑순 엄마의 예쁜 얼굴을 쳐다보며 숨 가쁘게 물었다.

"저 불길 안에 있다. 시체를 꺼내지도 못하게 돼서 저렇게 불을 지르는 거야."

갑순 엄마가 눈물을 질질 흘리며 불더미를 가리켰다.

"갑순이가 그럼 모두 불에 타는 거예요?"

"왜 못 꺼내지요?"

우리들이 이렇게 물었지만 갑순 엄마는 콧물을 힝 풀 뿐 대꾸하지 않았다. 불덩이가 된 폐가는 오래도록 불탈 모양이었다. 좀처럼 꺼질 줄을 모르고 불길이 번져 오르고 있었다. 갑순 아버지는 미친 듯이 이리 뛰고 저리 뛰면서 마른 고목나무를 불길에 던지고 있었다. 그의 모습은 꼭 춤을 추는 것 같았다. 그렇다. 커다란 도깨비가 찬란한 몸뚱이를 번뜩번뜩 하면서 춤을 추는 모습이었다.

"뱀이 갑순이를 칭칭 감고 있대."

어떤 아이가 불길을 가리키며 들뜬 소리로 말했다.

"그래서 저렇게 불을 지르는 거란다."

마루 대들보 위에서 번쩍이던 구렁이가 눈앞에서 꿈틀대었다. 알몸이 된 갑순이를 한입에 잡아먹으려고 커다랗고 무시무시한 아가리를 딱 벌리고 있는 징그러운 모습이 아른아른했고, 뒷개울로 가는 돌서덕 길에서 본 교미 붙은 구렁이의 모습도 어른거렸다.

폐가는 꺼질 줄 모르고 활활 불타고 있었다. 그때 안채에서 커다란 구렁이 한 마리가 기어 나왔다. 우리들은 입을 딱 벌리고 뒤로 물러섰다. 구렁이는 우리 집 서까래보다도 더 굵고 길었다. 누런빛이 번쩍이는 몸뚱이를 끌고 그놈은 기어 나오고 있었다.

"저놈이다."

갑순이 아버지가 소리 지르며 뛰어나갔다. 그는 손에 커다란 몽둥이를 들고 구렁이를 쫓아가서 후려쳤다. 구렁이는 꼬리를 한 번 들썩하더니 돌서덕 틈으로 아주 재빠르게 기어 들어갔다.

불은 잠시 후에 행랑채로 옮겨붙기 시작했다. 갑순이 아버지는 불을 끌 생각도 않고 꼭 미친 사람처럼 이리저리 날뛰었다. 잠자고 있는 도깨비들도 불에 타면서 눈을 부릅뜨고 날뛰었지만 이제는 무섭지도 않았다. 무섭기는커녕 오히려 불쌍해 보였다. 그토록 당당하게 눈깔을 번뜩이면서 별별 오물딱지 재주를 부리며 우리를 놀래 주던 도깨비들도 불에 한참 동안 타고 나면 푸석푸석한 잿더미에 지나지 않는다는 것은 우습기조차 하였다. 갑순 아버지는 불붙은 밤나무와 대추나무의 고목 가지를 들고 꼭 춤을 추듯 덩실덩실 뛰었다. 그럴 때마다 갑순이 엄마는 땅바닥을 손으로 치면서 자꾸자꾸 울었고, 그들이 살던 행랑채 방도 불더미가 되어서 벌떡벌떡 일어서다가는 푹석 주저앉아 버리곤 하였다.

반짝반짝 빛나는 사금이 방바닥에 수북이 쌓여서 불타고 있을 것이다. 불빛이 샛노랗게 휘황해 보일 때 사금은 불타고 있을 것이었다. 우리들은 땀을 흘리며, 불티가 날아와서 머리에 얹혀 지지직하고 머리칼을 태우고 또 태우는 것도 모른 채 그냥 지켜보고 있었다.

그 후 어느 날 갑순이네는 마을을 떠났다. 갑순 아버지가 앞장을 서고 그 뒤를 갑순 엄마가 징징 울면서 따라갔다. 그들은 처음 보았을 때처럼 무서운 도깨비로는 하나도 보이지 않고 딸을 폐가와 함께 잃어버린 불쌍한 사람에 지나지 않았다. 금을 캐는 신비한 사람으로도 보이지 않았다. 그들의 불쌍한 모습을 보고 마을 사람들은 혀를 끌끌 찼다. 이제 갑순이는 이 세상 어디에도 없었다. 더 이상 도깨비들도 없었다. 비가 오는 날 밤에 아무리 눈을 씻고 폐가 쪽을 보아도 도깨비불은 얼씬도 안 했다.

그러나 열 살 된 내 마음 어느 구석에는 갑순이가 숨어 있었다. 살을 맞대고 폐가의 마루 위에서 금을 만들던 갑순이는 아직도 뜨거운 숨결로 땀 냄새를 피우며 내 마음 한구석에 숨어 있었다. 나는 밤마다 무서운 도깨비에 쫓기는 꿈 대신에 갑순이와 금모자를 쓰고 재미있게 노는 꿈을 꾸기도 했다. 꿈을 깨고 나면 나는 언제나 뒤안 장독대에 있는 항아리를 생각하고 그 안에 몰래 숨겨 둔 사금을 꺼내어서 정말로 금모자를 만들겠다고 다짐하곤 했지만, 막상 아침이 되면 물지게를 지고 샘물을 길어오고 쇠여물을 주고 칭얼거리는 동생을 보느라고 바빠서 사금을 꺼낼 엄두를 내지 못했다. 사금을 꺼내는 것이 아깝기도 하고 두렵기도 했다. 나 혼자만 아는 비밀을 번쩍번쩍 빛나는 찬란한 상태에 오래오래 숨겨 두고 싶었고, 이 비밀이 없어지면 나는 심심해져서 아무런 재미도 없이 다른 애들과 똑같이 감자떡이나 입에 물고 물놀이를 하다가 돌서덕 아무데나 올라가서 물똥이나 찍 갈기는 그런 아이가 될까 봐 두려웠다.

　오래오래 이 비밀을 숨겨두고 오싹오싹하고 자지러질 듯한 쾌감을 혼자만 맛보며 살고 싶었다. 그것은 도깨비 꿈을 꾸면서 가위눌리곤 하던 것과는 다른 쾌감이었다. 그러나 가을이 되어 김장철이 되었을 때 뒤안에서 항아리를 손보던 어머니가 나의 이러한 소중한 비밀을 한순간에 못 쓰게 해 버렸다. 나는 그때 저녁 쇠여물을 끓이느라고 가마솥에 불을 지피다가 어머니가 야단치는 소리를 들었던 것이다.

　"누가 이런 장난을 했어? 항아리에다 모래를 넣었느냐 말이다!"

　"어머니. 그건 금이에요! 사금이에요!"

　나는 허겁지겁 달려가서 항아리를 들여다보았다. 어머니는 주먹으로 내 뒤통수를 쥐어박고 항아리를 들어 거꾸로 쏟았다. 하얀 모래가 한 줌 쏟아졌다.

　"이게 사금이니? 이 녀석 하라는 일은 제대로 안 하면서 별꼴이구나."

　나는 항아리 안에서 쏟아진 것을 보고 또 보았다. 그것은 분명히 모래였다. 뒷개울에도 흔하게 있는 모래였다. 햇빛이 쨍쨍 비치는데도 반짝거리지도 않았다. 그 순간 금모자를 쓰고 금날개를 양쪽 겨드랑이에 달고 하늘 높이 훨훨 날아가던 갑순이와 나는 곤두박질하며 땅바닥으로 떨어져 버렸다.

"뭘 우두커니 섰어? 물 길어오지 않고!"

어머니는 또 나를 모질게 쥐어박았다. 나는 물지게를 지고 샘터로 도망치듯 뛰어갔다. 푸른 가을 하늘이 마구 쏟아져 내렸다. 뛰어가면서 나는 하늘을 쳐다보았다. 금빛 날개를 달고 날아가는 갑순이의 모습도 내 모습도 이제는 찾을 수 없었다. 퍼뜩 생각해 보니 갑순이의 얼굴도 이미 생각나지 않았다.

나는 양쪽 물통에 샘물을 꽤 많이 퍼 담아 가지고 지게를 지고 일어섰다. 이제 뒤뚱뒤뚱거리지도 않을 만큼, 나는 도깨비와 사금의 오싹오싹하고 자지러질 듯한 공포와 신비에서 어느덧 벗어나고 있었다. 금모자도 금날개도 다 산산이 부서져서 이제는 더 이상 하늘로 높이높이 날아오를 생각도 할 수 없게 돼 버렸다. 풀섶에서는 배때기가 통통하게 살찐 메뚜기들이 후다닥후다닥 뛰었고 나는 어머니한테 뒤통수를 쥐어박히지 않으려고 물지게를 지고 조심조심 재빠르게 걷기 시작했다.

(한국문학, 1980)

패배선

서양철학과 김복산 교수가 투신자살을 했다는 소식을 처음 들은 것은 부여에 있는 작은 숙사에서였다. 이제 막 하루 일과를 끝내고 돌아와 마당에 있는 펌프물로 시원하게 등목을 하고 있을 때였다. 온종일 흙먼지에 묻혀 있다가 숙사로 돌아와 시원한 펌프물로 등목을 하고 한 잔 술로 피로를 풀며 그날의 성과와 다음날의 계획을 발굴일지에 기록하면 하루 일이 완전히 끝나는 것이었다.

"됐네. 그만하게나."

나는 등에 쏟아지는 물줄기가 너무나 시원해서 헉헉 숨을 몰아쉬면서, 펌프질을 하는 선우 군에게 말했다. 선우 군은 수건을 내 등에 얹어 주었다.

"상쾌하시죠? 이 펌프물에는 천오백 년 전 백제 미녀의 혼이 듬뿍 담겨 있을 테니까요."

나는 일어서면서 선우 군의 말을 듣고 웃었다. 대학원 1년생인 그는 학부 시절부터 발굴대의 일원으로 따라다니며 내 시중을 들어 왔기 때문에 이제 제법 여유도 생기고 발굴현장에서도 이것저것 오밀조밀하게 기록도 도맡아 할 만큼 성장해 있었다.

올 하계 발굴은 부여 일원에 있는 백제 시대의 호관묘를 대상으로 하였다. 일주일 예정으로 시작되어 이제 나흘이 지났으니 앞으로 사흘이면 모든 일정이 끝나게 되어 있었다. 발굴대는 G대학 대학원 사학과를 중심으로 짜여져 있었다. 단장은 대학 박물관장인 손응칠 교수였다. 손 교수는 이조 근세사 전공이었으나 박물관장이기 때문에 그저 명목상 발굴대장이 된 것일 뿐 실제적인 발굴 지휘는 백제사 전공인 내가 맡아야 했다. 손 교수는 첫날 부여까지 와서 하루 묵은 다음에 곧바로 상경해 버리고, 열 명의 대원을 내가 이끌고 작업을 해 왔던 것이다. 대학원을 졸업하고 지금 국립박물관에 있는 졸업생 두 명과 역시 대학원을 마치고 J대학 사학과 전임강사로 있는 허진달 선생을 빼고는 모두 대학원 재학생이었다. 작년 여름방학 때 강원도 영월군의 신라 사지 발굴 때는 학부 학생들도 대원으로 선발했었는데, 섬세한 주의력과 정확한 작업을 생명으로 하는 발굴 작업에 학생들이 익숙하지 못할 뿐만 아니라, 기타나 치면서 그저 캠프 여행을 온 정도로 생각하는 일이 많아서, 올여름에는 대학원 재학생 이상으로만 발굴대를 조직하였던 것이다.

"선생님 선생님, 큰일 났어요!"

수건을 목에 걸치고 펌프에서 돌아서는데 숙희가 마루 끝에 앉아서 라디오를 듣다가 쪼르르 달려왔다. 숙희는 대학원 학생이기는 해도, 군대에 갔다 와서 복학한 남학생들보다 나이도 서너 살 어렸고, 또 모든 행동이 천진해서 이제 막 대학 1학년을 갓 벗어난 여학생처럼 보였다. 그러나 이번 발굴에도 다른 여학생들은 다 빠졌는데 혼자서 따라나설 만큼, 특히 내가 전공하는 백제사 분야에 남다른 흥미를 느끼는 모양이었다.

　"선생님, 김복산 교수님이 자살을 했대요!"

　숙희가 바로 내 턱 밑까지 뛰어와서 외쳤을 때까지도 나는 뼛속까지 시원하게 해 준 펌프물 생각을 하고 있었는지, 김복산…… 자살…… 하는 숙희의 목소리가 분명히 내 귀에 들렸는데도, 그저 멍하니 마루 쪽으로 발길을 옮기고만 있었다. 펌프에서 숙사 마루까지는 불과 스무 걸음 정도의 가까운 거리였는데도, 처음 숙희가 마루 끝에서 일어선 후 뛰어서 나한테로 올 때까지의 시간이 한없이 오래인 것처럼 느껴졌던 것이다. 김 교수의 죽음을 처음 들은 그 순간을 후일에 다시 회상해 보아도 어째서 나에게 그 순간 그러한 이상스러운 현상이 일어났는지 도무지 알 길이 없었다. 나는 마치 슬로비디오 화면 속에서 허우적거리는 운동선수의 모습이 되어 있었다. 김복산…… 자살…… 하는 숙희의 말도 볼륨이 저절로 살아났다 죽었다 하는 상태 속에서 앞뒤 연결이 안 된 채 내 귀에 들려오고 있었다.

"선생님!"

숙희가 내 손을 잡으면서 이렇게 외쳤을 때에야 비로소 나는 정신이 퍼뜩 들었다.

"지금 뭐라고 했지?"

"김복산 교수님이 자살을 했대요!"

"응, 뭐라구? 김 교수가 자살을?"

"네, 네. 지금 뉴스에 나왔어요."

나는 갑자기 뼈의 관절이 장난감처럼 와르르 부서지는 것 같은 절대한 무력감을 온몸으로 느끼며 마루 끝에 털썩 주저앉았다. 대원들이 나를 둘러싸고 저마다 놀랍다는 말을 하기 시작했다.

"병원에서 투신자살을 했대요. 사모님의 임종을 지켜보고 나서, 병원 옥상으로 올라가 뛰어내렸다지 뭐예요."

숙희의 말을 들으며 나는 완전한 혼란에 휩싸였다.

"이런 일이 도대체 있을 수 있는 거예요? 교수님으로서 너무 경솔하신 것 아닙니까!"

허 선생이 혀를 끌끌 차면서 말했다. 그렇다. 그런 일은 도무지 있을 수조차 없는 일이다. 대학교수가 자기 아내가 죽는다고 따라서 죽다니. 그러나 나는 곧 고개를 흔들었다. 김복산. 그에게만은 이런 일이 얼마든지 있을 수 있는 것이다. 아니, 그에게는 오히려 절대 유일무이한 방법인지도 모른다는 생각이 들었다.

"확실하게 들었어? 정말 김복산 교수라고 하던?"

담배를 하나 피워 물면서 대원들을 둘러보았다.

"그럼요. 분명하게 모두들 들었는데요. 병원도 바로 우리 대학 부속병원이랍니다. 그리고 김 교수님 사모님이 중병으로 고생하신다는 말도 벌써 들었거든요."

대원들은 모두 내 얼굴을 유심히 쳐다보았다. 내가 그렇게 느꼈는지는 몰라도, 대원들은 그의 죽음에 관해서 내가 어떤 태도를 취하는지를 몹시 궁금해하고 있을 것이었다.

"선생님, 어떡하실 겁니까?"

선우 군이 걱정스러운 얼굴을 하면서 나를 쳐다보았다.

"어떻게 하긴, 뭘 어떻게 하나."

나는 겨우 이렇게 대꾸한 채 방으로 들어갔다. 갑자기 피로가 한꺼번에 몰려왔다. 나는 창틀에 몸을 기댄 채 밖을 내다보았다. 하늘엔 낙조가 곱게 물들어 있었다. 멀리 부소산의 푸른 숲 위에도 잿빛 어둠이 내려 덮이고 그 위로 둥지를 찾아가는 이름 모를 산새들이 점점이 움직여 갔다.

마침내 김복산은 일을 저지르고야 만 것이다……. 그의 죽음을 내가 막연하게나마 예기하고 있은 지는 벌써 지난 1학기부터였다. 그러나 막상 그가 죽었다는 소식에 접하자 나는 마치 줄다리기를 하다가 상대방이 줄을 손에서 놓아 버렸을 때처럼 엉덩방아를 찧고 뒤로 자빠진 꼴이 되었다는 사실에 절망하였다. 상대방이 줄을 놓아 버렸을 때는 그것은 이미 승리나 패배의 차원이 아닌 다른 것, 그것은 이미 게임도 될 수 없는 것이 아닌가. 그리고 김복산과 나의 게임은 언제나 줄다리기의 중앙에 그어 있는 금, 즉 패배선 직전까지 내가 끌려가고 있어서, 그가 조금만 더 힘을 내어 줄을 당긴다면 내가 완전히 패배하게 되는 그런 아슬아슬한 위기에 처해 있었기 때문에, 그가 줄을 순식간에 놓아 버려서 내가 엉덩방아를 찧으며 엉겹결에 줄을 당겼다고 해서 결코 승리가 될 수 없는 것이었다. 다시 줄을 붙잡아라, 다시 붙잡아! 나는 소리치고 싶었다.

김 교수와 나는 G대학에 부임하면서부터, 그러니까 벌써 6년 전부터 가까이 지내는 동료였다. 가까이 지내는 정도가 아니라 그에게서 항상 어떤 자력을 느꼈다고 해야 옳았다. 처음 부임할 때 꼭 같이 서른네 살이었는데, 그로부터 마흔 살이 된 지금까지 6년 동안을 그는 내 옆에서 나는 그 옆에서 지내 왔다.

처음 부임할 때부터 그와 나는 아주 대조적이었다. 서양철학을 전공한 그는 외모에서부터 서양적인 것이 듬뿍 풍겼다. 독일 유학 생활을 하는 동안, 서양의 생활 습성이 알게 모르게 몸에 밴 탓도 있겠지만 말이나 행동이 어떤 때는 서양인으로 착각될 만큼 멋있게 보였다. 부임할 때부터 콧수염을 기르고 항상 파이프 담배를 피우는 그에 비하면, 나는 모든 게 완벽하게 토종 그대로였다. 한국사 전공인 나에게 외국 유학을 할 기회가 오지도 않았지만 설사 외국에 나갈 기회가 있었다고 해도 아마 스스로 안 나가야 할 정도로 가정환경부터가 그야말로 한국적이었다.

　이렇게 이야기하는 것은 좋게 평범하게 말할 때에 해당되는 것이고, 사실 젊었을 때는 나의 이러한 여러 가지 조건이 짜증스러워서 얼마나 절망을 느꼈는지 모른다. 홀어머니를 모시고 또 아래로 동생을 공부시키면서도 대학 강단에 선다는 것은 이만저만한 고통이 아니었다. 나 혼자만의 공부를 위해서 외국 유학을 갈 만큼의 여유가 도저히 있을 수조차 없었다.

　야간중학에서 교편을 잡으면서 석사과정과 박사과정을 끝내야만 했고, 내 아내도 결혼 직후부터 직장에 나가면서 시어머니를 모시고 시동생 학비를 대고 또 남편의 뒷바라지를 해내며 고생을 해 왔던 것이다. 부유한 가정에 태어나서 마음 놓고 공부를 할 수 있던 김 교수에 비하면 나는 그야말로 보잘것없는 처지에 불과했지만, 용케도 모교 은사들이 나의 꾸준한 노력을 인정하여 전임으로 채용이 되자, 나는 비로소 내가 그동안 걸어온 길을 돌아보면서 한숨을 내쉬었다.

　정식 발령을 받기 전에 총장의 면담이 있던 날 아침, 내가 아내의 손을 잡으면서 속으로 울기조차 했던 것은 아마 이러한 나의 고생스러웠던 과거가 한꺼번에 확대되어 온 까닭도 있겠지만, 누구에게인지는 몰라도 문득 말할 수 없는 고마움을 느꼈기 때문이었다. 그저 무턱대고 고마웠다. 하느님인지 어머니인지 아내인지 누군지는 몰라도, 그렇게 바라던 모교의 전임이 됐다는 것은, 나의 힘이 아니라 보이지 않는 은총이라 믿었고,

나는 거기에 무수히 감사해야 한다고 믿었다. 그날 아침 나는 5년 전 결혼식 때 입었던 양복을 입고 총장실로 갔는데, 사실 그때 나에게는 양복이 그것 한 벌밖에는 없었다.

이런 나에 비하여 김 교수는 총장을 면담할 때부터 나와는 대조적이었다. 네, 열심히 하겠습니다. 나는 이렇게 말했지만, 그는 그렇지가 않았다. 옆에서 보는 이가 민망할 정도로 그는 총장 앞에서도 아주 당당하게 파이프 담배를 피웠다. 그러한 그의 태도에는 오만불손함이 보이는 게 아니라 그저 깨끗하고 당당한 자세가 보일 뿐이었고, 대학의 다른 교수들에게도 처음에는 의아하게 그러나 나중에는 부럽게 인식되어 갔다.

"유만규 선생, 안녕하십니까? 유 선생의 『백제사 접근 방법』은 잘 읽었습니다."

부임하고 나서 첫 학기 초의 어느 날, 캠퍼스에서 우연히 만난 김 교수는 이렇게 말하며 손을 내밀었다. 얼떨결에 그의 손을 잡으면서 나는 상당히 충격을 받았다. 어느결에 내 논문을 읽어 봤다는 말인가. 같이 부임하기는 했어도 학과도 다르고 또 나와는 너무 성분의 차가 심해서 나는 묘한 열등감과 대립감을 지닌 채 그와 이야기를 나누는 것을 꺼려 왔는데 그가 먼저 내 논문을 읽고 정식으로 인사까지 청하다니, 나의 옹졸함이 그대로 활짝 벗겨지는 것 같아서 부끄러웠다.

"유 선생 견해에 저도 찬성입니다. 지금까지의 삼국사 연구는 너무 신라 중심이었어요. 마치 백제는 망하기 위해서 있었던 국가처럼 부정적인 측면에서 망국사로 그릇 이해해 왔지요. 아마도 백제가 가장 뛰어난 국가였는지도 모릅니다. 고구려는 대륙에 연해 있어서 야성적인 특징은 있으나 문화가 부족하지만, 백제는 문무 양자가 겸비된 국가였으니까요."

"김 선생의 한국사 이해가 굉장하군요. 대학도 독일에서 나오셨다지요?"

그와 나는 벤치에 앉으면서 이런 말을 주고받았다.

"부끄러워요. 제 아버지가 큰 회사를 경영하신 분인데, 좀 허영을 좋아하시죠. 그래서 저를 고등학교 졸업하자마자 독일 유학을 보냈어요. 사실 이런 것은 몽땅 불법 아닙니까? 병역도 어떻게 된 셈인지 자동적으로 면제가 돼 있더군요. 세상 참 우습지요?"

"뭐 그런 수도 있겠지요. 그 대신 김 선생은 공부를 많이 하셨으니 이제 국가를 위하여 큰일을 하시게 될 겁니다. 전공은 어느 쪽입니까?"

"하이데거입니다. 그저 그 사람을 좀 이해한다고나 할까. 독일에서 십 년 이상을 보냈지만 순 엉터리입니다. 앞으로 유 선생이 잘 지도해 주셔야겠어요."

"원 무슨 말씀을……."

그로부터 그와 나는 서로의 연구실을 자주 찾으면서 친해져 갔다. 이질적인 두 사람이 어떻게 가까와질 수 있을까 하는 눈초리로 다른 교수들이 보았지만, 김 교수는 사귈수록 강렬한

240

자력을 가지고 나를 끌었다. 한 해 두 해가 지나자, 그는 이제 나의 백제사 연구의 중요한 이해자가 되었고, 또 어떤 때는 맹렬한 비판자가 되기도 했지만, 나는 그의 학문에 대해서는 그저 듣고만 있을 뿐 무슨 견해를 표명할 처지가 못 되었다. 그도 또한 자기의 학문을 내 앞에서 이야기하지도 않으려고 했는데, 그는 전공 학문인 서양철학에 대해서는 흥미가 차츰 없어지는 것 같이 보이기도 했다.

전공 학문에 대한 탐구가 다 끝나서일까, 그는 차츰 철학보다는 인간과 세계 등 더욱 광범위한 문제에 대하여 관심을 기울여 나가기 시작했다. 철학이 모든 학문의 시초요, 궁극이라는 기본 입장을 철저히 신봉하는 것같이도 보였다.

언젠가 내가 그의 이와 같은 입장에 대해서 말하자 그는 껄껄 웃으면서 내 어깨를 쳤다.

"유 선생 말이 맞아. 철학을 버리려는 게 아니라 나의 철학을 찾기 위해서야. 나의 미래, 나의 세계를 찾기 위해서인데, 그게 잘 안 돼. 하이데거를 딸딸 왼다고 그게 철학이 되는 것은 아니야. 앵무새에 불과해."

그와 나는 정반대였다. 나는 한국사, 백제사, 백제 고분사 등으로 범위를 자꾸 좁혀 가고 있었는데 그는 보다 광활하고 불확실한 세계로 자기를 던지고 있었다.

"무엇을 논한다는 독일어가 erörtern이야. 이 말의 뜻이 재미있지. 하이데거 말씀인데 말야."

우리는 어느새 존대어를 집어치우고 오랜 죽마고우처럼 말하고 있었다. 나는 늘 그의 말이 재미있어서 귀담아듣기를 좋아했다.

"그 말은 어떤 장소(ort)로 안내한다는 뜻이야. 전철 er와 어미 ern을 떼면 ort가 되니까, 이것이 장소와 상통한다고 본 거야. 그런데 장소라는 명칭은 근원적으로 창끝을 의미해. 이 끝에서 모든 것이 집결되거든. 장소는 자신을 최고의 것 극단의 것으로 모으는 거야. 말하자면 집결이 이루어지는 건데, 이 집결이 모든 것 모든 곳에 존재하게 되는 거야. 폐쇄적인 주머니 속에 집결이 간직되는 것은 아니야. 이것이 다시 그것 자신의 본질 가운데로 해방하는 방식을 취하는 건데, 나의 경우는 바로 이 해방이 잘 되지 않는 거야. 나하고 나의 학문이 서로 융화 투사되어야 하는데 그게 안 되는 거야."

"나의 경우는 아직 창끝의 집결도 안 된 셈이구만."

나는 자조적으로 이렇게 말했다.

"아니야. 유 선생의 경우는 다르지. 집결 그 자체가 바로 해방과 통하는 경우야. 가장 행복한 경우지. 하이데거가 트라클의 시 언어를 논하면서 한 말인데, 한 시인의 유일한 시는 말해질 수 없는 채로 머문다는 거야. 시의 이데아 같은 걸 말하고 있는 셈이지. 집결과 해방 또는 투사가 일치될 수만 있다면 얼마나 좋겠어. 그런데 유 선생이 찾아다니는 백제의 고분은, 잘은 모르지만 폐쇄적인 집결이 무한 해방과 통하여 스스로 이

242

데아가 되는 유일한 경우인 것처럼 생각되는군. 그래서 나는 유 선생이 미치도록 부럽지. 집결이 해방과 일치될 수 있는 가능성이란 생각만 해도 황홀하지 않은가.”

“고분이나 쫓아다니면서 무슨 논문거리가 있나 없나 살펴보고 이름 없이 살다 간 백제 평민들의 장례 양식이나 끄적대는 게 무슨 놈의 행복은 행복인가? 김 선생이 궤변을 하는구먼.”

“신라의 왕릉은 아무 의미도 없어. 군림하고 통치하면서 강제적으로 해방의 허위적 미학을 날조했을 뿐이야. 그런데 유 선생이 연구하는 백제의 고분은 그렇지가 않아. 비록 이름 없는 사람들의 보잘것없는 무덤이라고 해도 그것이 바로 우리 민족사의 근간이 되는 정신이 아닌가.”

그날 저녁 나는 숙사에서 거의 뜬눈으로 밤을 새웠다. 고분 발굴을 허 선생에게 맡기고 이튿날 아침에 바로 상경해야 한다는 생각과 그럴 필요가 없다는 생각이 엇갈렸다. 김 교수와 평소에 나눈 대화가 생생하게 귓전에서 살아 움직였고, 무엇보다도 이제 그가 없는 이 세상이 너무 적막하다는 생각이 들었다. 대학교수가 아내를 따라서 자살하는 것이 경솔하다구? 나는 대원들의 목소리를 떠올리며 고개를 흔들었다. 그게 바로 김복산의 핵심인지도 모른다……. 창밖에서 빗소리가 후둑거렸다. 비가 많이 오지 말아야 할 텐데. 나는 벌떡 일어나서 창밖으로 손을 내어밀고 빗물을 받았다. 지나가는 소낙비일까. 빗방울은 굵어도 많이 쏟아지는 것은 아니었다. 그날 발굴했던

B지점에서는 또 다른 호관이 나올 가능성이 충분히 있었다. 부여 일원에서 호관묘가 발굴된 것은 벌써 오래전의 일이었다. 요즘에 와서는 선사시대나 백제 시대의 옹관묘와는 더욱 뚜렷이 구분되는 호관묘가 발굴되는 일이 많았다. 오늘 낮에 발굴한 호관묘에는 의외로 유물이 많이 나와서 발굴대원들이 환성을 질렀다. 동심금박의 이식 한 쌍과 두 개의 구슬, 그리고 이빨 스무 개가 발견되었는데 귀고리는 비록 부식이 심하기는 해도 환이 아주 가늘고 섬세하였고 1.5cm의 경에 중간장식으로 작은 고리가 네 개 연결되어, 그 끝에는 심엽형의 아름다운 장식이 달려 있었다. 이빨은 상당히 커서 성인 여자의 것으로 보였다.

이번 발굴이 끝난 다음 자료를 수집하면 나는 백제 고분 연구의 마지막 장을 집필할 수 있게 된다. 우선 그동안 진전돼 온 고분 연구를 묶어서 단행본으로 출간할 예정이었다. 아직 정설로 굳어진 것은 아니나, 호관묘의 생성 연대와 그 과정은 대략 옹관묘가 변형되어 온 금강 유역의 독특한 형식으로 발전되어 왔고 묘의 부장품이나 또 옹관묘와의 관계로 미루어 보면 그 연대는 7세기를 전후한 시기로 판단할 수 있을 것이었다.

호관묘는 또한 백제의 마지막 고유형식이었다는 데 특별한 의의가 있었다. 호관묘에 대해서 내가 갖는 애착도 바로 이 때문이었다. 부여 지방에 유입되어 정착한 무문토기식 옹관묘가 6세기 중엽에 소멸하고 난 뒤에 이를 계승하여 약 1세기 동안

발전하다가 7세기 중엽에 이르러서는 호관묘의 수효가 감소하다가 백제가 망한 다음에는 신라의 토기 양식으로 역류하고 있는데 이는 때마침 성행한 불교의 화장분묘에 흡수되고 만 것으로 추정된다. 호관의 병 모양, 즉 항아리 모양은 대개 몸통의 견부가 옆으로 퍼지고 미부가 약간 길어서 장란형처럼 보이는 구형신으로 구연부가 나팔형으로 발달되어 있다. 주둥이가 좁아서 아무리 유아라 해도 직접 시체를 넣을 수는 없어서 2차장의 형식이다. 화장을 한 다음에 취골하였거나 또는 육탈 후에 취골하여 안장하였을 것이다.

고분 발굴에서 늘 경험하는 흥분과 전율은 천몇백 년 전의 인간과 내가 대면한다는 숙연함에서 오는 것이었다. 한 줌의 뼈로 작은 항아리에 담겨서 지내던 그들은 내 앞에서 다시 살아나곤 하는 것이어서, 고분을 발굴한 날 저녁이면 꿈에는 반드시 백제인들이 나타났다.

"접신의 단계에 도달했네그려."

김복산 교수는 내가 꿈 이야기를 할 때면 이렇게 말했지만 아마도 정말 나는 이름 모를 백제인들과 서로 영혼이 통하고 있는지도 모를 일이었다. 힘없이 살다간 이름 없는 그들의 귀신이 내 정신에 깊숙이 닻을 내리고 있는지도 모를 일이었다.

김 교수의 생에 대한 좌절과 방황이 눈에 띄게 나타난 것은 지난 1학기 초부터였다. 그때 대학가는 한창 자율화 바람이 불고 있었다. 학생들은 거의 매일 대규모 집회를 열어서 처음에는 학교 문제를 공박하면서 학생활동의 자유를 요구하였고, 나중에는 격렬한 구호를 외치며 정치, 경제, 사회 등 각 분야의 문제점에 관하여 토론하고 개선점을 주장하기도 하였다. 어찌나 빠른 템포로 전개되어 가는지, 교수들은 도무지 앞뒤를 종잡을 수도 없게 되었다.

학생들이 내세우는 학내 문제는 재단이나 총장의 임면에 관한 사항과 커리큘럼에 대한 것도 포함되어 있었다. 무능, 무성의 교수 축출은 물론이려니와 교무위원회에 학생대표도 참석해야 한다고까지 했다. 대학 설립자인 Q선생의 동상을 헐어버리자는 주장도 나왔다. 오전 1, 2교시 강의만 겨우 될 뿐 온종일 휴강 상태였다. 대형 스피커까지 장치해 놓고 학생들은 집회를 열어서 서로 자유토론을 해댔으니 캠퍼스는 선거유세장 같기도 했고, 또 중간중간 노래를 부를 때는 야외극장 같기도 하여서, 교수들이 책을 볼 수도 없었다. 아마 그때처럼 학생들이 교수의 문제를 직접 들고나와서 모독적 언사로 질타한 경우는 없었을 것이다.

자연히 교수들도 학생들의 움직임에 무감각할 수가 없게 되었다. 다른 대학에서는 몇 명의 교수가 학생운동에 밀려 사표를 썼다는 풍문이 나돌았다. G대학은 그러한 사태에까지는 이르지 않았지만 조만간 학생 운동은 그 폭이 더 넓어지고 쟁점도 더 강해지리라는 게 그때의 일반적인 추측이었다.

교수들은 학생들의 이러한 적극적인 자율화 운동에 대해서 처음에는 당황하였고 나중에는 학생들의 입장에다가 자기의 입장을 억지로라도 일치시키려고 애를 썼다. 그래야만 이 와중에서 살아남을 것같이 모두들 느꼈다. 그러나 김 교수는 예상외로 아주 다른 입장에 서 있었다.

"대학이 무질서해진다는 사실은 큰 불행의 씨앗이 될 거야. 총장을 선거로 뽑는다구? 어림없는 일이지. 국민학교 다닐 때 반장도 제 손으로 선거해 보지 못한 놈들이 무슨 잠꼬대 같은 소리야."

김 교수의 이러한 말은 다분히 자조적이었다.

그의 아내가 자궁암 진단을 받은 것이 바로 이 무렵이었다. 나는 그의 집에도 자주 드나들었기 때문에 그의 아내를 누구보다도 잘 알았다. 서독 유학 시절에 만나 결혼을 했는데 원래 부인은 음악을 전공하다가 결혼 후에는 공부를 그만두었다고 했다. 외국 유학까지 한 여자답지 않게 어떻게 보면 촌스러울 정도로 순박해 보였다.

여덟 살짜리 아들과 네 살 난 딸을 키우다가 부인은 갑자기 사형선고와 다름없는 암에 걸리게 된 것이었다. 김 교수는 병명을 숨기려고 하지 않았다. 부인에게도 바로 알려 주었노라면서 쓸쓸한 표정을 지었다.

"자궁암 정도는 수술하면 완쾌되지 않을까?"

내가 이런 말을 하자 김 교수는 머리를 저었다.

"늦었대. 암세포가 다른 부위에까지 다 퍼졌다는 거야. 6개

월 정도밖에는 살 수가 없대."

"그래. 어떡할 참인가."

"죽는 날이나 기다려야지."

나는 그날 저녁 술집에서 그와 함께 만취하도록 술을 마셨다. 인생이 허무하게 느껴졌다. 그가 오히려 웃으면서 술을 마셨으니 망정이지 나는 자꾸 비감한 생각이 들어서 가슴이 아파 왔다.

"나는 요즘 심각한 문제에 부딪혀 있어."

"너무 상심하지 말게나. 사람 목숨은 하늘에 있다는데 어쩔 것인가."

내가 위로하면서 술을 권하자 그는 자세를 바로 하면서 나를 똑바로 건너다보았다.

"내 아내의 죽음 때문이 아니야. 내 아내가 죽고 살고의 문제는 심각할 것이 없어. 그게 아니고, 요즘 우리들에 관해서야. 너무 무력하고 또 너무 위선적이라는 점 때문에 심각한 고민을 하는 거야. 도대체 뭔가. 그저 쥐 죽은 듯하고 지내더니, 이제 새 시대가 되어 문교부에서 자율화 방침을 굳히니까, 그제서야 너도 나도 자유의 투사처럼 대학의 자유를 부르짖으니, 이게 어디 지식인의 할 짓인가 말야. 나는 아주 실망했어."

"이 사람 이상한 소리를 하는구만. 당신 부인이 죽을병에 걸린 마당에 엉뚱하게 지식인 논쟁은 왜 하는 거야."

나는 그가 못마땅했다. 그러나 그는 그 후로도 자기 부인의 병에 대해서는 말하지 않았다. 아주 체념을 했다고 했다. 이미 부인도 다가올 죽음을 평정한 마음으로 기다리면서 하나하나 임종에 대한 준비를 한다는 것이었다. 친척들과 학교 동창생들에게도 모두 돌아가며 문안편지를 띄우고 심지어는 몇십 년째 소식을 모르는 국민학교·중학교 때의 담임선생 주소를 수소문하여 편지와 작은 선물을 보낸다는 것이었다. 어린 남매에게도 온갖 정성을 다 쏟아 마지막의 애정을 극진하게 표한다는 것이었다.

"아내는 지금 나에게 죽음을 가르치는 선생님이야. 평소에는 그렇게 연약하게 보이더니, 임종을 앞두고 점점 거인이 돼가는 기분이군."

김복산은 얼굴에 미소까지 띠며 이런 말도 하는 것이었다.

"평범한 주부도 죽음을 가르치는 선생이 되는데, 나는 뭔가 말이야. 대학교수가 하수인 노릇이나 하는 것 아닌가. 대학교수의 양심은 곧 그 나라 그 민족의 양심이 된다는 사실을 모른단 말이야. 지식인이 기회주의적인 사고에만 능숙하다니."

김 교수는 그 후에도 나를 만날 때마다 같은 입장을 표시하곤 하였다. 학생운동의 물결은 그 무렵부터는 완전히 탁류처럼 흐르고 있었고, 대학의 기능은 뿌리째 흔들리고 있었다.

김복산 교수의 장례식에 가지 않기로 작정을 한 것은 다음날 새벽잠에서 깨어서였다. 평소의 친분으로 보아서는 반드시 그들 부부의 죽음의 현장에 내가 제일 먼저 달려가야만 하겠지만, 나는 분노 비슷한 감정 때문에 그런 결심을 한 것이다. 나는 그가 내 옆에 오래오래 살아 있으면서 나 같은 용기 없고 기회주의적인 교수를 비웃어 주기를 간절히 바라고 있었다. 그러나 나는 뒤로 나자빠져서 엉덩방아를 찧는 꼴이 된 것이다. 분한 생각이 들었다. 나는 그에게 패배하고 싶었다. 그러나 그는 나에게 패배할 기회를 주지 않고 죽어 버린 것이었다. 평생 지속되는 그와의 우정을 나는 간절히 바라고 있었던 것이다. 그리고 언젠가는 나도 그와 같이 강력한 힘으로 줄을 당겨낼 수도 있으리라는 것을 바라고 있었다.

나의 백제 고분 연구는 사실상 이제 자료수집의 단계였고, 그것을 확산시켜서 우리 민족사 전체로 투사할 수 있는 날까지 그가 내 곁에 있어 주기를 간절히 바랐던 것이다. 나는 그의 죽음의 현장에 가서까지 이러한 분한 생각을 되씹고 싶지 않았다.

그러나 나의 이러한 결심은 곧 뒤바뀌어졌다. 아침 일찍 서울에서 전화가 온 것이다. 박물관장 손 교수가 부여 숙사로 장거리 전화를 했던 것이다. 김 교수의 자살을 알리고 나서 그는 말했다.

"유 교수가 급히 상경해야 되겠소. 유 교수가 없으면 김복산 교수의 장례식도 못 치를 판이오."

"그게 무슨 말입니까?"

나는 손 교수의 말을 이해할 수 없었다.

250

"유 교수 앞으로 유서를 남겼소."

나는 전화를 끊고 가슴이 뛰기 시작했다. 아직 게임은 끝나지 않았다. 김복산이가 아직도 강력한 힘으로 팽팽하게 줄을 당기고 있는 것이다. 좀 더 세게 힘차게 줄을 당겨라, 당겨라 ……. 나는 이제 막 세면을 끝내고 마당에서 체조를 하고 있는 대원들 앞으로 가서 말했다.

"김 교수 장례식에 다녀와야 되겠네. 발굴 작업은 허 선생 지휘 아래 그대로 계속해. B지점 발굴이 끝나면 C지점은 시작하지 말고 나를 기다리게."

나는 아침 식사를 간단히 끝내고 곧바로 직행버스를 타고 서울로 올라갔다.

G대학은 회색빛으로 침울한 모습을 하고 있었다. 날이 흐려서이기도 하겠으나 석조건물은 유난히 우중충해 보였고 벽을 뒤덮은 담쟁이덩굴도 모두 풀이 죽어 있었다. 교수 휴게실도 바다 밑처럼 가라앉아 있었다. 내가 들어가자 거기 모여 있던 교수들이 하던 이야기를 뚝 끊고 나를 주시하였다.

"도대체 어떻게 된 영문이죠? 김복산 교수가 자살을 하다니. 유 교수는 뭐 짚이는 구석이라도 있소?"

"저도 통 모르겠습니다."

"김복산이가 그렇게 애처가였던가. 흐, 흐."

정년을 코앞에 둔 노교수 한 분이 느릿느릿한 어조로 말했다. 나는 흡사 김 교수의 자살에 대한 공범자 같은 생각이 들어서 견딜 수 없었다. 박물관장 손 교수가 들어와서 견딜 수 없는 나를 밖으로 데리고 나갔다.

"빈소는 어딥니까?"

"병원 영안실에 있지요. 참혹해서 눈 뜨고는 못 보겠더군요. 졸지에 에미애비를 잃은 어린 것들도 그렇고, 사회의 여론도 아주 좋지 않아요. 명문대학의 교수가 그렇게 경솔할 수 있느냐는 거예요. 그런 교수 밑에 자식을 맡겨 놓을 수 있겠느냐는 거예요."

손 교수는 병원으로 가는 자동차 안에서 이렇게 말했다.

"한 가닥 기대가 남았을 뿐이오."

"기대라니요?"

"김복산 교수의 죽음에 대한 비난을 가라앉힐 수 있는 기대 말이오."

"그게 뭡니까?"

"바로 유 교수 앞으로 써놓은 유서입니다. 그 유서 속에 학교 체면도 살리고 또 죽은 사람 자신의 입장도 해명되어 있으면 하는 기대 말이오."

그의 죽음에 대한 비난을 가라앉게 하고 싶은 마음은 누구나 마찬가지일 것이었다. 특히 대학 당국에서는 김 교수의 자살사건이 몰고 올지도 모르는 사회의 나쁜 여론에 휘말리지 않아야 된다는 절박한 생각을 하고 있음이 분명하였다. 대학교수라고 하면 이 땅의 지도자적인 자질을 충분히 갖춘 사람으로, 삶을 살아가는 방법은 물론이려니와 심지어는 죽는 방법에서조차도 일반 사회인의 규범이 돼야 할 것이었다. 자기의 생명을 버리되 떳떳하고 장하게, 역사 앞에서 한 점 부끄러움이 없도록 해야 할 것이었다.

그런데 김복산 교수는 아내가 죽자 따라서 투신자살을 하고 말았으니 부끄럽고 졸렬하게 스스로의 삶을 마감한 것이다. 서울로 오는 버스 속에서도 내 옆자리의 승객들이 김 교수의 자살을 보도한 조간신문을 보면서 말하는 것을 들었다. 도대체 교수라는 작자가 이럴 수가 있느냐. 정신이상이 된 게 아니냐는 것이었다. 부부싸움 끝에 서로 석유를 끼얹고 분신자살을 했거나 사회의 낙오자가 비관자살을 했거나 하는 기사를 대했을 때와는 전혀 다른 각도에서 그들은 김 교수의 죽음을 비난했던 것이다. 다른 사람이라면 몰라도, 적어도 대학교수만은 사사로운 죽음을 택할 수 없고 오직 정의나 진리만을 위하여 순교하듯 죽어야 한다는 일반인들의 통념이 우리 사회에는 팽배해 있다는 것을 느낄 수 있었다.

"유서에 뭐가 씌어 있을까요?"

병원에 도착하여 손 교수에게 묻자 그는 내 어깨를 툭 쳤다.

"유 교수가 모르면 누가 알겠소? 짐작 가는 것도 없소?"

"글쎄요. 기대감을 충족시켜 줄 만한 것이 나올 것 같지 않습니다. 김 교수가 사회의 비난 같은 데 신경을 쓸 리가 있습니까? 자살하는 사람이 그런 것을 생각할 수 있겠습니까?"

손 교수와 나는 병원 뒤쪽에 자리 잡은 영안실로 들어갔다. 향불 피우는 냄새와 주검의 특이한 냄새, 그리고 슬픔과 절망의 냄새가 뒤섞여 풍겨 왔고, 무덥고 흐린 햇빛이 농밀하게 영안실 입구에 가득 차 있었다.

얼굴을 아는 학생이 몇 나와서 인사를 했다. 서양철학과의 교수들도 침통하고 지친 표정으로 나와 악수를 나누었다. 김 교수의 가족은 한 사람도 눈에 띄지 않았다.

"자, 여기 유서가 있습니다."

서양철학과 교수가 내 앞으로 흰 봉투를 내밀었다. 그것을 받으며 눈물이 핑 돌았으나 곧 냉정한 마음이 되었다. 나는 봉투를 뜯으면서 말했다.

"유족들은 아무도 안 왔습니까?"

"아버님은 미국에 여행 중이고, 형이 하나 있는데 아침 일찍 나갔습니다. 장례 준비 때문에 바쁘겠지요."

나는 봉투를 뜯었다. 그 순간 나는 내 전신을 팽팽히 끌어당기는 강력한 힘을 의식하면서 전율하고 있었다. 당겨라, 좀 더 힘껏 당겨라! 나는 전율하면서 속으로 외치고 있었다.

"아이들은 외가에서 데려갔나 봐요. 김 교수의 처남이라는 사람이 와서 한바탕 소란을 피우고 갔습니다. 마누라 따라서 자살하는 놈은 사람일 수도 없다는 거예요. 가족한테서도 욕을 먹는 죽음을 택하다니……."

"누가 아니랍니까? 도대체 그렇게 논리적이고 냉철한 사람이 이런 식으로 죽어 버리다니 무슨 꼴이오?"

그들은 내가 봉투를 다 뜯고 그 안에 든 유서를 꺼내는 동안에 이렇게들 말하고 있었다.

유서 속에서 김복산 교수는 평소와 다름없는 어조로 담담하게 말하며 웃고 있었다. 나는 그것을 읽으면서 더 심한 전율을 느꼈다. 줄다리기였다. 패배선 직전까지 아슬아슬하게 끌려가면서도 평소와 다름없이 나도 온 힘을 다해서 뒤로 뻐팅기면서 그의 유서를 읽어 나갔다.

죽음을 위대하게 하는 것은 위선에 불과한 것이네. 어떤 사람들은 죽음만은 위대한 빛깔로 채색하려는 몽상에 잠겨 있다는 것을 나는 잘 알고 있네. 마지막의 찬란한 채색을 위하여 침묵하고 있지. 그러나 그것은 모두 자기변명일세. 죽어서 동상이 서고 전기가 출판된다? 장례식에서 조사와 추도사가 줄을 잇는다? 은사가 죽었다고 제자들이 구름같이 몰려와서 통곡을 하고 미담만을 간추려서 고인을 위인으로 조작한다? 아니야! 그럴 수 없네!

나는 여기까지 유서를 읽으면서, 아니 그의 목소리를 들으면서 고개를 마구 저었다.

"아니네, 그건 잘못 생각한 거야. 우선 살아 있다는 것이 중요한 일이야."

자꾸 이렇게 말하면 그가 다시 살아나기라도 하는 것처럼 나는 절박한 심정으로 말하고 있었다.

"해방과 투사는 우선 살아 있는 자들이 할 수 있는 것 아닌가?"

무엇을 논할 수 없을 때는 이미 장소는 무의미한 거네. 한 시인의 유일한 시는 말해질 수 없는 채로 머문다는 말 생각 안 나는가? 집결할 수 있는 창의 끝, 즉 장소가 없는 시대에 어떻게 확산과 해방을 이룰 수 있는가? 나를 불태워서 아무 흔적도 없이 없애 주기 바라네. 완전무결하게 없애야 하네. 하지만 내 아내는 아주 훌륭했네. 무덤을 남길 만한 인물이야. 그러나 나는 아무것도 티끌만큼도 남길 게 없네. 이 유서를 남기는 것은 그래야만 내가 완전히 없어질 수 있어서네.

유서는 거기서 끝나 있었다. 나는 그것을 다른 교수들에게 보였다. 무거운 침묵이 우리를 내려눌렀다. 잠시 후에 그의 형과 처남이 왔다. 모두들 김 교수가 내 앞으로 남긴 유서를 보고는 똑같이 무거운 침묵 속으로 빠져서 헤어날 생각을 못 했다.

흔적 없이 전무의 상태로 소멸시켜 달라는 김 교수의 목소리가 자꾸만 내 귓속으로 파고들어 왔다. 그는 우리들의 어떤 고뇌를 혼자서 부둥켜안고 죽어 간 것인가. 그에게는 현실의 모든 의미가 전혀 무의미가 되는 극점의 황홀감이 도래했을 것인가. 단순한 염세주의가 아니라, 보다 큰 어떤 것, 우리가 평소에 스쳐 지나가고 또 그러는 것이 습관화된 정체를 어떤 식으로 파악한 것인가. 혼자서 치욕적으로 죽음을 택하여 자신을 보잘것없는 존재로 만드는 행위는 어떤 뜻이 있는 것인가. 그러나 나는, 향불을 피워 놓은 그 뒤편에 만신창이가 된 시신으로 잠든 김복산을 향하여 자꾸만 고개를 가로저을 수밖에는 다른 도리가 없었다. 아무런 의미도 바라지 않은 그의 죽음 앞에서 무슨 의미를 캐내려고 하는 나 자신이 역겨워지기 시작했다.

그날 오후 나는 유족들과 의논하여 김 교수의 관을 화장장으로 옮겼다. 한 줌의 재로 변하는 데는 오랜 시간이 걸리지 않았다. 흔적조차 남기지 말라는 그의 유언을 아무도 반대하지 않았다.

나는 유족들에게 말했다.

"고인의 뜻대로 유골은 제게 맡겨 주십시오."

"어쩔 작정입니까? 유언이 아무리 그렇더라도 절에다가라도 봉안을 하든지 해야만 될 텐데요."

그의 형이 말했다. 그의 처남과 또 다른 유족이 말했다.

"쓸데없는 짓이오. 김복산이는 이 세상에 없던 걸로 하고 그만 갑시다. 아이들 엄마 장례도 지내야 하겠고 이런 문제로 시간을 낭비할 것이 못 되오."

"그렇소이다. 허, 허, 이 세상에 없던 사람으로 생각합시다
……."

이렇게 말하며 그들은 돌아가고 나만 남았다. 조그만 유골함에 든 김 교수는 이제 아무런 말도 없었다. 줄을 더 잡아당겨라, 더 힘껏 당겨라! 내가 아무리 외쳐도 대꾸가 없었다.

나는 골목길을 나오다가 아무 무늬도 없는 작은 백자 항아리하나를 샀다. 그리고 그길로 부여로 내려갔다. 김 교수의 유골을 항아리에 담아 땅속 깊이 묻어 버릴 작정이었다. 부여에 도착할 때는 이미 날이 저물고 있었다. 나는 급히 발굴현장으로 갔다. 대원들은 모두 숙소로 돌아가고 없었다. 현장에는 작은 텐트만이 빈 채로 서 있고 각 발굴 지점을 표시해 놓느라고 꽂아 둔 작은 깃발만 보였다.

나는 백자와 김 교수의 유골함을 텐트 안으로 가지고 들어갔다. 함을 열고 유골을 꺼내어 백자 안에 담았다. 날이 점점 어두워지기 시작했다. 백자를 들고 텐트 밖으로 나왔다. 멀리 인가에서 불빛이 흐릿하게 비쳐 왔다. 집을 찾는 새들이 머리 위로 날아갔다. 이미 발굴이 끝난 A지점으로 가서 깊게 파놓은 구덩이 앞에 섰다. 바로 그 구덩이에서 발굴 첫날에 호관이 나왔던 것이었다.

김복산.

나는 마지막으로 그의 이름을 불렀다. 그는 대꾸가 없었다. 다시 불렀다. 대꾸가 없었다. 나는 백자 항아리를 구덩이 속에 넣기 위해 몸을 구부렸다. 그 순간이었다. 나를 앞으로 세게 잡아당기는 힘이 전신에 전해져 왔다. 나는 백자를 떨어뜨리지 않으려고 있는 힘을 다하여 버텼다. 그러나 나를 잡아끄는 힘은 너무나 강력했다. 나는 아 소리를 지르며 그 자리에서 앞으로 꼬꾸라졌다. 그 바람에 유골이 담긴 백자 항아리가 산산조각이 나며 구덩이 바닥의 돌 사이에서 날카로운 소리를 냈다. 나는 전신에 땀이 흘렀다. 그 자리에 주저앉은 채 바닥에 흩어진 유골 가루를 손으로 움켜쥐었다. 그러나 그것은 손가락 사이로 모두 빠져나갔다.

그제서야 나는 김 교수가 나를 마침내 패배선 너머까지 힘차게 잡아당겨 주었다는 생각이 들었다. 그것은 말할 수 없는 황홀한 심정이었다. 마지막으로 그가 나에게 표해 준 우정이었다. 완전무결하게 소멸시켜 달라는 그의 유언을 어기고 항아리에 유골을 담아 땅에 매장하려 했던 옹졸한 나를 완전히 패배시킴으로써 자신도 전무의 상태로 망각되는 방법을 택한 것이었다. 그것은 집결과 확산이 일체감을 이루는 것, 그가 생전에 추구하던 생의 찬란한 방법이었다. 집결과 확산이 일체가 되는 것은 사실상 불가능한 일이었다. 그가 유서에서 말한 대로 한 시인의 유일한 시는 말해질 수 없는 채로 머무는 것인데, 그러나 그는 그의 전신을 내던짐으로써 마침내 유일한 시를 남겼는지도 몰랐다.

이미 어두워진 길을 걸어 숙사로 돌아오면서 나는 신비한 정신에 휩싸여 있었다. 그리고 비로소 나는 생각해냈다. 그가 잡아당기고 있던 줄의 이쪽에는 비단 나만 있었던 게 아니라는 사실을. 그는 G대학의 교수 전체를 대상으로 장소가 없다는 비극을 망각하고 있는 이 땅의 지식인 전체를 대상으로 실로 무시무시한 줄다리기를 하고 있었다는 사실을. 나는 주머니에서 그의 유서를 꺼내어 성냥불을 댕겼다. 유서가 불에 타는 모습은 아름다웠다.

　나는 손가락이 뜨거워질 때까지 이리저리 돌려 가며 그것을 모두 모두 태웠다. 마침내 유서는 다 연소되어 재가 된 부스러기들이 바람을 타고 어둠 속으로 흩어져 날아갔다. 재티가 눈에 들어가서 그때 내 눈에서는 눈물이 흐르기 시작하고 있었다.

열쇠를 돌리는 법

'오른쪽으로 반쯤 돌렸다가 열쇠를 제자리로 하세요. 열쇠를 구멍에서 뽑지 말고 그대로 끼운 상태에서 빙 돌려서 제자리로 해야 돼요.' 나는 그날 저녁에도 숙자 씨의 말을 이렇게 하나하나 떠올리면서, 조심조심 열쇠를 구멍으로 밀어 넣었다.

어떻게 된 영문인지 열쇠는 내 손에 일단 잡히기만 하면 말을 제대로 듣지 않았다. 숙자 씨는 하나도 힘 안 들이고 쑥 집어넣고 빙 돌리면 문이 열리곤 하는데, 그놈은 내 손에 들어오기만 하면 말을 제대로 안 듣는 것이었다.

나는 열쇠를 뽑아서 다시 구멍 속으로 조심해서 밀어 넣으면서 또 숙자 씨의 말을 떠올렸다. '오른쪽으로 반쯤 돌렸다가…… 다시 제자리로. 너무 콱 쑤셔서 넣지 말고 조심해서 쏙 단번에 넣으세요. 그리고 오른쪽으로 반쯤 돌리세요. 구멍 속에 가득하게 꽉 차도록 열쇠에 적당히 힘을 줘야 해요. 헛돌리면 소용이 없어요.' 한참 만에야 문이 열렸다.

문이 열리자 텅 빈 아파트의 구석구석 숨어 있던 어둠이 무서운 적의를 품고 내 앞으로 달려들어 왔다. 문이 내 등 뒤에서 닫히는 소리와 동시에 현관 벽에 붙은 스위치를 급히 올렸다. 전등이 밝게 들어왔다. 이제 적군들은 사라지고 내 시야에는 현관과 마주 뚫린 거실의 모습이 들어 왔다. 장식장 위에 꽂힌 잡지와 그 한가운데 놓인 텔레비전과 그 밖의 낯익은 물건들이 밝은 얼굴을 한 아군처럼 보였다. 그러나 나는 구두를 벗으면서 금방 알아차렸다. 그놈들은 분명히 나와는 몇 년씩 한 공간에서 생활한 아군이기는 해도 바로 포로가 된 녀석들이라는 것을. 그래서 놈들은 이따금 밤중에 나를 괴롭히고 언제나 탈출과 파괴를 꿈꾸고 있는 세력이라는 것을. 나는 겉옷을 벗어서 거실의 의자 위에 던지고 텔레비전 스위치를 켰다.

언제나처럼 볼륨은 제로 상태에 고정돼 있어서 흑백의 화면 속에서 노래하는 가수가 붕어처럼 입을 벌리며 몸을 움직였다. 놈들 같으니라구. 천만에. 나는 아무 뜻도 없이 이렇게 중얼거리면서 부엌으로 갔다. 그때 현관에서 벨이 울렸다. 소리라는 소리는 모두 죽여 놓은 내 아파트에서 그때 울린 벨소리는 꼭 폭발음처럼 굉장히 크게 들렸다.

"누구요?"

나는 인터폰의 수화기를 들고 좀 떨리는 소리로 말했다.

"세탁물 없습니까?"

이런 굵직한 목소리와 동시에 문이 활짝 열렸다. 그제야 내가 문 잠그는 것을 잊어먹었다는 생각이 들었다. '들어오시고

262

나면 꼭 문을 거세요. 걸림쇠가 수평으로 되게 해야 문이 걸려요.' 나는 세탁소 녀석의 얼굴이 문 안으로 쑥 들어온 것을 보고 순간적으로 숙자 씨의 말을 떠올렸다.

"세탁물 없습니까? 특별봉사 기간입니다. 아주 신용본위이고요."

녀석은 한쪽 팔에 여기저기서 거둔 세탁물을 한 아름 안고 서서 행복한 웃음을 웃었다.

"없어요. 하나도 없어요."

나는 볼멘소리로 대꾸했다. 녀석은 등으로 문을 밀어서 열고 나가면서 투덜댔다.

"이상하네요. 이 집에는 항상 없어요밖에 없으니……."

녀석이 가 버리자 아파트는 다시 조용해졌고 그동안 숨을 죽였던 포로들이 다시 불빛을 받아서 불쌍한 얼굴을 만들기 시작하였다. 나는 부엌으로 가서 냉장고의 문을 열었다. 그 앞에는 마치 음식점 쇼윈도에 가지런히 진열돼 있는 모조식품들처럼 흰 접시마다에 시금치, 풋고추, 장조림, 생선조림 등이 정연하게 놓여 있었고, 냉장고 위에 놓인 전기밥통에는 빨간 불이 켜져 있었다. '한 끼라도 건너뛰면 몸이 망가져요. 술에 취해 들어와도 꼭꼭 식사를 하세요.' 숙자 씨의 목소리가 귓전에서 맴돌았다. 이제는 내 마누라가 된 걸로 착각하는구만. 나는 숙자 씨를 욕하면서 보리차 주전자를 들고 꼭지에 입을 댔다.

보리차를 몇 모금 마시자 그제서야 나는 착한 사람이 되어 숙자 씨를 욕하지 않고, 비로소 전신에 퍼져 오는 피로를 느끼기 시작했다. 토요일이었다.

일요일 전야였다. 사무실에서의 일주일이 지나가 버렸다는 생각을 하자 나는 오랜만에 평화를 느꼈다. 나는 거실 텔레비전 속에다가 벙어리 여가수를 그냥 둔 채 안방으로 들어가서 전등을 켰다. 모든 게 그대로였다. 커튼이 드리워진 창, 문이 이가 맞게 잘 닫혀 있는 이불장, 방바닥에 반듯하게 깔려 있는 담요, 방 한구석에 세워진 입식 옷걸이……. 나는 돌아서서 건넌방으로 가서 불을 켰다. 서랍이 잘 닫혀진 책상, 그 위에 안테나가 길게 뽑혀진 채 반듯하게 앉아 있는 트랜지스터.

나는 돌아서서 거실로 나왔다. 텔레비전 속의 여가수는 기진해서 죽고 이제 코미디가 방영되고 있었다. 콧수염을 붙인 코미디언의 웃는 모습이 꼭 껍질 안 깐 군고구마처럼 주름살 투성이로 보였다. 볼륨을 제로로 해 놨기 때문에, 그의 모습이 웃음과 울음 중에서 어느 쪽에 해당할까 나는 잠시 생각하다가 피시시 웃어 버렸다.

그러나 나의 웃음소리도 볼륨 제로의 상태였다. 입술 근육만 조금 움직이고 말았다는 생각이 들자 다시 조금 전의 평화가 급선회하여 혼돈의 상태로 바뀌었다. 나는 소파에 길게 누워서 담배를 피워 물었다. 담배를 피워도 혼돈의 상태는 쉽게 끝나지 않았다. 담배 연기가 거실 천장에 퍼져 올랐다가 구석구석으로 사라져 버렸다.

텔레비전 속의 코미디언도 죽고 넥타이를 맨 점잖은 신사가 나와서 열심히 입술을 놀리고 있었다. 애원하는 모습 같았다. 뉴스 해설 시간일까, 자막이 왼쪽 화면 밑바닥에서 한 글자씩 나와서 오른쪽으로 토끼뜀을 하면서 움직여 가고 있었다. 글자는 허리께가 뚝뚝 끊어질 정도로 영상 상태가 엉망이어서 무슨 글자인지 알아볼 수도 없었다. 나는 벌떡 일어서서 텔레비전 앞으로 다가갔다. 볼륨 스위치를 오른쪽으로 홱 돌렸다.

온 국민의 절대적 지지.

나는 감전된 사람처럼 후다닥 놀라서 스위치를 꽉 눌렀다. 우렁차던 소리도 점잖은 신사도 순식간에 작은 사각형으로 변하더니 사라졌다. 이제 온 국민들의 절대적 지지도 절대적 반대도 존재하지 않았다.

아무것도 존재하지 않는 거실에서 그때 전화벨이 울렸다. 나는 수화기를 들었다.

"거기 서울이에요?"

"네, 누구십니까?"

내가 물었다.

"저예요."

수화기 속의 여자는 시간에 쫓기듯 말하고 있었다.

"의정부예요. 아홉 시에 도착할 테니 마장동으로 나오세요."

"뭐야?"

나는 혼돈에 빠져서 큰 소리로 말했다.

"지하다방 있잖아요?"

전화가 끊기고 잡음이 들려오고 있었다. 나는 수화기를 놓았다. 잘못 걸려온 전화이기는 해도 정말 오랜만에 온 전화였다.

다시 모든 게 조용해졌다. 아무것도 존재하지 않았다. 아홉 시에 도착한다구? 나는 코웃음을 치며 벽시계를 올려다보았다. 일곱 시 사십 분을 가리키고 있었지만 그놈 시계가 언제나 십오 분이 늦게 가니까 여덟 시 오 분 전일 것이었다. 의정부. 나는 혼돈에 싸인 머리를 갸우뚱거리며 장난을 했다. 의정부? 가짜 정부? 7시 40분 더하기 15분. 40+15. 55.

나는 담배를 재떨이에 끄고 다시 부엌으로 갔다. 냉장고 문에 손을 대니까 또 숙자 씨의 목소리가 들려오려고 했다. 나는 얼른 손을 떼었다. 그러나 이미 목소리는 내 귓속으로 들어오고 있었다. '여덟 시예요. 토요일 밤 여덟 시예요. 이모님이 꼭 꼭 보시던 프로를 틀 시간이에요.' 아차, 그제서야 나는 생각이 나서 텔레비전을 향하여 들소처럼 달려가서 스위치를 켰다. 장수만세! 어머니가 생전에 꼭꼭 보시던 장수만세 시간이 되어 있었다.

나는 어머니가 하던 대로 볼륨도 알맞게 틀어놓고 화면의 명암도 잘 조정하였다. 어머니는 나와 장수만세 두 가지만을 위해서 살아가시던 분이었다. 나는 현실로서, 그 텔레비전 프로는 미래의 꿈으로서, 아들 며느리 손자 손녀 이렇게 화면 가득히 자손을 거느리고 출연하는 노인네들이 어머니에게는 그대로 미래의 꿈이었다. 어머니는 그 꿈의 실현을 위해서 오직 몇십 년을 살아오신 분이었다. 그분이 돌아가시고 난 다음부터 나의 집에는 미래의 꿈이 사라졌다.

내가 주인물이던 현실의 세계도 다 사라진 것과 마찬가지였다. 지난봄 어머니가 교통사고로 돌아가시고 난 뒤, 좀 더 정확히 말하면 어머니의 주검과 마주했던 그 순간부터 모든 것이 존재의 그물 밖으로 슬며시 사라져 버렸다. 어머니는 쉰다섯의 평생 동안 나 하나만을 위하여 살았다.

내가 어머니의 뜻대로 착한 아들로 성장하면서 학교 공부도 제법 하고 졸업 후에 회사원이 되자, 그때부터는 오직 장수만세 무대에 언젠가는 출연할 수 있다는 희망 하나로 살았다. 어머니가 생전에 장수만세를 시청하는 광경은 그저 회갑을 바라보는 노인이 심심풀이로 텔레비전을 보는 것이 아니라, 교과서를 읽는 학생처럼 한마디 말도 한 동작도 놓치지 않고 아주 모범적으로 보는 것이었다.

이처럼 모범적으로 인생을 살아온 어머니의 죽음은 너무도 의외의 충격적인 것이었다. 텔레비전 수상기의 네모난 칸 속에서만 어머니를 이해하던 나에게 어머니의 갑작스럽고 놀라운 죽음은 그 순간에서부터 나에게서 모든 것을 빼앗아갔다. 내가 지방으로 출장을 가서 그곳 직원들과 술독에 빠져 있는 동안에 어머니는 돈암동에서 버스에 치여 그대로 숨을 거둔 것이었다.

출장을 끝내고 내가 서울로 돌아온 것은 사흘 뒤였고 어머니의 시신을 만난 것은 그로부터 또 사흘 뒤였다. 시립병원 영안실에서 행려병사로 취급된 채 다음날이면 대학병원으로 옮겨져서 의과대학의 해부학교실로 나갈 판에 나는 간신히 어머니의 죽음 앞에 나타날 수 있었던 것이다. 처음 출장을 나갔다가 돌아와서 아파트의 문이 잠겨 있는 걸 보았을 때 어머니가 그러한 끔찍한 사고를 당해서 이미 저승으로 가셨으리라고는 조금도 생각하지 않았다. 아니, 아니다.

조금도 생각하지 않았다는 게 아니라, 도무지 그런 생각을 조금이든 많이든 하고 어쩌고도 없었다. 나는 평소에도 열쇠를 지니고 다니지 않았으므로 경비실에 가서 마스터키를 빌려다가 문을 열고 들어와서도 싱글싱글 웃기조차 했었으니까. 어머니는 언제나 내가 집에 돌아올 때면 빠짐없이 나를 기다렸다. 시장에 다녀오는 일도 나의 퇴근 시간과 겹치는 일이 한 번도 없었으므로 나는 따로 열쇠를 가지고 다닐 필요가 없었다.

또 점을 치러 가신 모양이군. 나는 그날 혼자서 싱글싱글 웃으면서 텅 빈 집 안을 빙빙 돌았다. 어머니에게 나와 텔레비전 말고 또 다른 소일거리가 있다면 그것은 점치러 가는 일이었다. 돈암동 육교 옆으로 닥지닥지 붙은 점집. 검은 안경을 쓴 장님 여자들이 점자책을 손가락으로 더듬으면서 내리엮는 예언을 나의 어머니는 언제나 사랑하였다.

한 달에 한 번꼴은 꼭 점집에 다녀와서, '얘야, 구월에 서쪽에서 귀인이 나타난다더라. 네 신부감도 무남독녀라니 어쩐다냐. 하긴 네게는 사주팔자에 삼고가 있긴 있다는구나. 그러나 너도 형제가 없는데 신부도 무남독녀라니 쯧쯧……, 그리고 구설수가 있다니까 입조심해야 되겠다…….' 하던 것이었다.

나는 그럴 때면 언제나 말했다. '어머니, 걱정 마세요. 그 대신 손자 손녀가 많으면 되지 않아요. 적게 낳아 잘 기르자는 것도 우리 집엔 소용없어요. 아들도 좋고 딸도 좋고 그저 생기는 대로 쑥쑥 낳을 테니까요. 그래서 장수만세에 어머니가 나가실 때는 손자 손녀들이 그저 텔레비전에 가득하도록 할 테니까요.'

나는 어머니와 소리 내어 웃으면서 이제 그야말로 코앞으로 다가와 있는 어머니의 꿈을 상상하던 것이었다. '아무렴, 네가 어떤 아들이라구.' 어머니는 이렇게 말하며 기쁨과 슬픔을 섞었다. 어머니의 슬픔은 나의 생애가 시작하는 것과 동시에 비롯되었던 것이다. 나의 아버지, 아니, 처녀인 어머니의 약혼자인 그는 결혼 전에 어머니를 유혹하여 나를 자궁 속에 뿌려 놓은 채 댐이 무너질 때 휩쓸려 죽었다. 댐 공사장에 측량기사로 왔던 외지의 청년은 마을에서 제법 사는 집의 처녀인 어머니를 유혹해서 나를 뿌려 놓고 댐에 담수를 시작하는 날 댐이 무너지면서 함께 죽었다. 공사를 하던 회사원들과 함께 떼죽음을 당한 것인데, 어머니의 말로는 약혼자라고 하나 사실은 그저 서로 눈이 맞은 것일 뿐이었고, 그 후 내가 어머니의 불행을 출발시키며 태어나자 집에서 가출을 했고, 그 후는 오직 어머니

혼자서 이 일 저 일—아, 나는 어머니가 지금까지 해 온 일이 무엇이었는지 하나하나 기억해 낼 수가 없다—을 하며 나를 키웠다. 식당 주방에서 삯바느질에서 농장의 일꾼에서부터 안 해 본 일이 없이 오직 나를 행복과 희망의 징표로 키웠던 것이다. 어머니가 기다리는 희망과 행복을 항상 주기적으로 확인시켜 주는 사람은 돈암동의 눈먼 예언자들이었다. 한번은 나도 따라가서 본 적이 있는데, 그 장님 점쟁이들은 이미 단골이 된 어머니와 서로 대본을 외듯 어머니의 희망과 나의 미래를 확인해 나가는 것이었다.

어머니가 즐거워할 때면 나도 따라서 즐거웠다. 남편과 자식 두 몫을 다 하고도 남을 만큼 아들의 운명이 좋다는 예언을 듣고 있노라면 어머니는 지나온 모든 불행과 고통이 사라지는 표정이었는데, 사실상 내가 어머니와 이러한 점집 출입을 은근히 도와드린 것은 어머니 당신에 대한 특효약은 점집밖에 없다는 생각에서였다. 허리가 아프고 머리가 쑤실 때도 몸살감기가 있을 때도 약국에서 처방하는 어떤 특효약보다도 어머니는 점집을 다녀와야 완쾌되었기 때문이다. 나는 그날 출장에서 돌아온 날 밤늦게까지 어머님이 오시지 않았을 때도 이러한 생각으로 싱글싱글 웃으며 혼자서 즐거워했던 것인데, 어머니가 다음날도 돌아오지 않자, 비로소 불길한 생각이 들기 시작했던 것이다.

수소문해 볼 데도 따로 없었다. 친척도 친구도 없는 어머니

였기 때문이었다. 회사에 나가서 집으로 전화를 자꾸 해도 받는 사람이 없었다. 오후가 되어서 나는 돈암동 점집으로 전화를 해 보았다. 단골 점집이었다. 그러나 그곳에도 어머니가 다녀간 일이 없다는 것이었다. 나는 이튿날부터 회사에 결근하고 어머니를 찾아 나섰다.

그전에 살던 장위동에도 가 보고 미아동에도 가 보았다. 혹시 나들이 가셨다가 병환이라도 난 게 아닌가 해서였지만, 생각했던 대로 아무 곳에서도 어머니는 보이지 않았다. 돈암동 육교 밑을 샅샅이 뒤지고 다녔지만 장님 예언자들의 말은 한결같았다. 이달 들어서는 오지 않았다는 것이었다. 이상한 일이었다. 장님 여자들은 눈뜨고 어머니를 본 적은 한 번도 없는데 내가 어머니 말을 꺼내자 대뜸 오지 않았다는 말을 하는 것이 신기했다. 내가 자꾸 꼬치꼬치 캐묻자 장님 여자는 조금 신경질이 나서 말했다.

"그 아주머니는 이달 들어서는 아직 오지 않으셨답니다. 왜 내가 아주머니를 몰라보겠습니까? 우리는 소경이긴 하지만 다 알아요. 냄새를 맡거든요."

나는 점집을 뒤지는 일도 포기하고 골목 밖으로 나왔다. 그때 전신주 뒤로 파출소 건물이 보였다.

나는 파출소로 들어가서 어머니의 실종에 대해서 말했다. 젊은 순경은 투덜거리며 일지를 펴 보았다. 교통사고를 기록해 놓는 일지였다.

"며칠 전 이 앞 거리에서 교통사고가 났어요. 60세쯤 된 할머니가 사고를 당했는데 아직까지 연고자가 나타나지 않았습니다."

나는 눈을 번쩍 떴다. '어머니다! 이제야 찾았구나!' 그러나 다음 순간, 나는 순경의 무서운 말을 들어야 했다.

"현장에서 즉사했습니다. 그 할머니가 댁이 찾는 분인지 아닌지는 모릅니다. 여기에 소지품이 있습니다."

순경은 캐비닛을 철컥 열더니 열쇠 꾸러미를 하나 꺼내며 쳐들었다.

"이 열쇠 본 적 있습니까? 할머니 몸에서 이게 나왔습니다."

그것은 바로 아파트의 열쇠였다. 열쇠를 꿰어 맨 굵은 줄에 묻은 어머니의 손때를 나는 금방 알아볼 수 있었다.

그 후의 기억은 없다. 거기서부터 어머니의 시신이 있는 시립병원까지 간 경로라든지 그때 택시를 탔을 때 요금을 내가 지불했는지 순경이 지불했는지도 아무런 기억이 없다. 다만 무연고자로 처리하려던 담당 순경이 내가 병원에 닿자마자 훈육선생으로 변하여 소리쳤다는 것밖에는 기억이 없다.

"출장을 갔더라도 홀어머니가 잘 계신지 어떤지 연락은 해야 안 되오? 도대체 아들로서 그게 뭐요? 하마터면 큰 낭패가 될 뻔했소."

그들은 간단한 서류에 내 손도장을 몇 개 받은 다음, 사고를 낸 운전기사가 도망을 쳐서 지금 수배 중이라는 사실과, 보상

문제는 자동차보험회사와 구체적으로 담판을 지으라는 말을 하고 떠나갔다. 나는 만신창이가 된 어머님의 사신을 화장하여 그날로 위패를 절에 봉안하고 돌아왔다. 알릴 만한 친척도, 누구도, 개새끼 한 마리도 없었다. 다만, 회사에서 나온 몇몇 새끼들이 공식적인 조문을 하고, 부의금을 놓고 갔을 뿐, 그 순간부터 나는 이 세상에서 오직 하나가 되었다. 삼고는 부·모·형제— 이렇게 해서 세 가지 고독이었을 것이었다. 내 신부감 될 년이 무남독녀라는 것이 왜 나의 운명적인 세 가지 고독에 끼일 것인가. 이런 점에서 어머니와 나는 오판을 하고 있었던 셈이었다.

숙자 씨가 내 앞에 나타난 것은 어머니의 위패를 봉안하고 온 날 저녁나절이었다. 그날 문에서 벨소리가 났지만 나는 그대로 거실 소파에 앉아서 아무런 생각도 아무런 몸짓도 하지 않고 그야말로 무의 상태로 있었다. 몇 번 벨이 울리더니 문이 열리는 소리가 났다.

"이모님 안 계세요? 어머나, 문이 잠기지도 않았네. 이상해라……."

여자의 목소리가 나더니 신발 벗는 소리가 나고, 이어서 거실의 전등 스위치를 올리는 딸깍 소리가 난 뒤, 여자의 모습이 눈에 들어왔다. 나는 소파에서 엉거주춤하게 일어섰다. 모든 게 귀찮았다. 누구냐고 묻는 소리도 내 입에서는 나오지 않았다.

"어머나, 현기 씨 집에 있었구만."

여자는 거실로 쑥 들어오며 말했다. 나는 그제서야 그 여자가 숙자 씨라는 것을 알아보았다. 가끔씩 어머니를 찾아오던 여자였는데, 나하고는 이종사촌뻘이 되었다.

　이종사촌이라고는 해도 어머니의 언니가 출가하여, 일찍 죽고 나서 재취로 들어온 움이모의 딸이었으므로 피 한 방울 섞이지 않은 남남인 셈이었다. 어머니의 인생이 기구하다 보니 여기저기 피붙이들과는 상종을 않고 살았는데 숙자 씨만은 어떻게 된 일인지 어머니에게 이모 이모 하면서 이따금씩 드나들곤 하였다. 결혼에 실패하여 혼자 살아가는 여자라고 어머니가 불쌍해하던 생각도 났다. 파출부로 일하면서 착실하게 살아가는 여자인데 어서 좋은 자리가 나면 재혼을 해야 할 텐데라는 어머니의 말도 생각났다.

　"이모님은 어디 가셨나요?"

　숙자 씨가 묻자 나는 어머니의 덧없는 죽음을 이야기해 주었다. 숙자 씨는 눈물을 흘리며 이야기를 다 듣고 나더니 말했다.

　"현기 씨가 아무쪼록 성공해야지요. 이모님의 평생소원을 풀어 드려야지요."

　숙자 씨는 침착하게 말했다. 바로 이 아파트 단지에 파출 나왔다가 돌아가는 길에 들렀노라면서 내가 혼자 살아갈 일을 걱정해 주었다.

　그 후부터 숙자 씨는 아침저녁 아파트로 찾아왔다. 열쇠를 사용하는 것에서부터 들어온 다음에 문 잠그는 것까지, 목욕할 때 더운물 찬물을 알맞게 조절하여 물을 받는 일까지, 숙자 씨는 졸지에 어머니를 잃은 나를 유치원 보모처럼 보살펴 주었다. 서른 살이 된 내가 이처럼 생활에 서투르다는 것이 믿어지지 않는 눈치였고, 또 한편으로는 나같이 서툴고 도무지 융통성이 없는 사람을 구경하는 일이 재미있는가도 보았다. 차츰차츰 숙자 씨는 내 생활에 깊숙이 침투해 들어와서 자리 잡고 있었다. 나의 온갖 뒷바라지를 도맡아 해 주면서도 귀찮다든가 하는 기색은 조금도 없었다. '현기 씨도 빨리 결혼을 하세요. 이렇게 지내다가는 몸이 다 망가지겠어요.' 숙자 씨는 파출부로 일하는 바쁜 시간을 쪼개어 내 아파트에 하루 한 번씩 들러서 청소와 세탁을 해 주었고 음식까지도 장만해 주었다.

　내가 회사에 출근하고 났을 때는 경비실에 뭐라고 얘기를 했는지는 몰라도 경비원을 앞장세워서 문을 따고 들어와서 모든 일을 해 놓았다. 전기세 방범비 같은 잡부금들도 숙자 씨가 낸 다음 영수증을 모아 놓곤 하는 일이 많아졌다. 나와 마주치는 일은 많지 않았지만 퇴근하고 돌아와 보면 숙자 씨의 손길이 집 안 구석구석에 묻어 있었다.

　"아무 걱정 말아요. 남자 팬티를 한두 개 빨아 봤는 줄 아세요? 그래도 현기 씨 팬티는 깨끗한 편이에요. 글쎄 어떤 집이 다 있는지 아세요? 남자 팬티를 빨래하다 보니까 글쎄 루주가 묻어 있지 뭐예요? 정말 해도 너무들 한다니까."

　내가 나의 내의만은 손대지 말고 그냥 두라고 했을 때 숙자 씨는 이렇게 말하며 깔깔 웃었다. 나는 숙자 씨의 말을 듣고 얼굴이 후끈 달아올랐다.

"요즘 시내 곳곳에 별별 이상스러운 서비스를 다 하는 술집이 생겼다더니 그 집 아가씨는 루주를 지우지도 않은 채 그 짓을 했나 보군."

얼굴을 붉히는 내 모습이 재미있다는 듯이 숙자 씨는 더 웃었다. 결혼생활도 해 보고 아이까지 낳아 봤으니 남녀의 성 문제에 대해서 알 만큼 다 알겠지만 그래도 내 앞에서 노골적인 얘기를 하다니 나는 기가 막혔다.

숙자 씨가 내 아파트에 드나들면서 허드렛일을 한 지 한 달쯤 됐을 때 나는 월급을 얼마 떼어서 그에게 주려고 했다. 파출부로 나가면 하루 여덟 시간 일하고 4천 원을 받는다는 말을 들었으므로 나는 7만 원을 숙자 씨에게 주려고 했다. 그러자 숙자 씨는 화를 냈다.

"내가 현기 씨한테 돈 받으려고 오는 줄 아세요?"

"그래도 그냥 있을 수는 없는 일 아닙니까? 다른 생각 마시고 받아 주세요. 너무 고마워서 그럽니다."

"아네요, 꼭 받으라고 한다면 받겠지만, 내일부터 현기 씨 집에 발 끊겠어요."

나는 돈을 도로 넣으면서 멋쩍게 웃을 수밖에 없었다. 그런 일이 있고부터 숙자 씨는 아주 확실하게 내 생활 속으로 쓱 들어와 자리 잡았다.

어찌나 지극하게 뒷바라지를 하는지 어떤 때는 그 나이 때의 어머니처럼 보이기도 하였다. 장수무대 시간이 되면 꼭 텔레비전을 켜 놓으라는 말을 한 것도 숙자 씨였다. 돌아가신 어머니가 그토록 미래의 희망으로서 보던 프로였으므로 숙자 씨의 말을 듣고 나는 어머니의 혼이 숙자 씨한테 옮아 붙었나 의심할 정도로 나보다도 숙자 씨가 어머니의 뜻을 그대로 표현한다는 사실에 놀랐다.

그 후부터는 장수무대 시간이 되면 나는 반드시 텔레비전을 켜 놓곤 하였다. 이럴 때 말고는 내 아파트는 항상 침묵하고 있었다. 어떤 동작도 발언도 철저히 봉쇄된 채 있었다. 텔레비전에서는 거의 장수무대가 끝나가고 있었다. 여든 살 넘은 할머니들이 나와서 노래하고 춤추고 어린 손주 놈들과 어울리는 장면은 돌아가신 내 어머니의 미래의 꿈답게 화기애애하고 흥미로웠지만, 나는 다만 귀로 들어오는 소리와 눈으로 와 부딪치는 모습만을 아무 의식도 없이 그대로 받아들이고 있을 뿐이었다.

프로가 끝나자 나는 다시 볼륨을 제로로 해 놓았다. 다시 모든 것이 조용해졌다. 시계를 보았다. 여덟 시 반이 돼 가고 있었다. 나는 심한 시장기를 느끼고 부엌으로 가서 숙자 씨가 준비해 놓은 음식을 먹었다. 밥통에는 내일 아침 분까지 담겨 있었다. 죽고 싶다! 나는 밥을 먹다가 식탁 위에 떨어진 밥알을 보면서 갑자기 이런 생각이 났다. 죽고 싶었다.

지금 당장 지진이라도 나서 아파트 건물이 순식간에 다 꺼져 버렸으면 좋으련만. 그러나 요란한 소리는 나지 말고, 침묵 속에서, 아무 흔적도 없이 나의 생이 마감될 수만 있다면. 나는 숟갈을 놓고 일어섰다. 그때 전화벨이 울렸다.

오늘은 웬일일까. 전화가 두 번씩이나 오다니. 나는 이번에는 어디서 잘못 걸려온 전화일까 생각하면서 수화기를 들었다. 숙자 씨였다.

"조금 전에 집에 돌아오면서 현기 씨네 아파트를 보니까 불이 환하게 켜져 있어서 손님이 오셨나 해서 전화했어요. 집 앞 골목 공중전화예요. 현기 씨 목소리를 전화로 들으니까 아주 신기하네요."

그러나 나는 그때까지 아무 말도 않고 있었다는 사실을 조금 지나서야 깨닫고 실소하였다.

"손님은 무슨 손님이 왔겠습니까? 제가 불 끄는 걸 깜박 잊었군요. 네, 저녁밥 잘 먹었습니다. 문도 잘 잠갔구요."

전화를 끊고 나서 나는 안방과 건넌방에 켜져 있는 전등을 모두 껐다. 다시 거실로 나와서 소파에 앉으면서 전화기를 바라보았다. 줄을 빼어 놓을까. 전화도 목소리도 모두 성가셨다. 까만 전화기는 내가 제 목줄을 끊어 놓을 궁리를 하는 줄도 모르고 나를 빤히 쳐다보았다.

그러다가 문득 아까 잘못 걸려온 의정부의 전화 생각이 났다. 아홉 시까지 마장동 지하다방. 옳지, 시외버스터미널 건물에 있는 지하다방을 말하는 것이군. 휴가를 끝내고 전방으로 떠나는 병정들과 그들의 애인들이 마지막 커피를 마시는 곳. 담배 연기가 자욱한 사이로 가고 오는 여행객들이 잠깐씩 허무와 공상을 마시다가 가는 곳. 나는 이런 생각을 하다가 벽시계를 올려다보았다. 15분이 늦으니까, 35+15. 여덟 시 오십 분이 되고 있었다. 갑자기 의정부에서 전화를 건 여자가 보고 싶은 생각이 났다. 보고 싶다……. 이런 생각을 하자 정말로 보고 싶다는 마음이 강렬하게 일어났다. 딱히 누구라고 할 것도 없었다. 그저 누군가가, 아무나가 보고 싶었다. 텔레비전 속에서 붕어처럼 입을 벌리는 사람이 아니라 살아 있는 사람을. 숙자 씨가 전화했을 때 집으로 오라고 할 걸 그랬다는 생각도 들었다. 오라고 했다면? 나는 이렇게 자문해 보다가 얼굴이 뜨거워졌다. 나는 뜨거워진 얼굴을 식히려고 애를 썼으나 일단 뜨거워진 얼굴은 좀처럼 식지 않았다.

얼굴이 말을 듣지 않는 것을 처음 경험한 것은 어머니를 화장할 때였다. 나는 그때 정말로 슬퍼서 견딜 수가 없었다. 그러나 나의 얼굴은 말을 듣지 않았다. 그때의 내 얼굴은 감정의 표시라고는 전혀 없는 상태, 다 퇴색한 사진 속의 얼굴처럼 아무런 표정이 없는 그저 근육 덩어리에 불과했었다. 슬프지만 슬픈 표정을 지어 주지 않는 얼굴의 배신은 괴롭고 절망적인 것이었다.

그러나 엉뚱한 공상으로 뜨거워진 얼굴은 잠시 후 식었다.

나는 다시 얼굴을 뜨겁게 하려고 공상을 시작했다. 숙자 씨. 숙자 씨. 풍만한 가슴과 누님 같은 체온과 선생님 같은 경험과 갈대가 쓰러지는 환희……. 그러나 얼굴은 또 내 말을 듣지 않았다.

나는 벽시계를 올려다보았다. 아홉 시. 나는 다시 마장동의 지하다방을 생각했다. 의정부에서 걸려온 전화. 가짜 정부한테서 걸려온 전화. 의정부에서 가짜로 걸려온 전화. 의정부에서 걸려온 가짜 전화……. 나는 이런 우스꽝스런 공상을 하다가, 벽시계의 뾰족한 바늘에 찔린 듯 후다닥 소파에서 일어나 전화기의 수화기를 들었다. 의정부에서 온 아가씨 좀 바꿔 주시오. 나는 이렇게 속으로 말하며 수화기를 들었지만, 곧 그것을 도로 놓았다. 누구라도 만나고 싶던 조금 전의 생각은 이제 누구에게라도 전화를 걸고 싶은 절박한 심정으로 변하고 있었다. 그러나 내가 아는 전화번호는 하나도 없었다. 숙자 씨가 전화를 건 공중전화를 생각하고 나는 다시 수화기를 집어 들었다.

그러나, 몇 번? 나는 왜 숙자 씨에게 전화번호를 물어 놓지 않았을까 후회하다가 곧 공중전화에는 번호가 없다는 사실을 생각해 내고 커다란 부끄러움을 느꼈다. 부끄러움이 곧 분노로 바뀌었다. 왜 공중전화에는 고유번호가 없는가. 이것은 말도 안 되는 말이다. 나는 또 벽시계를 올려다보았다. 아홉 시가 꽤 지나 있었다. 15분이 늦으니까 정말로 아홉 시 반쯤은 돼 있는 셈이었다. 나는 모든 소리가 살해되고 차단된 아파트에서 한동안 나 혼자서 이 모서리 저 모서리로 부딪치며 뒹굴고 있다는 생각을 하면서 담배를 하나 입에 물었다.

그때 전화벨이 모든 살해와 침묵과 차단을 무너뜨리며 울렸다. 나는 한동안 그 소리를 듣고 있다가 수화기를 집어 들었다. 갈대밭에 부는 바람 소리가 가까이 들려왔다. 그 바람 소리 사이로 여자의 목소리가 이어졌다.

"여보세요."

나는 귓속으로 들어오는 그 소리를 다만 듣기만 했다.

"어떻게 된 거예요? 듣고 계세요? 급하게 됐어요. 누가 미행하는 것 같아요."

나는 듣고 있었다. 다만 듣고만 있었다. 전혀 생각하지도 않고 다만 듣고 있을 뿐인 그러한 상태는 볼륨을 제로로 한 텔레비전 화면 속의 답답하고 억눌린 것 같은 기분과 마찬가지였다.

"지금 거기가 어디지요? 옆에 누가 있어요? 왜 말을 안 하시죠? 내가 그쪽으로 갈 테니 장소를 알려 주세요."

그 여자가 여기까지 말했을 때 나는 볼륨을 높였다.

"그래."

나는 재빠르게 말했다.

"강남구청 옆에 있는 한미아파트야. 가동 2층 3호."

"네? 뭐라구요? 가동 203호!"

전화가 끊겼다. 그제서야 나는 가슴이 우릉우릉 울려 오기 시작했다. 나는 거실을 여기저기 둘러보았다. 모든 게 죽어 있었다. 조금 전의 죽고 싶다는 생각이 무너지고 나는 살고 싶다는 생각이 나기 시작했다. 살고 싶다! 팽팽하게 당겨오는 힘으로 살고 싶다.

그러나 나는 그렇게 살지 못한다는 것을 잘 알고 있었다. 모든 것이 차단되고 살해된 나의 조건이 전혀 바뀌지 않으리라는 점을 나는 잘 알고 있었다. 나는 부엌으로 가서 냉장고 위에 얹혀 있는 위스키를 병째로 몇 모금 마셨다. 가슴이 불타올랐다. 그 여자가 정말로 찾아올까. 나는 이런 생각을 하면서 다시 위스키를 마셨다.

여자가 오기 전에 충분한 무장을 할 셈이었다. 위스키를 또 마셨다. 아래 창자까지 불에 타기 시작했다. 급하게 지껄이던 여자의 목소리가 다시 살아났다. 전화번호를 어떻게 돼서 잘못 알고 있는 모양이군. 놈팽이한테 사기당했을 거야. 꿀을 다 빨아먹고 걷어차면서 공연히 아무 전화번호나 알려 준 게로군. 아니야. 무슨 비밀조직의 가맹원인지도 몰라. 하부 점조직에서 사무착오가 나서 여자가 틀린 전화번호와 접선하라는 명령을 받고 달려오는지도 모르지. 여기까지 생각하자 뱃속에 들어갔던 위스키가 눈을 번쩍 뜨고 다시 살아났다. 속이 아프도록 술기가 전신에 다시 퍼졌다. 그때 현관에서 벨이 울렸다. 으흠. 내 입에서는 탄성에 가까운 소리가 새어 나왔다.

갑자기 나도 비밀조직의 가맹원이 된 듯한 긴장감이 생겼다. 벨이 또 울렸다. 나는 천천히 현관으로 갔다. 문을 땄다. 어둠이 내 얼굴을 휩쌌다. 어둠 속에서 물체가 내 앞으로 쓰러져 왔다. 물체였다. 그 물체에 밀려 나는 현관 안으로 밀려들어 왔다. 현관문이 자동으로 닫혔다. 그 물체는 내 가슴에 묻혀서 가쁜 숨을 내쉬었다. 그 물체가 잠시 후에 얼굴을 들고 여자의 모습으로 변했다.

거실의 불빛이 내 등에 가려져 있었기 때문에 여자의 얼굴은 흐릿하게 보였지만 아파트 안에 나 말고도 다른 하나의 생명이 들어와 있다는 사실을 깨닫자 나는 가슴이 뭉클하니 떨렸다.

"이제야 살았군요."

여자가 거실로 올라서며 말했다.

"미행당하는 줄 알았지 뭐예요."

여자는 가벼운 손가방 하나만 들고 있었다.

"미행은 무슨 놈의 미행이야?"

나는 이렇게 큰소리로 말했다. 그러자 여자가 놀란 듯 내 얼굴을 똑바로 쳐다보았다.

"아니, 당신은 누구죠?"

여자가 짧게 말하며 내 앞으로 다가왔다. 그 순간 나는 몸 둘 바를 모르게 놀랐지만, 내 얼굴은 또 나를 반역하고 있었다. 웃음이 실실 나오고 있었다. 비실비실 터져 나오려는 웃음을 참으려고 애를 썼으나 허사였다. 웃음은 마침내 거칠 것 없이 터져 나왔다.

ㄲㄲㄲㄲ, ㅍㅍㅍ, ㅊㅊㅊ, ㅎㅎㅎ, ㅌㅌㅌ…… 이렇게 자음으

로만 표기해야 될 만큼 도무지 종잡을 수 없는 웃음이 터져 나왔다. 아파트는 웃음소리에 와룽와룽 울렸다. 여자가 웃음소리 속에서 점점 왜소해지더니 아주 조그만 벌레가 되어 소파에 무너지듯 엎드렸다. 나는 내 얼굴에게 빌고 또 빌었다. 제발 참아다오. 괴상한 웃음이여, 제발. 나는 눈물까지 질질 흘리며 한참을 웃다가 간신히 진정하고 여자 가까이 다가갔다.

"아무 걱정 마."

나는 여자의 등을 만지며 말했다. 여자는 벌레처럼 내 손에 달라붙었다.

"아무 일도 없을 거야. 걱정하지 마."

나는 말했다. 여자가 얼굴을 들었다. 냄새가 훅 풍겨 왔다. 그 냄새는 여자 특유의 살 냄새도 화장품 냄새도 아니었다. 먼지 냄새 같았다. 아주 건조해질 대로 건조해진 곰팡이 냄새와도 같았다.

"그분은 어디 갔지요?"

여자가 물었다.

"그분이 누구야?"

내가 물었다.

"최 씨 말예요."

나는 흥 하고 코웃음을 쳤다.

"나만 남고 모두 다 검거됐어."

나는 말했다. 그러자 여자는 잠시 흐느껴 우는 듯하더니 곧 얼굴을 똑바로 했다.

"씨팔, 한탕 잘해서 팔자 고치려고 했더니 다 틀렸네요. 그런데 여기는 안전해요?"

여자가 내 품으로 안겨 오며 말했다. 건조해진 곰팡이 냄새가 났다. 나는 건조한 냄새를 맡으며 나에게 간청했다. 제발 이러한 잔인한 장난을 그만둬. 그만둬. 너는 악인이야. 여자가 불쌍하지도 않아? 그만둬, 제발. 그러나 나는 말을 듣지 않았다. 나는 땀을 뻘뻘 흘렸다.

"어떻게 된 거야?"

나는 여자에게 물었다.

"글쎄 다 잘 돼 가다가 이 꼴이 됐어요. 미군 부대에서 약을 빼냈을 때까지도 다 좋았다구요. 최 씨가 서울로 먼저 뜨고 약값을 받기로 했는데, 글쎄 이게 뭐예요? 이제 의정부로 돌아가면, 나만 죽일 년이 되겠어요."

"왜? 왜 죽일 년이 돼?"

나는 담배를 피워 물었다.

"약값을 받지 못했으니 어째요, 참 그런데 당신은 최 씨하고 어떤 관계이죠?"

여자는 이제 모든 정신이 제자리에 잡히는 모양이었다.

"비밀조직에서 그런 질문이 용납되는 줄 알아?"

나는 싱긋 웃으며 말했다. 여자는 더 이상 말도 하지 않았다. 나는 서서히 일어서서 여자의 겨드랑이에 손을 넣어, 들어 올렸다. 이미 여자는 물이 질질 흐르고 있었다. 나는 그 속에다가 외로운 나를 담았다. 문득 숙자 씨의 목소리가 귓속에서 살아나고 있었다. '오른쪽으로 반쯤 돌렸다가 열쇠를 제자리로 하세요. 구멍에서 뽑지 말고 끼운 상태에서 빙 돌려서…….' 나는 숙자 씨의 목소리를 입으로 받아 중얼거리면서 그대로 행동했다.

그러나 문은 좀처럼 열리지 않았다. 나는 안간힘을 썼다. 그러자 문이 열리기 시작했다. 아주 오랜 시간인 것처럼 느껴졌다.

나는 열쇠를 반쯤 돌렸다가 제자리로 제자리로 다시 원위치하였다. 그때 현관에서 벨소리가 들려왔다. 현관문은 내가 열어주지도 않았는데 딸그락거리는 소리를 내면서 저절로 열렸다.

나는 급히 일어서서 현관으로 나갔다. 숙자 씨였다. 그는 이상한 웃음을 흘리며 들어섰다.

"웬일입니까?"

내가 물었다.

"현기 씨, 더 이상은 참을 수가 없어요."

숙자 씨는 거실로 들어서면서 가쁜 숨을 몰아쉬었다. 의정부에서 온 여자가 숙자 씨에게 쫓겨 옆방으로 숨었다. 숙자 씨는 내 팔을 잡아채며 말했다. 갈대밭에 부는 바람 소리가 그녀와 나 사이에서 와스스와스스 들렸다.

"밤마다 현기 씨를 지켜봤어요. 현기 씨 아파트에 마지막 전등이 꺼질 때까지 밖에서 지켜보고 있다가 돌아가곤 했어요.

용서해 주세요. 나는 현기 씨를 바랄 자격도 뭣도 없지만, 그러나 현기 씨가 다른 여자를 집으로 불러들이는 것은 참을 수가 없어요."

그녀 앞에 서 있는 나는 이미 내가 아니었다. 나는 배반당하고 있었다. 아무 곳에도 나는 없었다. 숙자 씨한테 살해당할지도 모른다는 생각이 순간적으로 들었다. 나는 숙자 씨의 눈을 똑바로 보았다.

'오른쪽으로 반쯤 들렸다가 제자리로 하세요. 열쇠를 구멍에서 뽑지 말고 그대로 끼운 상태에서 빙 돌려서 제자리로 해야 돼요.' 그때 숙자 씨의 차근차근한 목소리가 들려오는 듯했다. 갈대숲이 바람에 쓰러지고 있었다. 나는 숙자 씨를 힘껏 포옹했다. 숙자 씨는 나의 가슴에서 모두 부서져 버리고 있었다. 그때 현관문을 요란하게 두드리는 소리가 들려왔다. 곧이어 여러 명의 남자가 구두를 신은 채 거실로 뛰어들었다.

"마약 단속반입니다."

그들 중에 하나가 신분증을 내보이는 것과 동시에 나와 숙자 씨를 난폭하게 붙잡았다. 잠시 후에 옆방에 숨어 있던 의정부 여자가 붙잡혀 나왔다.

"비밀조직이 여기에 또 있는 줄은 까맣게 몰랐구먼. 오늘 오 형사 수훈 갑이오."

상관인 듯한 사람이 말했다.

"어휴, 반장님, 말도 마십쇼, 의정부에서부터 미행해 온 이

아가씨야 그저 말단 판매책이니까 대수롭지 않지만, 이 두 사람은 아직까지 리스트에도 오르지 않은 놈들입니다. 틀림없이 우리가 찾던 배후인물로서 아마도 국제조직과 관련이 있을 것입니다."

그들은 흐흐흐 웃었다. 나는 말하고 싶었다. 왜? 무슨? 도대체? 이런 밑도 끝도 없는 말들만이 입안에서 뱅뱅 돌 뿐 나의 말조차 나를 배반하고 있었다.

"마약 하고 우리가 무슨 상관이에요?"

숙자 씨가 따졌다.

"어쭈, 제법이시구먼. 이거 왜 이래? 거물답게 굴지 못하고."

사내들이 숙자 씨의 입을 틀어막았다.

"이 자들이 배후인물이라는 게 확실한가?"

한 사람이 중얼거렸다.

"기면 어떻고 아니면 어떱니까? 비밀조직의 총책이야 아무 놈이나 때려잡아 놔도 그만이죠. 비밀조직에 무슨 증거가 있고 없고가 있어야 말이죠."

"아하."

한 사람이 하품을 했다.

그들은 모두 한마디씩 큰소리로 말했다. 나는 그 소리를 들으면서 기뻤다. 모든 소리가 죽어 있던 아파트에서 모든 소리가 살아서 벌떡벌떡 숨을 쉬고 있었다. 모든 것이 활기에 넘치고 있었다. 나는 비실비실 웃기 시작했다. 웃음이 타액처럼 입가에 흘러내리며 뚝뚝 떨어졌다. 숙자 씨는 입이 틀어막힌 채 나를 건너다보고 있었다. 갈대숲이 쓰러지는 바람 소리가 들려왔다. 나는 갈증이 났다. 나를, 이 아파트를, 회사를, 모든 것을 벗어나서 다른 곳으로 들어가는 문을 열기 위해서 나는 안간힘을 다하면서 열쇠를 돌렸다. 사내들한테 연행돼 가면서도 나는 열쇠를 돌리는 법만을 생각했다. '너무 꽉 쑤셔서 넣지 말고 조심해서 쏙 단번에 넣으세요. 그리고 오른쪽으로 반쯤 돌렸다가 다시 제자리로 하세요. 구멍에서 뽑지 말고 그대로 끼운 상태에서 빙 돌려서 제자리로 해야 돼요.' 나는 자꾸자꾸 돌렸다. 조심조심 돌렸다.

(월간조선, 1981)

정반이

이삿짐을 부리면서 보니 성한 화분이 몇 개 안 되었다. 커다란 청목 화분도 귀가 떨어졌고 군자란과 문주란 화분도 금이 쭉 가서 옮기려고 손을 대자 그냥 깨져 버렸다. 이삿짐센터에서 나온 인부들은 짐 다루는 솜씨가 이만저만이 아닌데 이번은 참 이상했다. 책상 위에 깔았던 5밀리 두께의 유리도 한쪽 모서리가 삼각형 모양으로 달아나 버렸다. 인부들 중에서 나이가 좀 들어 보이는 사람이 미안하다는 말을 했다. 그래서인지 그들은 이삿짐을 들여놓기가 바쁘게 차를 몰고 갔다. 다른 때는 이삿짐을 다 옮겨 놓고도, 목이 마르다느니 허기가 졌다느니 하면서 우물쭈물 웃돈을 은근히 바라곤 했었다.

"여보, 어떡하지요? 온통 장난감 부서진 꼴이 됐어요."

아내가 마당 가에 죽 널린 깨진 화분을 보면서 울상을 했다. 아내의 조그만 얼굴이 온통 낙심한 빛으로 덮여 있었다. 아내는 원래 좋고 나쁜 감정을 극에서 극으로 택일하여 완전하게 표정으로 나타낸다. 약간 기분이 언짢다든가 그저 그렇고 그렇게 좋다든가는 없고, 절망적으로 기분이 나쁘거나 아니면 또 팔팔 뛰도록 기분이 좋고, 이 두 가지 중의 어느 하나인데, 깨진 화분을 보고 아내는 아주 극단적으로 절망하는 얼굴을 했다.

나도 아닌 게 아니라 기분이 좋지 않은 터였지만, 아내의 이러한 극단적인 감정을 잘 아는 나로서는 거기에 맞장구를 칠 수도 없고 하여 그저 입맛만 다시다가 한마디 했다.

"그런 것 가지고 뭘 신경 써? 좋은 화분으로 몽땅 바꾸면 될 걸. 그런 구닥다리 화분은 잘 깨졌지 뭐. 요즘 근사한 것 많이 있을 거야."

"그래도요. 이사 오면서, 뭐가 깨지면 안 좋다던데."

"그만해 둬."

"저 집 좀 봐요. 참 멋진 화분이 많아요."

아내는 나에게 103호를 손짓해 보였다. 그 집 베란다 위에 즐비하게 놓여 있는 화분마다 온갖 꽃들이 곱게 피어 있었다. 우리가 새로 이사 오는 집은 골목 쪽으로 창문이 나 있는 101호이고, 103호는 맨 안쪽에 있는 집이다. 아래층 세 가구, 위층 세 가구, 모두 여섯 가구로 된 소형 연립주택인데, 다닥다닥 마주 서 있는 대규모 연립주택과는 달리 사방으로 블록담도 쳐져 있고 출입하는 대문도 달려 있어서, 골목에서 그냥 보면 굉장히 큰 저택같이도 보이고, 또 무슨 창고나 조그만 공장같이도 보였다. 대문을 들어서면 길쭉하게 생긴 마당과 꽃밭도 있었다.

"야, 정말 저 집은 굉장하군. 우리도 저 집처럼 예쁜 화초나 기르며 살자고."

나는 아내의 절망을 희열로 바꾸기 위하여 좀 과장해서 말했다. 102호와 위층의 베란다에는 마지못해 올려놓은 듯한 한두 개의 화분과 빨래들뿐이었지만 103호 베란다는 온통 화분으로 꽉 차 있어서 보기만 해도 기분이 황홀해질 정도였다. 심심풀이로 꽃을 가꾸는 게 아니라 아주 수준급의 원예를 하는 집인지도 몰랐다.

마당 가에 있는 화단의 꽃도 103호 앞부분만 덜퍽지게 표가 났다.

"누가 그런 말 믿을 줄 알고요? 한두 번도 아니고 당신은 맨날 시작만 해놓고 나 혼자 골탕먹는 것 모르세요? 꽃이다 새다 금붕어다⋯⋯."

"흐흐."

나는 아내의 말을 듣자 갑자기 웃음이 나왔다. 아내의 말이 옳았다. 나는 오로지 시작뿐이다. 화분이나 새나 금붕어나 처음 시작할 때는 떠들썩하다가는 그것으로 늘 그만이다. 술을 즐기는 사람은 꽃이다 새다 하는 자질구레한 것에 취미가 없는 게 보통이라는데 나는 술은 술대로 좋아하니 별나다는 것이다. 한잔하고 귀가할 때면 그만그만한 화분을 곧잘 사 들고 왔다. 꽃만이 아니라 십자매다 문조다 하는 새도 그렇고 금붕어다 비단잉어다 하는 것도 그렇다. 그러나 화분을 한번 사 오면 하루나 이틀 들여다보다가는 그뿐이고 그 후로는 누가 물을 주는지 마는지도 몰랐다. 집에서 기르기가 가장 쉽다는 십자매도 벌써 여러 쌍 사 왔었지만, 때맞춰 좁쌀을 주고 또 달걀 껍질과 채소를 잘 줘야 새끼 낳이도 할 텐데, 번번이 실패하고 나중에는 새마저 굶겨 죽이는 게 보통이었다. 처음에는 나의 이러한 습관에 아내가 짜증도 내고 했지만, 아내 역시 아이도 낳아 기르고 허리에 살이 통통하게 오르면서부터는 만성이 되어서 나는 나대로 꽃이나 새나 금붕어를 심심찮게 사들여 오고, 아내는 아내대로 틈이 나면 그것들을 돌보고 또 바쁘면 잊어버리는 식으로 되어서, 일종의 나태한 가풍이 되다시피 하였으니 우스꽝스러운 일이었다.

"아이고 불쌍해라. 모두 영양실조가 됐네요."

이삿짐을 대강 들여놓고 나서 허리도 펼 겸 마당 가에 서서 담배를 피우고 있는데 어떤 젊은 여자가 대문으로 들어오면서 자질구레한 물건이 흩어져 있는 마당과 베란다를 둘러보며 이렇게 말하는 것이었다. 나는 담배를 피우다 말고 얼굴이 후끈 달아올랐다. 베란다에서 이제 다섯 살짜리 아들 철이가 놀고 있었는데, 이사 오기 전부터 설사를 주룩주룩해서 핼쑥해진 녀석의 꼴을 보고 한 말로 들었기 때문이었다

"철아, 거기서 뛰어다니면 안 돼. 밑으로 쾅 떨어지면 아야 한다."

나는 베란다로 가서 철이에게 손을 내밀었다.

"아빠, 나빠."

철이가 나에게 안기며 말했다. 이놈도 제 엄마를 닮아서 말 끝마다 나쁘다 좋다 이런 식으로 판단하는 감정이 극에서 극 으로 왔다 갔다 한다.

"화초가 모두 영양실조에 걸렸어요."

그제서야 나는 그 여자가 말하는 대상이 철이가 아니라 화초 라는 것을 알고 실소했다.

"예, 이거 뭐 화분도 다 깨지고 엉망진창이 됐어요."

나는 좀 주눅이 든 기분에서 이렇게 말하며 마당 가에 멋대 로 흩어진 자질구레한 것들을 가리켰다.

"저는 저 끝 집에 살아요."

"아, 103호 아주머니시군요!"

나는 반갑게 말하면서 얼굴을 붉혔다. 화단에서 분꽃 향기가 훅 퍼져 왔다. 화초 하나 제대로 못 가꾸는 우리 집의 보잘것없 는 교양 정도가 그 여자에게 폭로되고 있다는 부끄러움이 나 의 온몸을 휩쌌다. 그 여자는 반쯤 깨어진 채 모로 자빠진 화분 을 일으켜 세우면서 말했다.

"화초들이 배고파서 울고 있는 것 같아요."

그 여자가 이렇게 말했다. 이상하게도 이 말을 듣는 순간 내 가슴이 쾅쾅하는 소리를 내며 뛰기 시작했다.

그때 아내가 현관에서 나오며 또 뭐가 못마땅한지 얼굴을 찌푸렸다. 전셋돈 빼고 주택부금 융자받으면 스무 평짜리 아파트도 살 수 있는데 왜 구질구질하게 하필 연립주택을 샀느냐고 불만이 대단한 아내였다. 그래도 처음으로 내 집을 장만하는 감격이 아내의 그러한 불만을 누르고는 있지만, 내가 이 연립주택을 계약하고 나서 아내를 데리고 와 봤을 때부터, 부엌이 너무 좁다느니, 화장실에서 냄새가 난다느니 하며 입을 샐쭉거렸다.

"아기 엄마시군요?"

그 여자가 먼저 아내에게 인사를 했지만 아내는 찌푸렸던 얼굴을 간신히 펼 뿐 인사를 제대로 받지도 못했다. 그래서 내가 말했다.

"103호에 사는 아주머니야."

내 말을 듣자 아내의 얼굴에서 절망의 빛이 사라지고 갑자기 환한 희열의 빛이 거짓말같이 가득해졌다.

"그러지 않아도 지금 아주머니네 집 이야기를 하는 중이에요. 어쩌면 화초를 저렇게 멋지게 가꾸는지 정말 부럽군요."

철이를 받으랴 103호를 손짓하랴 아내의 손은 매우 바빠지고 있었다.

"103호도 우리 집하고 구조가 똑같나요?"

"그럼요."

"부엌이 좁아서 찬장을 어느 쪽으로 놓아야 할지 모르겠어요."

두 여자는 금방 친해졌다. 함께 103호로 가며 무슨 말들을 하는지 재잘거리며 웃고 있었다. 여자들이란 다 꼭 같군. 나는 중얼거리며 마당 가에 널린 자질구레한 짐들을 안으로 마저 들여놓았다. 성한 화분 몇 개는 베란다 위로 올려놓고 깨진 것들은 마당 옆의 화단 안에 들여놓았다. 군자란도 분갈이를 벌써 해 주었어야 했던 모양으로 화분이 깨져 달아났어도 화분 형태로 단단히 굳어진 뿌리투성이의 흙은 허물어지지도 않았다. 허리를 구부리고 군자란의 뿌리를 들여다보니까 뿌리 사이사이로 지렁이들이 엎치락뒤치락하는 게 보였다. 지렁이란 놈 때문에 지난여름에 꽃도 피다가 시들고 이파리도 누릇누릇하게 시들었나 보았다. 나머지 깨진 화분들을 우선 그 옆으로 옮겨 놓은 다음, 마당 가에 흩어진 신문지와 깨진 화분 조각, 짐을 묶었던 굵은 끈들을 쓸어서 대문 옆에 있는 커다란 쓰레기통에 버렸다.

안으로 들어와서 마루를 정리하고 텔레비전을 전원코드에 연결하고 천장의 등을 끼웠다. 이사하면서 전등을 모조리 빼 가는 것은 무엇 때문일까. 셋방 살 때도 보면 나는 언제나 쓰던 전등은 놓고 오고 이사 와서는 새 전등을 사곤 하면서도 그 의문은 풀리지 않았다. 꼭 같이 이사 오고 가는 사람들이 전등을 그대로 놓고 가면 모두 불편도 없고 손해도 없을 텐데, 쓰던 전등을 모조리 떼어 가는 것이었다.

나는 마루 유리창을 열었다. 바로 앞에 2층집이 막아서 있어 콱 막히기는 했지만 그래도 그 사이로 마당이 있어서 햇빛을 가리지는 않았다. 이만하면 됐지. 이렇게 생각하면서 맞은편 집을 찬찬히 뜯어보았다. 자연석 무늬의 벽돌로 된 그 2층 집은 이쪽에서 보이는 것은 궁둥이 쪽인데도 꽤 호사롭게 돼 있었다. 아래층은 창문이 두 개인데 하나는 흰 방수 페인트를 창틀에 칠한 것으로 보아 욕실같이 보이는 작은 것이었고, 또 다른 하나는 내 집 마루문 크기였다. 조금 열린 창 안으로 커다란 냉장고가 보였다. 식당인 모양이었다. 이렇게 두 개의 창을 빼고 나면 2층의 벽이 모두 자연석 무늬의 벽돌로 되어 있어서 무슨 옛 성같이 제법 고고하게 보여서 나는 은근히 기가 죽었다.

"그 집에 가 보니까 꽃이 아주 대단해요. 온통 집 안이 다 화초들로 꽉 찼어요."

잠시 후에 아내가 돌아와서 말했다.

"우리도 화분을 다 바꿔야겠어. 그 아주머니 말마따나 모두 영양실조란 말야."

나는 아내의 말을 받아서 이렇게 대꾸하며 베란다에 늘어놓은 자질구레한 화초들을 새삼스럽게 둘러보았다. 영양실조라니, 그래도 이따금 부엽토도 사다가 뿌려 주곤 했는데. 나는 이런 생각을 하면서 스스로에게 위안을 했다. 화원에서는 발육촉진을 시키는 특별한 약을 주기 때문에 꽃들이 크고 싱싱하지만 일단 그것을 사다가 집에 놓으면 아무리 물을 자주 주어도 비실비실해지며 볼품이 없어지곤 했다. 나는 이런 것들을 늘 당연한 것으로 생각하였다. 하긴 당연한 것이 아니라고 생각할 처지도 못 되었다. 나는 원래가 게으른 사람이라는 것을 누구보다도 아내가 더 잘 알았다.

가을이 깊어 가고 있다는 사실은 화단의 국화가 그때그때 말해 주고 있었다. 국화들이 어느새 활짝 피더니 또 하나하나 시들기 시작하였다. 나의 직장이 가깝다는 이유로 연립주택으로 이사를 한 것이었지만 막상 이사를 하고 보니 그 이유만이 아니라 더욱 그럴싸한 이유를 찾을 수 있었다. 우선 연립주택은 아파트보다 더 단독주택다웠고, 단독주택보다는 더 아파트다웠다. 이러한 말도 안 되는 이야기는, 비록 전세방에 살기는 했어도 아파트와 단독주택에 골고루 살아 본 나 같은 사람에게나 이해가 되지 그렇지 않은 사람은 퍼뜩 알아듣기 어려울 것이다.

겨울이 찾아왔다. 새 화분에 옮겨심기는 했어도 다 시들고 쭈그러진 화초들을 마루로 들여놓았다. 마당으로 쫄쫄거리며 뛰어다니던 철이도 안방으로 들여놓고, 멋대로 놀이터로 나가면 볼기를 때리며 야단을 쳤다.

"이제 화초 기르는 법을 알았어요."

어느 날 퇴근해서 온 나에게 아내가 큰 발견이라도 했다는 듯이 재재재재 말했다. 조그만 얼굴에 온통 희망이 넘쳤다.

"화초는 고사하고 철이나 잘 키우라고. 모두들 우량아 만든다고 지랄이던데."

지랄이라니, 나는 말하면서도 스스로 웃었다. 4.8킬로야. 직장에서 사내놈들은 늘 이렇게 말했다. 아이를 낳고 나면 늘 신생아의 몸무게를 자랑하는 것이었다. 3킬로면 정상인데 4.8킬로라니, 그건 신생아의 몸무게 자랑이 아니라 꼭 애비 된 놈의 그 물건 크기를 자랑하는 듯했고, 또 제 여편네의 섹스의 깊이와 흡인력을 뽐내는 꼴이었다.

웃긴다. 아이를 낳아 놓고 무슨 놈의 체중을 자랑하는 것일까. 그러고 보면 우리 집의 철이는 다섯 살이 됐는데도 꼭 미음도 못 먹은 놈처럼 비실비실하고 난민촌 아이처럼 바싹 말랐으니, 아내가 화초 이야기를 했을 때 첫마디에 아이나 잘 키우라는 대꾸가 무의식중에 나왔던 것이다. 철이나 통통하고 보실보실하게 키울 것이지 무슨 놈의 화초 타령이야. 나는 속으로 그렇게 말했다.

안 돼요. 안 돼. 그러면서 항상 아내는 궁둥이를 모로 꼬았다. 그럴 때마다 방아공이는 확에다 벼를 찧지 못하고 확 밖에다가 허무하게 쌀을 토해 내곤 했던 것이다. 아이는 하나면 충분해요. 철이만 훌륭하게 잘 키우면 되잖아요. 어엿한 집이라도 한 채 장만한다면 또 몰라도, 지금은 그만 낳아요. 옳다. 아내의 말이 백번 옳았다. 전셋방에 돌아다니면서 구박받은 일은 내가 더 잘 안다. 아이가 몇이오? 하나요. 그렇게 대답하면 복덕방 영감은 항상 아내의 하복부를 주시하곤 했다. 임신 중인가 아닌가를 살피는 것이었다.

"당신은 괜히 신경질이에요. 누가 철이를 잘 키우지 않는댔어요?"

"그럼 뭐야? 이제 연립주택이나마 집도 하나 장만했으니, 우선 철이나 살이 피둥피둥하게 키워서 우량아 만들고 또 한 놈 더 만들자고."

아내는 나의 팔을 냅다 꼬집었다. 아이를 만들자는 말에 화가 났기 때문이었다. 그러나 아내는 화를 참고 화초 이야기를 계속했다.

"저 103호 말예요, 왜 화분을 잘 기른 집 여자 있잖아요?"

"또 화초 얘기야?"

"글쎄 화초에다가 그냥 우리 집처럼 거름만 주는 게 아니래요. 우유도 주고 야쿠르트도 준대요."

"뭐?"

나는 어리둥절해져서, 마루에 들여놓은 다 죽어 가는 화초들을 둘러보았다. 살려 주세요. 살려 주세요. 다 죽어 가는 화초의 노리끼한 잎사귀들이 말했다.

"화초에다가 우유도 주고 야쿠르트도 준다고?"

나는 아내의 말을 받아 이렇게 말하고 나서 지난가을 103호실 베란다에 쭉 놓여 있던 소담스러운 화분들을 눈앞에 떠올렸다. 싱싱한 잎사귀와 예쁜 꽃들이 연립주택의 초라한 베란다에 어울리지 않게 아름다움을 과시하고 있었던 것이다. 또 103호집 젊은 여자의 복실복실한 얼굴과 알맞게 살진 몸매도 눈앞에 삼삼하게 떠올랐다.

"그뿐이 아니래요. 생선도 주고 달걀도 주고, 글쎄 어린애 키우는 것보다 더 정성을 쏟는다지 뭐예요."

아내는 이상할 정도로 희열의 극단으로 고조되어 있었다. 옆집 여자의 화초 기르는 비법을 알고 어떤 경쟁심리가 작용해서일까. 나는 다 죽어 가는 화초들을 보면서 저놈들이 입도 없는데 어떻게 우유와 야쿠르트를 마시고 생선과 달걀을 먹을까 하는 생각을 하다 보니, 문득 화초에다가 우유와 달걀을 주는 103호 여자의 모습이 눈앞에 다시 떠올랐다. 그때 나의 눈앞에 떠오른 여자의 모습은 실오라기 하나 걸치지 않은 나신이었는데, 툭 건드리기만 해도 푸른 액이 나올 듯한 식물성의 신비한 형체였다.

그 다음날부터 아내는 철이가 마시다 남긴 우유는 모두 화분에다가 갖다 붓기 시작했다. 온종일 아내는 부엌에서 화분이 놓여 있는 마루로 부지런히 오갔다. 나는 늘 버릇대로 그러한 아내를 그저 무심히 구경만 하면서 지냈지만 어떤 때는 아내의 행동이 지나쳐서 화가 나기도 했다. 철이가 과일즙이나 우유를 안 마시겠다고 투정을 하면 아내는 이렇게 말하는 것이었다.

"안 먹을래? 정말 안 먹어? 그럼 화초한테 준다."

그러고는 기쁨에 들뜬 얼굴을 하고 우유와 과일즙을 들고 재빠르게 화분이 놓여 있는 마루로 달려가는 것이었다.

겨울이 깊어 갔다. 그러나 우유와 생선, 과일과 야쿠르트를 겨우내 먹은 화초들은 추위에 떨며 점점 시들어 가기만 했다. 하지만 아내는 그것을 아는지 모르는지 부지런히 우유와 생선을 화분 위에 쏟아부었다. 군자란의 잎이 누렇게 바래서 떨어지고 청목도 기가 죽고 문주란도 잎사귀가 마른 옥수수잎처럼 보스스 떨어졌다. 영산홍도 산사과나무도 마찬가지였다. 겨울은 점점 깊어 가고 드디어 어느덧 봄이 그 밑바닥에서부터 조금씩 일어서고 있는 시간이 찾아왔다.

"어머나, 잠자는 아기에게 우유를 억지로 먹였군요. 체했나 봐요. 소화제를 먹이세요."

103호 여자가 어느 날 우리 집에 와서 눈을 크게 뜨고 말했다. 잠자는 아기라니, 처음에 나는 그게 무슨 말인지 알 수 없었다. 그때 철이는 장난감을 가지고 한창 신나게 노는 중이었다.

"저 화초 좀 보세요. 너무 먹어서 소화불량이에요. 겨울에 잠을 자는 화초한테 음식을 너무 먹였으니, 이를 어쩌지요?"

그 여자는 허리를 구부려 마루에 놓인 화초들을 하나하나 어루만지며 혀를 끌끌 찼다. 아내는 낭패감에 빠져서 허둥지둥했다. 그 여자는 아내에게 잠깐 기다리라는 손짓을 하고 밖으로 나갔다.

"그것 봐. 화분에 우유를 마구 갖다 붓더니 꼴좋군."

나는 화가 나서 말했다. 철이 하나 제대로 통통하게 못 키우는 주제에 무슨 놈의 화초는 화초냐 하는 기분이 다시 목젖까지 꽉 차올랐다.

"당신은 괜히 신경질 부리지 마세요. 설마 식물도 소화불량
에 걸릴라고요. 생각해 보세요. 그냥 맹물을 주는 것보다야 우
유를 주는 게 나쁠 게 뭐 있겠어요?"

아내는 아내대로 방패막이를 했다. 아무렴, 맹물보다야 우유
가 낫겠지. 그러나 철이가 마시다가 입만 잠시 떼면 그냥 화분
에다가 줄창 쏟아붓곤 했으니, 화초들은 뿌리가 온통 우유와
야쿠르트와 달걀과 과일즙과 생선토막에 범벅이 되어 다 썩어
가고 있을 것이었다.

"이것을 먹여야겠어요."

잠시 후에 돌아온 103호의 여자가 마루로 올라서면서 말했
다. 그녀의 손에는 흰 종이로 접은 약봉지가 몇 개 들려 있었다.

"그게 뭐예요?"

아내는 놀랍고 신기한 얼굴을 했다. 나도 마찬가지였다.

"쉬, 조용히 하세요. 소화제예요. 화초한테 먹여야 해요."

여자는 마치 잠들어 있는 갓난아기에게 약을 먹이듯 조심조
심 약봉지를 풀더니 흰 가루약을 화분마다 조금씩 나누어 주
고 그 위에 정성 들여 물을 주는 것이었다.

103호 여자에 대한 이야기는 그 후에도 아내의 입에서 자
주자주 나왔다. 아내의 입에서 말이 되어 나오는 103호 여자
는 온통 신비와 경이로 가득 차 있기 일쑤였다. 다른 동네에 살
때는 툭하면 옆집 여자 흉을 잘 보던 아내가 이번에는 웬일인

지 말끝마다 그 여자의 칭찬만 늘어놓는데, 그건 단순히 칭찬이 아니라, 그 여자의 이모저모를 부러워하고 또 신비스러워하기까지 했다. 103호 여자에 대한 아내의 이야기 가운데서 나를 묘하게 자극한 것은 그 여자가 불임이라는 사실이었다. 이 말을 처음 들었을 때 나는 내 가슴이 쾅 하고 소리를 내는 것을 들으며 묘한 기분을 맛보았다.

"결혼한 지 5년이 지났는데 아직도 임신한 적이 없다는 거예요."

아내는 이렇게 말하며 또 나를 핀잔하는 눈초리를 보냈다. 철이를 낳은 다음에 아무리 조심을 한다고 했어도 벌써 아내는 세 번이나 소파수술을 받았던 것이다. 안 돼요, 안 돼요, 하면서 아내가 궁둥이를 모로 돌려 방아공이를 쓰러뜨리려고 할 때면 나는 이상하게도 기를 쓰고 확의 깊숙한 곳을 찧으려고 안간힘을 쓰곤 했던 것이었다. 물론 그런 일은 술에 취한 채 밤일을 할 때 많았는데, 그런 일이 있고 난 후 경도가 없으면 아내는 재빠르게 산부인과에 가서 다 찧어서 담아 놓은 것을 긁어내고 왔고, 그때마다 나는 팔뚝을 꼬집혔다.

"너무너무 신비하잖아요? 결혼 5년에 아직도 임신을 안 했다니, 그 여자 말을 들으니까 나는 그만 너덜너덜한 할망구가 된 기분이에요."

불임녀를 업신여기고 비웃어 주는 게 우리네 여자들의 버릇인 줄 알았는데 아내는 오히려 반대였다.

"아이가 없어도 남편하고 사이가 그렇게 좋을 수가 없대요. 그 집안에 들어가 봐도 모든 게 어찌나 따뜻하고 고운지 몰라요. 결혼하면 그저 돼지처럼 새끼나 낳아서 기르는 동물적인 결혼생활보다 얼마나 멋져요?"

나는 콧방귀를 뀌었지만, 아내의 진지한 얼굴을 보면서 한편으로 공연히 얼굴이 뜨거워지기도 했다. 동물적인 결혼생활이라니, 그럼 사람이 동물의 일종인데, 어떻게 식물적인 결혼생활을 할 수 있으랴. 이런 생각을 하며 얼굴을 식히고 한마디 했다.

"그래도 그 여자는 고민이 대단할걸. 여자는 뭐니 뭐니 해도 아이 낳이를 쏙쏙 잘해야 쓰는 법인데."

내가 말하자 아내는 또 내 허벅지를 꼬집었다. 그때 안방에서 낮잠 자던 철이가 콧물과 울음을 앞세우고 마루로 나왔다.

아내는 철이를 무릎 위에 앉히고 머리를 쓰다듬어 주었다. 영양실조에 걸린 것이 비단 화초뿐이 아니었다. 철이도 입가에 버짐이 하얗게 번져 있었다. 한참 통통하게 살이 오를 나이인데, 철이는 밥투정이 심하고 우유나 과일즙은 화초에게 빼앗긴 채 엄마의 빈 젖만 물곤 하였다. 나는 녀석의 비실비실한 꼴을 보면서 속이 상했다.

그날 밤 나는 아내와 밤일을 했다. 아니, 아내하고 한 게 아니라, 실은 103호 불임의 여자와 일을 한 셈이었다. 불임의 원인이 남자 쪽일까 여자 쪽일까. 어느 쪽이든, 나의 방아공이는 모든 장애물을 빨아 낼 수 있다는 음흉한 자신감이 드는 것이어서, 나는 숨을 몰아쉬면서도 103호의 여자를 눈앞에 떠올렸고, 그러면 그 여자는 정말 아내 대신 확의 아가리를 쩝쩝 벌리면서 나를 받아들였다. 아내는 나의 이러한 꿍꿍이속도 모르고 한창 숨 막힐 지경에 달했을 때 궁둥이를 모로 돌리며, 안 돼요, 안 돼요, 했다.

아내는 이제 화초에다가 우유를 주는 일도 할 수 없게 되자, 툭하면 조그만 얼굴에 절망을 가득 담고 공연히 신경질만 부렸다. 살이 하나도 안 붙은 철이의 궁둥이만 찰싹찰싹 때리면서 짜증을 부렸다. 그러면서도 103호 여자와는 여전히 친하게 지내는지, 하루도 빼놓지 않고 그 여자 이야기를 해 댔다. 아내는 참 이상했다. 원래 감정이 극과 극으로 표변하는 격정적인 아내였는데 103호 여자에 대해서만은 이상하게도 칭찬과 흠모의 한쪽 극에서만 움직일 줄 모르고 있었다. 아내가 그 여자에 대하여 갖는 기분은 신비감과 외경심을 합한 것이었는데, 마치 교육 수준이 낮은 광신도의 그것처럼 열렬하다 못해 자못 비장하기까지 했다. 불임녀를 신비스럽게 보는 것을 지나 아주 그녀를 마치 성처녀 보듯 했다.

"이리 이사 오기를 참 잘했어요. 온통 세상 골목이 비계덩이가 된 여편네들이 모여 앉아 쑤군대는 곳인 줄 알았는데 그 여자같이 깨끗한 여자가 살고 있는 곳으로 이사 와서 함께 아침저녁 이야기하며 사니까, 요즘은 꼭 별천지에 사는 기분이에요."

"당신 요즘 엉뚱해지는 것 아니야? 괜히 화초 때문에 기가 죽어서 오금을 못 펴는 것 아니야?"

내가 이렇게 말하면 아내는 나를 냅다 꼬집으며 팔짝 뛰었다.

"그 집 남자는 그냥 보통 남자던데, 아무렴 여자만 그렇게 별다를라구?"

나는 언젠가 대문을 들어서면서 103호 집 남자와 마주친 적이 있었다. 그러고 보면 103호와 우리 집은, 여자들끼리는 오가며 친한데 나와 그 집 남자와는 인사조차 나눈 적이 없었다. 하긴 그 집하고만 그런 게 아니었다. 이 연립주택에서는 남자들끼리는 서로 알고도 모른 체하며 지내는 게 습관이 되었다. 버젓이 단독주택에도 못 살고 또 고급 아파트에도 못 살면서, 연립주택에 사는 주제에 뭐가 신이 나고 자랑스럽다고 남자들끼리 인사를 하고 어울려 지낼 것인가 하는 심리가 모두에게 공통으로 깔려 있을 것이었다.

나도 마찬가지였다. 나야 스무 평짜리 아파트도 너끈히 살수 있었지만, 직장이 가까운 곳을 고르다 보니 여기에 살고 있는 것이나, 다른 집이야 그렇지 못하리라는 은근한 속셈도 나에게는 있었다. 다른 녀석들이야 보나 마나, 단독주택은 돈이 모자라고 아파트는 관리비 내기가 어렵고 하니까 할 수 없이 연립주택에 살면서 어쭙잖게 내 집입네 하는 작자들일 것이었다. 나는 이러한 못된 생각에서 스스로 다른 집 남자들과 인사를 나눌 생각을 않고 있는 것이고, 하긴, 이런 고약한 마음씨는 다른 남자들도 마찬가지일지도 모르는 일이었다.

언젠가 대문에서 마주친 103호 남자는 키도 자그마하고 또 잠바를 입고 있는 걸 보면 어디 그럴듯한 회사원도 아닌 모양으로 어디서 상점을 하거나 하는 그런 시시한 위인쯤으로 보였다.

"아니에요. 그 집 남자도 아주 멋있는 사람이에요."

"뭐? 멋있다고? 그걸 당신이 어떻게 알지?"

나는 아내를 정면으로 쏘아보며 물었다.

"어떻게 알긴요. 그 집 여자를 보면 금방 알지요. 결혼한 지 5년 동안 아이가 없는데도 그 여자의 얼굴 좀 봐요. 글쎄 꼭 숫처녀 같잖아요? 자기 아내를 그렇게 곱게 가꾸는 남편은 보나마나 훌륭한 사람이에요."

아내는 콜드 마사지를 하면서 종알댔다. 이것 참 야단났다는 생각이 문득 들었다. 어쩌다가 불임 여성을 신비스럽게 보고 방아공이도 시원찮은 그 남편을 훌륭하다고 보는지, 아내의 소갈머리 없는 생각에 화가 났지만, 나는 참았다. 한편 나는 아내의 이러한 얼토당토않은 기분을 의식적으로 방치해 두면서 몰래 즐기고 있는지도 몰랐다. 하긴 103호에 대한 아내의 광적인 태도는 너무도 독특한 것이기 때문에, 이러한 비정상적인 태도에 맞서서 부부싸움을 벌이기에는, 나는 이미 적당히 능구렁이가 돼 있었다.

봄이 베란다 위에까지 찾아왔다. 다 죽어 가는 우리 집 화초들도 봄볕을 따라 베란다로 나갔다. 우리 집 화초들도 나나 아내를 닮아서 기가 죽었는지 따스한 햇빛을 받아도 잎이 더 축 늘어진 꼴을 하고 있었다. 아내는 103호에 줄불이 나게 드나들면서 그 집 여자에게 가정 원예에 대한 비법을 꾸준히 전수 받아 왔지만, 이미 기진맥진해진 우리 집 화초들은 웬만한 처방으로는 회생할 것 같지 않았다. 봄이 오자 마당 가의 화단에서 향기로운 흙냄새가 퍼져 났다. 이름 모를 씨앗들의 싹이 돋아나고 있는 화단을 나는 신기하게 들여다보곤 했다.

그러면서도 나는 103호 쪽의 베란다를 자주 살펴보았다. 그 집 화분들은 추운 겨울을 모르고 지낸 듯 싱싱하기만 했다. 이따금 화분에 물을 주는 여자와도 마주쳤다. 그럴 때마다 나는 묘한 자극을 받았다. 톡 건드리기만 해도 투명하게 푸른 물이 배어 나올 것 같은 모습으로 내 눈을 아프게 자극했다. 나는 그럴 때마다 음흉한 생각을 해 보았다. 나의 방아공이는 그럴 때마다 전의를 북돋우며 몰래 부끄러워했다. 그 여자는 나의 이러한 꿍꿍이속도 모르고 나를 볼 때마다 반갑게 웃으며 인사를 했다. 잔뜩 절망한 내 아내의 조그만 얼굴에 비하면 그 여자의 얼굴은 나의 시선을 압박할 정도로 아름답게 보이기만 했다. 화초에 우유와 과일즙을 먹이는 여자의 모습을 상상만 해도 나는 이상하게 자극되곤 했다. 그 자극의 밑바닥에는 내 남성에 대한 자부심과 그 여자에 대한 연민도 함께 엉켜 있었다.

봄이 한창 마음을 설레게 하는 어느 주말이었다. 아내는 철이를 데리고 나들이를 가고 나는 혼곤한 낮잠에 빠져 있는데 현관문을 두드리는 소리가 났다.

이사 올 때부터 초인종이 고장이 났었는데 여태 고치지 않고 있었기 때문에 문 두드릴 때마다 현관까지 나가는 일이 여간 성가신 게 아니었다. 현관이라야 바로 마루와 맞붙어 있었지만 나는 워낙 게으르고 굼뜬 것을 아예 천성으로 아는 사람이므로 성가신 정도가 이만저만이 아니었어도 초인종을 고칠 생각은 하지 않았다. 현관문에서 똑똑똑 하는 소리가 자꾸 들렸지만 그대로 자리에 누워 있었다. 별별 잡상인들이 하도 자주 와서 성가시게 했기 때문에 만성이 되어 있었다. 현관에서는 계속해서 문 두드리는 소리가 났다. 나는 하품을 하면서 일어났다.

"누구요?"

내 입에서는 볼멘소리가 나왔다.

"저예요. 103호예요."

뜻밖에도 103호의 여자 목소리였다. 순간 나의 몸은 전류에 닿은 듯이 충격을 받았다. 문을 급히 열자 그 여자는 얼굴을 붉히며 인사를 했다.

"아기 엄마는 안 계신가 보군요."

그 여자는 이렇게 말하며 내 앞으로 흰 접시를 내어 밀었다. 접시에는 흰떡이 가득 담겨 있었다.

"웬 떡을 다 주십니까?"

나는 내가 하는 말이 너무 서투르다는 생각을 하면서도 겨우 이렇게 밖에는 다른 말을 할 수가 없었다.

"우리 집 아기 떡이에요."

그 여자는 아주 행복하게 웃으며 돌아섰다.

그 여자가 돌아가고 난 뒤 나는 접시에 가득 담긴 떡을 찬찬히 뜯어보았다. 사이사이 건포도도 박힌 맛있는 백설기였다. 나는 손으로 떡을 떼어 입에 넣었다. 맛이 너무나 좋아서, 한동안 떡 맛만을 생각하다가 비로소 나는 큰 당혹감에 휩싸였다. 이건 분명히 아기의 백일떡이 아니면 돌떡이었다. 우리가 철이의 백일과 첫돌에 백설기를 해서 이웃집에 돌렸던 일이 바로 엊그제 일같이 머리에 떠올랐다. 떡을 담아 온 그릇에 흰 실타래를 답례로 주거나 아니면 봉투에 돈을 넣어서 이웃집 아기를 축복해 주던 생각도 났다. 나는 떡접시를 놓고 벌떡 일어섰다. 지금 바로 103호로 돈을 가져다줄까 하는 생각이 났기 때문이었다. 나는 방으로 들어가서 봉투를 찾았다. 새 봉투는 한 장도 없었다.

그러다가 나는 정말로 머리가 핑 도는 것 같은 현기증을 느꼈다. 아기의 떡이라니? 그 여자는 분명 불임이어서 결혼한 지 5년이 지났는데도 아기가 없다고 했는데, 아기의 떡이라니? 나는 머리를 흔들고 담배를 한 대 피워 물면서, 아내가 악녀라는 생각이 비로소 들었다. 열 길 물속은 알아도 이불 속 여편네의 속마음은 모른다더니 내가 그 꼴인지도 모를 일이었다. 아내가 공연히 자기의 다산성 기질을 은근히 자랑하느라고 103호 여자가 불임이라고 나에게 말한 것이 아니었을까? 그러면서 아내는 언제나, 안 돼요, 안 돼요, 하면서 나의 남성의 핵을 요리조리 피한 것이 아니었을까. 항상 이웃 여자의 흉만 보던 아내가 여기로 이사 온 다음부터 103호 여자를 입에 침이 마르도록 칭찬만 한 것은 단수가 높아진 험담이었음이 틀림없을 것이었다. 그러나 곧바로 그럴 리가 없다는 생각이 들었다. 미간이 딱 붙은 아내의 소갈머리로 그런 고단수의 생각을 해낼 수 없을 것이 분명했다.

그러나 나의 이런저런 의혹은 아내가 돌아오자 곧 풀렸다. 103호 여자가 떡을 가져 왔었다는 이야기를 하자 아내는 또 예의 그 경탄하는 웃음기를 띠고 말했다.

"아기가 그 집에 들어왔어요. 아주 예쁜 사내놈이에요."

"아기가 들어오다니?"

"그 집 남자가 딴 여자한테서 아기를 낳아 가지고 왔대요."

"뭐? 그런데 여자가 가만히 있대? 남자가 밖에서 바람을 피워서 애까지 낳았는데도?"

나는 속물이 되어 짐승처럼 웃기 시작했다. 그러자 아내는 내 팔뚝을 꼬집으며 눈을 동그랗게 떴다.

"이 이는 꼭 생각한다는 게 어쩜 그렇게 유치해요?"

"아니, 당신도 내가 밖에서 딴 여자와 관계해서 애를 낳아 가지고 와도 아무 일 없단 말이야?"

나는 느물느물하게 웃으며 주근깨가 다닥다닥한 아내의 조그만 얼굴을 바라보았다. 아내의 얼굴을 바라보면서도 속으로는 103호 여자를 생각하였다. 그 여자가 불쌍하다는 생각이 들었는데 이때의 불쌍하다는 생각은 묘하게도 의협심이 강한 남자로서 그녀를 구원해 줘야 한다는 엉뚱한 마음으로까지 변하고 있었다. 그래서 나는 말했다.

"103호 남자 녀석, 거 아주 돼먹지 않았군. 딴 여자와 관계해서 애를 낳아 가지고 오다니!"

"그런 게 아니에요. 그 여자가 아기를 얼마나 귀여워하는지 당신이 몰라서 그래요. 그 집 남자가 단순히 밖에서 딴 여자와 바람을 피운 게 아니에요. 여자가 아기를 원하니까 밖에서 아기를 낳아 가지고 온 것뿐이란 말이에요."

"흥, 별 이상한 애처가도 다 있군."

나는 이렇게 코웃음을 치면서도 아내의 얼굴을 다시 뜯어보았다. 적어도 103호에 관한 한 아내의 판단력은 이상한 쪽으로 마비되어 있음이 분명했지만, 이 정도로까지 경도돼 있다니 참 알다가도 모를 일이었다. 아내의 조그만 얼굴을 뜯어보면서 나는 이미 103호 여자에 대한 작전을 다 짜고 있는 중이었다. 그렇게 아름다운 여자가 불임일 리가 없어. 남편 되는 녀석 무기의 화력이 약해서야. 내가 일을 하면 분명히 임신이 될 것이라는 자신감이 뿌듯하게 살아나고 있었다.

이튿날 일요일 아침에 나는 103호 쪽으로 어슬렁어슬렁 다가갔다. 아니나 다를까, 베란다에서 그 여자가 아기를 업은 채

꽃을 가꾸고 있었다. 화초에 물을 주는가 했더니 그게 아니고, 여자는 조그만 핀셋을 들고 꽃이 핀 화초를 찬찬히 들여다보고 있는 중이었다. 나는 베란다로 올라가며 그 여자에게 말을 걸었다.

"꽃 가꾸는 정성이 정말 대단하군요."

내가 이렇게 말하자 그 여자는 허리를 펴고 웃었다. 등에 업힌 아기도 방싯방싯 웃었다.

"꽃에 벌레가 생겼습니까?"

"아니에요."

여자가 얼굴을 붉혔다. 그 순간 나는 식물성의 여자 몸을 눈앞에 떠올리며 전신을 스쳐 가는 전율 비슷한 쾌감을 음흉하게 즐겼다. 그녀는 핀셋을 내 앞으로 내어밀며 또 얼굴을 붉혔다.

"수술 꽃가루를 옮겨 주는 거예요. 그래야지 열매가 많이 열리죠."

"……."

나는 그 당장은 그게 무슨 말인지를 몰랐지만 그녀가 귓바퀴가 빨개진 채로 조그만 산사과나무의 흰 꽃에서 아주 조심조심하면서 핀셋으로 꽃가루를 집어내는 것을 보고 그제야 수술 꽃가루를 암술에다가 옮겨 주고 있다는 사실을 깨달았다. 인공수정을 하고 있는 것이었다. 나도 얼굴이 붉어졌다.

"베란다에는 바람도 잘 안 불고 또 나비나 벌이 날아오지도 않으니까요. 그냥 내버려 두면 산사과가 몇 개밖에 열리지 않더니, 이렇게 인공으로 정받이를 해 주니까 아주 탐스럽게 많은 열매가 열려요."

산사과는 크기가 자두만 할까 말까 한 것인데 우리 집의 것은 잘해야 서너 개의 사과알이 가을에 빨갛게 익곤 했었다. 나는 그녀의 손에 들려 있는 희고 작은 핀셋을 나도 모르는 사이에 받아 쥐었다. 핀셋을 잡을 때 여자의 손가락에서 따뜻한 체온이 전해져 왔다. 여자의 등에서 아기가 볼우물을 지으며 웃었다. 나는 핀셋을 들고 산사과꽃의 수술에서 꽃가루를 조금씩 떼어다가 암술에 묻혀 주었다.

"아주머니가 꼭 이 산사과꽃처럼 보이네요."

나는 이상하게도 그 순간 어떤 신비로운 기분에 젖어서 이런 말을 하였다. 그것은 분명 음흉한 생각이 아니라 어떤 식물적인 형체의 신비한 쾌감 같은 것이었다.

방아공이가 확의 깊숙한 곳을 한사코 꿰뚫으려는 그런 동물적이고 공격적인 성감이 아니라, 이제까지 경험하지 못한 이상한 충동이었는데, 이 충동은 묘하게도 그동안 내가 꿈꾸었던 동물적인 욕망을 순식간에 식물화시켜 주는 것이었다.

아마 조금 전에 핀셋을 받을 때 그녀의 체온이 전해져 온 그 순간부터, 아니 벌써 오래전 화초에다가 우유와 과일즙을 먹인다는 이야기를 들었을 때부터 이미 그녀와 나 사이에는 정받이가 보이지 않게 이루어지고 있었는지도 모를 일이었다. 그동안 그녀의 식물성 나체를 상상하면서 나의 수술의 꽃가루를

103호로 수없이 끊임없이 날려 보내고 있었는지도 모를 일이었다. 나의 수술의 꽃가루가 바람을 타고 그녀의 암술까지 날아가는 모습을 상상하면서 나는 나의 방아공이가 수많은 분말로 분해되는 듯한 쾌감을 느끼며 핀셋을 재빠르게 놀렸다.

(현대문학, 1982)

솔제니친을 위하여

레닌그라드의 하늘은 잿빛으로 무겁게 가라앉아 있었다. 비행기가 기수를 낮추며 공항 쪽으로 내려앉을 때 보니 하늘뿐만이 아니라 도시의 지붕들도 배색이 잘못된 어두운 그림처럼 구석구석마다 어둡고 침울해서 청징한 스칸디나비아반도의 하늘과 도시들의 빛깔과는 아주 대조적이었다. 노르웨이 대사 관저에서 베풀어진 환송 파티에서부터 극도로 들떠 있던 취재기자들은 싸늘하고 침울한 레닌그라드의 상공에 오자마자 차가운 차단감 같은 것을 느껴야 했다.

소련과의 첫 기자교류 계획에 따라 제1진으로 선발된 보도진은 방송과 신문기자를 합해서 모두 다섯 명이었다. 아직 국교가 없는 소련 땅에 첫발을 내딛는 그들의 감격은 컸다. 서울을 떠날 때부터 그들은 마치 극지 탐험대처럼 온 국민의 기대와 격려를 한몸에 받았다. 서울에서 파리를 거쳐 다시 스칸디나비아로 가서 거기서 레닌그라드행 소련 여객기를 탔다. 기내 극장에서 상영하는 영화가 존 웨인이 나오는 서부극이라서 좀 촌티가 났지만 다른 것은 모두 일급이었다. 좀 뚱뚱한 체구의 스튜어디스도 상냥한 영어로 서비스를 했고, 승객들도 소련인보다는 대부분 유럽인이 많아서 모든 게 자유스러웠다. '위대한 소비에트 연방공화국 상공으로 접어들었습니다'라는 기내방송이 있기 전까지는 정말 모든 게 자유스러웠다. 기자들은 대부분 해외특파원을 지낸 외신부의 고참급들이었지만, 소련 상공으로 접어들었다는 방송을 듣고부터는 어딘지 어색해지고 공연히 불안해지는 것은 어쩔 수 없었다. 기류 탓이겠지만 소련 상공으로 접어들자마자 하늘이 잿빛으로 흐려 있는 모습조차 심상치 않은 것으로 느껴지는 것이었다.

비행기는 고도를 점점 낮추기 시작했다. 벨트 착용과 금연을 지시하는 적색불이 깜박일 뿐 엔진 소음뿐이었다. 비행기는 농밀한 재를 밀어내면서 활주로를 향해 떨어져 갔다. 쿵 하는 소리와 함께 착륙을 하자 민수기 기자는 휴 하고 한숨을 쉬었다. 비행기를 처음 타 보는 사람처럼 그는 두 손으로 팔받침대를 꼭 쥐고 있었다. 이마에는 땀이 솟았다.

"민 형. 왜, 겁나우?"

G일보의 정 기자가 그의 어깨를 툭 쳤다.

"응, 조금 떨리는구만."

"뱃심을 두둑이 하쇼."

공항은 생각했던 것보다도 상당히 규모가 커서, 활주로 끝이 까마득했다. 공항 본관에 게양된 적기도 흐린 날씨 탓으로 거의 검정색으로 보였다. 펄펄 휘날릴 만큼 풍속이 대단한 것은 아니었지만 커다란 국기가 꿈틀꿈틀 흩날리었다. 공항 건물들도 우중충했지만 규모가 크고 잔 테크닉이 없이 실용성만을 감안하여 벽돌을 쌓아 올린 듯했다.

"코리아? 사우드 코리아?"

공항 직원은 좀 우스꽝스러운 모자를 쓰고 있었는데 모자챙을 손가락으로 툭 쳐올리면서 물었다. 이미 모든 연락을 받은 모양으로 여권도 대강대강 보면서, 그들은 별 호기심도 나타내지 않았다. 그게 오히려 이상했다.

공항 건물을 빠져나와 호텔로 가는 버스를 타자 조금 마음이 진정되었다. 차창 밖에 펼쳐지는 레닌그라드의 풍경은 이미 르포 기사에서 간혹 읽은 대로 무척 광활했다.

"견고하군."

옆자리의 기자도 내뱉듯이 한마디 했다.

"맞았어. 아주 음흉스러울 만치 견고해."

견고함과 음흉스러움은 어떻게 통하는 것일까. 떠들기 좋아하는 유럽 사람들이 대부분인 버스 안에서도 그러한 견고함에 짓눌려 아무 말도 들리지 않고 있었다. 좀처럼 속마음을 밖으로 나타내지 않는 소련인들이라는 것은 금방 알 수 있었다. 공항 직원들은 물론 소련 승객들조차도 일단의 한국인 기자들에 대하여 도무지 별다른 반응을 나타내지 않는 것이었다.

"민 형은 반체제 작가들을 만나볼 계획이라면서?"

정 기자가 물었다. 기온이 내려가는 모양일까. 차창은 수증기로 뿌옇게 흐려져서, 드넓은 광야 복판에 고립된 밀실 속에 앉아 있는 기분이 들었다.

"나는 우주과학연구소가 취재 대상이야."

민 기자가 아무 대꾸를 않자, 그는 혼자 중얼거리듯 말했다. 기자단 일행은 모두 다 그만그만하게 아는 사람이었으나 정 기자와는 미국 특파원 노릇도 한 시기에 했던 사람이라서 가장 가까운 셈이었다.

"반체제는 무슨 반체제? 나는 취재 계획서에 그냥 문학이라고만 썼다구."

"이거 왜 이래? 누가 민 형 꿍꿍이속을 모를 줄 알고?"

그의 말이 맞는지도 몰랐다. 민 기자의 취재 분야는 문학이었다. 소련 취재단이 조직되었을 때 각자 한 분야씩 맡아서 취재를 하기로 했고 이러한 계획서를 미리 소련 측에 통고를 했던 것인데, 고고학, 문학, 음악, 우주과학, 민속학, 농업 등의 분야를 하나씩 배분받아 그 분야만을 직접 취재하여 보도하기로 돼 있었다. 민 기자가 문학 분야를 자발적으로 선택한 후 신문사에 와서 그런 보고를 하자 편집국장은 낯을 조금 찡그리면서 불만을 표시했다. 소련 땅에까지 들어가서 하필 문학 분야를 취재하다니, 이건 좀 싱겁게 된 일이라고 그는 생각하는 눈치였다. 이름있는 반체제 작가들은 이미 서구로 망명을 했고, 소련땅에야 관 주도의 문학만이 있을 것이었다. 지하신문이나 작가지하동맹에 대해서 취재할 수 없다는 것은 자명한 일이었다. 정치나 국방, 경제 같은 국가정책의 근간이 되는 분야가 취재 대상에서 제외된 것만 보아도, 그들이 한국 기자를 받아들이는 것은 그저 단순한 제스처에 불과한 것으로 시시한 가십이나 주위 가기를 바라는 것이 분명했지만 그래도 자발적으로 선택한 분야가 문학이라는 것은 좀 맥빠지는 일일 것이었다. 좀 더 독자들의 흥미를 확 끌어당길 만한 분야를 편집국장은 바랐을 것이었다.

그러나 민 기자는 서울을 떠날 때부터 이미 뚜렷한 취재 계획을 마음속에 가지고 있었다. '알렉산드르 이사예비치 솔제니친'이 그의 취재 대상인물이었다. 이미 1974년에 국외 추방을 당한 반체제 작가를 그의 모국 소련에 가서 취재한다는 것은 취재요결 제1장에 어긋나는 터무니 없는 일이었다.

"무슨 꿈같은 소리요? 솔제니친을 취재 대상으로 하려면 소련보다는 미국으로 가야 되지 않소?"

그가 취재 계획의 세부사항을 말했을 때, 편집국장은 눈을 커다랗게 떴다.

"네, 그렇습니다. 그런데 말이죠, 바로 소련의 위대한 작가가 현재 미국에 있기 때문에 그의 모국에 들어가서 그를 취재해 보려는 것입니다. 제가 몇 년 전 미국에 있을 때 솔제니친이 하버드대학에서 하는 연설을 들었습니다. 그때부터 내가 만일 소련에 가는 날이 오면 솔제니친에 대해서 기사를 모아 보려고 했었죠."

"솔제니친을 추적하는 전기작가로 타락하지는 마슈."

편집국장은 이렇게 말하며 쓰게 웃었다.

공산권 작가들이 정부의 정치적 이익을 대변하는 작품을 쓰고 있다는 것은 흔히 알려진 일이지만, 소련의 경우에는 이렇게 흔한 일만이 있는 게 아니었다. 숱한 반체제 작가가 물의를 일으키고 또 그들의 작품이 서구로 밀수출되어 출판되고 있기 때문이다. 러시아 공산혁명이 일어난 지 1세기가 된 지금까지도 반체제 문학의 뿌리를 송두리째 뽑아 버리지 못하는 크렘린 정권은, 무능 때문인가 하나의 작전 때문인가 하는 문제도 중요한 일이었다.

도대체 막강한 조직과 권력을 가지고 있는 소련 당국이 입버릇이 고약한 반체제 작가들을 어째서 훈련시키지 못하는 것인가. 아프리카 남단에까지 어용정권을 세워 놓고 마음대로 조종하는 그들이 아닌가. 정적이 해외로 탈출을 하면 암살단을 비밀리에 파견하여 끝내는 흔적도 없이 뭉개 버리는 그들의 조직이 아닌가. 이러한 힘을 지니고 있으면서 태연히 반체제 작가들을 해외로 망명(추방이 아니라 그것은 망명을 묵인하고 탈출을 눈감아 주는 행위이다)하게 내버려 두는 그들의 속셈은 무엇인가.

이러한 의문이 민 기자가 가지고 있는 첫째 심중이었고, 또하나는 솔제니친의 인간에 대한 것이었다. 그가 망명할 때까지의 실상을 가능한 대로 추적해 보는 것이 그가 택한 취재 수첩의 계획서였는데, 온 세계를 떠들썩하게 했던 노벨문학상 수상 작가 솔제니친의 위대성을 낱낱이 취재함으로써, 소련 정치권력의 견고하고 음흉스러움의 진상을 캐내고 싶었다.

민 기자의 제1 목적지는 돈강 하구에 자리 잡은 로스또프 시였다. 그가 소년 시절과 학창 시절을 보낸 남부 도시였다. 그는 여기서 10년제 중학을 마치고 로스또프대학교 물리수학과에 진학하여 1941년 이학사 학위를 받으며 졸업한 후 응소하여 처음에는 수송대의 마필계에 배속되었다가 이듬해 포병 장교학교에 입교, 그해 중대장으로서 대독전에 참가한 것이었다.

버스가 호텔에 닿자 한국 기자들은 비로소 홀가분한 마음이 되었다. 흔히 해외취재를 나가면 영사관이나 대사관에 연락하여 그리운 한국어로 농담도 하고 또 편의를 제공받는 게 관례였지만, 이곳 레닌그라드는 그런 기관이 없으므로 더욱더 해외에 나왔다는 실감이 났다. 미지의 세계에 드디어 첫발을 디뎠다는 설레임이 뒤늦게 일기 시작했다. 이것은 기분 좋은 일이었다. 완전히 혼자가 된다는 것은 몇 년간의 해외특파원 시절에 이미 익숙해져서 그것을 스스로 즐기는 입장이 되었다. 하루 스물네 시간이 나 혼자만의 소유물로 질펀하게 펼쳐져 있는 상태는 설레고 황홀한 것이 아닐 수 없었다.

레닌그라드 관영통신의 마뜨료나 기자와 만난 것은 이튿날 오전 호텔 로비에서였다. 여기자인 마뜨료나는 아주 앳돼 보였지만 그와 이야기하는 동안에 한 번도 웃음을 띠지 않은 채 딱딱하게 굳은 자세였다.

"로스또프에 가려면 비행기와 기차를 이용하는 두 가지 방법이 있죠."

그가 용건을 말하고 협조를 부탁하자 마뜨료나는 좀 느릿느릿한 어조로 말했다. 그는 여행용 수첩을 꺼내어 보면서, 그의 취재 목적을 털어놓을까 어쩔까 하다가 무심결에 말했다.

"그곳에 가면 솔제니친의 생가를 볼 수 있습니까?"

"뭐라구요?"

마뜨료나는 잘 알아듣지 못한 것 같았다. 그는 다시 한번 천천히 똑똑한 발음으로 말했다. 마뜨료나의 눈이 동그래지더니,

"솔제니친이라면, 서유럽으로 나간 그 사람이죠? 맞나요?" 했다.

순간 그는 당황했다. 솔제니친이 마치 누군지도 잘 모른다는 식의 대답을 그녀가 했기 때문이다.

"그렇습니다."

"네에, 그렇군요. 로스또프에 가면 그의 생가는 이미 공장지대가 되어서 없어졌겠지만, 그의 친구들은 만날 수 있겠죠. 비행기보다는 기차를 이용하는 게 좋을 겁니다. 갔다 오시면, 저에게 다시 연락주세요. 만나 볼 필요가 있는 사람이 있으니깐."

"고맙소."

마뜨료나는 다른 이야기는 하나도 꺼내지 않았다. 그래서 그

가 한마디 툭 던지는 듯이 했다.

"제가 남한 기자라는 것을 알고 계십니까?"

"물론, 서울에 있는 H일보 기자라는 것도 알죠."

그러면서 그녀는 배시시 웃었다. 비로소 젊은 여성다운 냄새가 풍겼다. 그러나 마뜨료나는 곧 그러한 냄새를 재빨리 거두고 다시 냉랭한 표정을 지었다.

로스또프행 기차는 오후 네 시에 출발하였다. 민 기자는 기차를 타고서야 비로소 러시아 땅 깊숙이 그가 들어와 있다는 실감을 했다. 승객들은 모두 말을 아끼고 있어서 무성영화의 한 장면 속에 빠지는 듯한 묘한 기분이 들었지만 시끄럽고 공연히 화기애애해 보이는 서구의 기차보다도 더욱 이방인의 가슴을 설레게 해 주는 구석이 있었다. 봄이라고는 하지만 기차에는 스팀이 식식 소리를 내며 들어왔고, 승객들도 겨울 코트를 입고 있는 사람이 꽤 많았다.

기차가 로스또프에 도착한 것은 다음 날 점심때가 지나서였다. 로스또프는 공장지대였다. 기차역을 벗어나자마자 크고 검은 공장 굴뚝들이 하늘을 가리고 있는 모습이 매우 인상적이었다. 남부지방이어서 레닌그라드보다 훨씬 따뜻했다. 로스또프 인민위원회 공보담당관이 마중을 나와 있었다. 민 기자는 그와 함께 솔제니친 생가를 찾아 구식 승합자동차를 탔다. 자동차로 돈강을 끼고 한 시간쯤 달리자 다시 소규모 공장지대가 나타났다.

"솔제니친 생가가 있던 일대는 양말공장이 돼 버렸습니다. 주민들을 이주시켰지만 아직 그대로 공장지대에 남아 있는 사람도 있지요."

동행한 공보담당관이 차에서 내리며 말했다.

"솔제니친 친구라면 중학교 동창이겠군요?"

민 기자가 묻자 그는 고개를 끄덕였다.

"당 조직을 통하여 수배했습니다. 중학교 동창생 몇이 우릴 기다리고 있을 것입니다."

이 말을 듣자 민 기자는 머리가 갑자기 띵하니 아파 왔다. 당 조직, 수배, 이런 말들이 갑자기 그를 홱 잡아채서 어둡고 밀폐된 장소로 데려가는 것 같았다. 그래서 민 기자는 자기가 먼저 공격적이 돼야 한다고 생각했다.

"소련에는 요즘도 반체제 작가들이 많지요? 요즘도 그들을 시베리아로 유형 보냅니까?"

공보담당관은 의외로 싱긋 웃었다. 음흉한 슬라브 민족 특유의 이중성이라고 민 기자는 생각했다. 그러나 잠시 후에 로스또프 지방방송국 사무실에서 솔제니친의 중학 동창을 만났을 때, 그는 이번의 소련 취재 여행이 결국은 처음부터 헛짚은 실수였다는 것을 깨달아야 했다.

"너무 솔제니친 솔제니친 하지 마시오. 그 녀석 학교 다닐 때부터 이상한 영웅 심리가 있었죠."

중학교 수학 교사라는 뚱뚱한 사람이 민 기자와 인사가 끝나자마자 이렇게 말했다.

당의 지시를 받고 미리 각본을 짜고 나온 자들이 아닐까 하는 생각이 머리를 스쳤다. 그러나 '이반'이라고 이름을 밝힌 협동농장에서 일한다는 안경 쓴 사람의 이야기를 듣자 이런 의문이 가셨다.

"나는 1950년 그와 함께 북 카자흐스탄 탄광지대에서 도형을 함께 받은 사람입니다. 2년 반 동안 추운 탄광지대에서 노동을 했어요. 그때 솔제니친은 항상 이렇게 말했답니다. 이다음에 복권이 되면 다시는 아무 저항운동도 하지 않고 그저 평범한 인민으로 생활하겠다고요. 위대한 말보다는 위대한 침묵이 더 훌륭하다는 거였죠. 지금 우리 러시아의 역사는 침묵의 역사죠. 이것은 그야말로 하느님이 내려준 역사 그것 자체이므로, 어느 개인이 가령 당 총서기나 중앙정부 수상이나, 또 솔제니친 같은 소설가의 힘으로는 어쩔 수 없는 것입니다."

그의 논리는 참으로 묘했다. 솔제니친과 함께 반소운동도 했다는 그가 이렇게 침묵의 역사를 강조하는 것은 솔제니친을 격하시키려는 데 뜻이 있는 것은 아니었다. 소련의 실상을 그는 힘주어 말하고 있었다.

"솔제니친만 한 작가 또 그만한 반체제운동가는 소련에 수없이 많습니다. 서방 기자들에게 노출되는 걸 꺼려서 스스로 입을 다물고 스스로 몸을 숨기고 있는 것입니다. 솔제니친은 창을 열어 놓고 반체제운동을 했던 것이지요. 그러나 기자선생도 아다시피, 반체제운동이 그렇게 전시적 공개적이 될 수 있습니까?"

인민위원회 공보담당관은 이야기에는 통 흥미가 없다는 듯 방송국 직원들과 잡담을 하고 있었다.

"반체제, 그것 자체가 일종의 체제 속에 포함되는 것입니다. 그래서 우리는 솔제니친처럼 공개적으로 반체제운동을 하여 체제에 가담한 자보다는 그저 침묵과 포기로써 이렇게 사는 우리들이 더 소중하고 이것이 소련의 오늘의 역사라는 자부심을 가지고 있어요. 조국을 버린 그 녀석에게 모두 분노를 느끼지요."

중학교 수학교사가 말했다.

"그렇습니다. 어떤 경우에라도 이 러시아 땅을 버릴 수는 없는 거예요. 러시아의 피를 버릴 수는 없는 거예요."

민 기자는 그들과 이야기하면서 계속하여 갈증을 느꼈다. 냉수를 여러 잔 청해서 마셔야 했다. 반체제도 결국 체제의 한 부분이라는 그들의 말은 이상하게 가슴에 와 부딪쳤다. 민 기자는 레닌그라드 공항에서부터 무엇인가 대륙적인 무서운 힘에 의하여 자신이 자주 짓눌리고 있었다는 것을 그제야 깨달았다. 그리고 소련의 정권에 대하여 한마디도 하지 않는 침묵의 다수야말로 내일의 러시아를 밀고 나가는 무서운 저력이 된다는 것을 깨달았다.

"솔제니친이 서방세계로 추방된 후에는 이미 솔제니친도 소설가도 아니에요, 이미 그는 벗어난 사람, 국외자에 불과한 것입니다."

"그는 이제 거의 잊혀져 가고 있어요."

민 기자는 허탈한 마음으로 로스또프를 떠났다. 솔제니친이 다녔다는 10년제 중학교도 방문했지만 그들도 한결같이 무관심으로 솔제니친을 치부하고 있었다. 숨어 있는 영웅, 정치 권력 모르게 모두들 숨어서 떠받드는 영웅의 모습을 찾았으나 그런 상상 속의 인물은 아무 데도 없었다.

레닌그라드로 돌아올 때는 비행기 편을 이용하였다. 비행기에서 내려다보는 남러시아의 대평원은 참으로 웅장한 모습이었다. 유유히 흐르는 돈강의 모습은 평화로왔고 도저히 끝나지 않는 침묵의 힘 그것이었다.

호텔에 돌아와서 관영통신의 여기자 마뜨료나에게 전화를 걸었다.

"벌써 돌아오셨군요, 그곳에 가 보신 소감은 어때요?"

"솔제니친 동창생을 만나고 왔습니다."

민 기자는 마뜨료나와 함께 잠시 후에 호텔 바에 마주 앉았다.

"내가 만나 볼 필요가 있는 사람이 있다고 하셨죠?"

"예, 그런데 이제 불가능하게 됐어요. 반체제 작가동맹의 비밀 책임자인 레오나르비치라는 사람인데 바로 오늘 아침에 체포되었어요. 그는 서방세계 기자들을 한 번도 만나지 않고 또 작품을 해외에서 출판하려고 노력도 안한 진정한 러시아 작가

입니다."

"소련은 참 묘한 나라이군요. 민중봉기는 안 일어납니까?"

민 기자가 술에 취하여 말하자 마뜨료나는 빙그레 웃었다.

"우리는 러시아를 사랑해요. 정치 권력 이야기는 이제 싫증
이 났어요. 돈강을 보셨죠? 그 강과 이 흐린 하늘을 사랑할 뿐
이에요."

민 기자의 취재 여행은 엉망진창이 되었다.

(광장, 1982)

| 작품 서지 |

「호랑이와 은장도」   (한국문학, 1977)

「절망과 기교」   (문학사상, 1978)

「달려라 밤 버스」   (한국문학, 1978)

「아버지와 치악산」   (문학사상, 1979)

「인형의 교실」   (문학사상, 1980)

「부엉이 울음소리」   (현대문학, 1980)

「해피 버스데이」   (문학사상, 1980)

「사금」   (한국문학, 1980)

「패배선」   (문학사상, 1981)

「열쇠를 돌리는 법」   (월간조선, 1981)

「정받이」   (현대문학, 1982)

「솔제니친을 위하여」   (광장, 1982)